夢到死對頭在撩我

Volume

Author
墨西柯

Illust.
MN

Contents

every day
每天都
夢到死對頭在撩我

我只寵著你

童逸有點慌了陣腳，站在浴室門口，不知道該怎麼勸米樂。該怎麼哄啊……他已經是第幾次惹禍了？

正糾結時，呂教練突然殺了過來，一進寢室就拍了童逸的後腦勺一巴掌。

童逸正看著浴室門怔怔出神，這一巴掌拍得童逸措手不及，蹲下身捂著腦袋哀嚎：「耳鳴了！」

李昕原本在跟女朋友傳訊息，嚇得手機都掉在胸口，愣愣地靠著床頭看著呂教練。

「惹事！你就惹事吧！下次友誼賽，國家隊的人就過來了，你在這個時候給我惹事，想要氣死我是不是？」

「我是人在家中坐，鍋從天上來。」童逸覺得自己委屈死了。

他每次惹事，他都不是直接當事人，但是鍋都是他的。李昕也幫忙了啊，為什麼不找李昕呢？隊友來寢室，惹米樂不高興了，但是隊員也是李昕朋友啊，也沒見到米樂跟李昕鬧得不高興。他甚至突然覺得，李昕是不是也滿心機的？

「柳緒的事情你下次別管！」呂教練氣得扠腰，總覺得這個丫頭是個禍害。

「喔……」童逸也滿無奈的。

「我現在就打電話給你爸，讓他罵死你。」呂教練說著就打電話給童爸爸，為了讓童逸感受到父親的怒火，還特意開了擴音。

童爸爸很快就接聽了，看樣子是喝了酒，說話時甕聲甕氣的。

呂教練說明了情況，童爸爸一聽就急了：『那我捐個圖書館給學校怎麼樣？教練你努力一下，讓學校網開一面？我們家小兔崽子肯定不是惹事的性格。』

「老哥，我不是這個意思，你該管管童逸了。」

『別人找麻煩也不能被欺負了，是不是？是不是因為體育生不喜歡看書？那我捐個體育館吧。』童爸爸還在試圖商量。

童逸捂著頭蹲在地上偷笑，把呂教練氣到不行，拎著童逸的衣領就把童逸拎出去罵了。

米樂早就洗漱完了，聽到了外面的全部對話內容，等人走了才走出來。出來時，李昕剛戰戰兢兢地重新拿起手機傳訊息，有種心有餘悸的感覺。

「大學不管玩手機。」米樂看著李昕說道。

「呃……」

「也不管談戀愛。」米樂再次提醒。

「還沒緩過來呢，連軸的訓練總讓我覺得沒什麼變化，我努力調整。」李昕不好意思地笑了。

躺在床上時，米樂忍不住發呆。

心情滿糟糕的，好像……不僅僅是因為打架的事情。

意識到這個，更讓米樂覺得慌亂。

童逸回來時，米樂似乎已經睡著了。童逸沒辦法再跟米樂說什麼，只能也爬上床，希望米樂能夢到他。

米樂的確再次夢到童逸了。這個夢就好像童話故事一樣，周圍的景色十分奇特，就好像愛麗絲的童話世界。比如巨大的蘑菇房子，還有大片的花朵，可以趴在花瓣上睡覺，踩上去能當跳跳床。色彩飽和度都很高，十分鮮亮，就像開啟了夢幻色彩的濾鏡。

米樂看了看自己的手，發現手背上還有白色的絨毛，嚇了他一跳。

他又看了看自己其他的地方，有手有腳還算正常，只不過屁股後面有一個小圓球尾巴，白色毛茸茸的，碰到時還會有感覺。

不是縫在褲子上的，而是長在他身上的。

他低頭時有什麼東西垂下來，他伸手摸了摸，發現是耳朵。長長的兔子耳朵，也是白色的，栩栩如生。或者說，本來就是真的兔子耳朵，還是絨毛濃密的類型。

要知道，現實裡米樂的體毛都很少。

他變成兔子了，還是小白兔。

他想去周圍看看環境，結果發現自己走路時會下意識地蹦蹦跳跳的。

這讓他突然站住，遲疑了一會兒打算正常走路，然而腳底軟綿綿的，讓他還是下意識跳躍。

這是一個即將二十歲的爺們會做出來的舉動嗎？這絕對是一個噩夢！

這個時候，他突然察覺到了危險，似乎變成了兔子，警惕性也隨之提高了許多，回頭就看到一個大雕在天上飛翔。

沒錯，大雕，童逸牌的。

童逸在夢裡是大雕的形象，身體是人類，只是背上長出了大雕的翅膀，能夠在天上飛翔。巨大的翅膀遮天蔽日，灰褐色的翅膀展開，在地面上留下了巨大的影子。

米樂下意識地往後退了一步，展現了內心中隱藏的懼怕感。這是兔子看到天敵的下意識反應。

其實米樂一直覺得排球隊取的外號不對勁。童逸的確速度很快，但是不像黑豹，像大雕。他的特徵也十分符合：長得凶巴巴，看起來就像一個放貸的。身材高大魁梧，手臂也很長，結果配了一雙小腳。

這就是一個標準的大雕，還是個沙雕。

此時的童逸似乎發現了陸地上的獵物，開始在空中盤旋，伺機而動，隨時有可能攻過來。

米樂心中一驚，下意識躺下裝死。

童逸抓準時機，飛下來準備抓走米樂。米樂卻突然睜開眼睛，雙腿一蹬童逸的胸膛，讓童逸仰面倒下了。

米樂趕緊起身，蹦蹦跳跳地到了童逸身邊，趁著童逸沒回過神來，趕緊將童逸綁了起來。

童逸度過了身體不受控制的一刻鐘後，身體已經被綁得結結實實的了，完全動不了。

「米老婆……」童逸可憐兮兮地叫了一聲，想要求饒。

「沒用了！」米樂低吼了一聲。

「你別生氣了好不好？我真的不再惹事了。」

米樂蹦蹦跳跳地到了童逸的面前，扠著腰凶巴巴地怒視童逸。

童逸看著米樂頭頂的兩個兔耳朵，以及鼻子有點紅的樣子，這麼凶居然也特別可愛，奶凶奶凶的。

童逸舔了舔嘴唇，吞了一口唾沫，被米樂這個樣子萌得心肝亂顫。

他現在還是大雕的設定，所以看到米樂就會覺得特別可口，這細皮嫩肉的該有多好吃？隨便咬一口臉蛋，都能發出香噴噴的味道吧？主要是還特別可愛，讓童逸的內心蠢蠢欲動。

「是他們來主動挑釁，我也是防不勝防，你說是不是？下回我不沉迷遊戲了，我沉迷於你，可以嗎？」童逸努力裝出柔弱的樣子問他。

「你還沒意識到你的錯誤在哪裡嗎？」

「呵，你憑什麼欠那個女生？還給她了那麼多錢？啊？你喜歡人家？還是你腦殘嗎？」米樂繼續問。

「痛！真的痛！米老婆我錯了，我不該亂幫忙！」童逸立刻求饒。

童逸痛得倒吸一口涼氣，半天才緩過來。這感覺也太真實了吧？

「你英雄救美，我跟著連坐？」米樂說著，抬手就拔掉了童逸翅膀上的一根羽毛。

「嗯？」

「行，原因我不管了，你既然想斷了，你發現她是綠茶婊後就把微信刪了啊，你為什麼傳完訊息後還不刪？等她回覆你，再哄哄你是不是？」米樂又問。

「沒有……這個有點不好說……」

「為什麼要刪？」童逸覺得很奇怪，他還等著跟柳緒對罵呢，刪了多沒意思啊？

「還為什麼！」米樂又伸手連續拔了童逸幾根羽毛，「你自己想想為什麼！」

童逸痛得都不會思考了，哪能知道為什麼啊。想了半天想不到，一睜眼就看到米樂來回走時身後的尾巴，一瞬間就看傻了。

他想捏捏耳朵，也想摸摸尾巴，還想……做很多事情。

實在是米樂的這身打扮太讓童逸心癢了，明明米樂在生氣，他卻看到米樂的身上在散發著顏值暴擊的光芒。

他連續吞唾沫：「米老婆，我們能不能先放開，我保證不吃你，我們好好說行不行？」

只要一鬆開，他絕對第一時間對耳朵發起攻擊，緊接著是尾巴。

米樂還沒消氣呢，蹦蹦跳跳了半天，最後找了一個蘑菇塞進童逸的嘴裡。

童逸都說不出來嘴裡到底是什麼味道，有生蘑菇的那種腥味，還有一點泥土的味道，讓他差點翻白眼。

接著米樂開始拔他翅膀的毛。

一次性給他一個痛快也好，偏偏米樂故意慢吞吞一根一根地拔。這邊有點痛到麻木了，米樂就換一邊，去拔另外一個翅膀的羽毛。

童逸的腦袋就在不停地「疼疼疼！」，等米樂從他面前蹦蹦跳跳地過去，童逸又開始「啊，好萌好萌。」過一會兒又開始重複「疼疼疼！」。

童逸痛得眼淚汪汪的，米樂終於放緩了節奏。走到他的面前看著他，一直看著他，目不轉睛，眼睛裡包含著很多種情緒，轉瞬間就用眼睛表達了許多。

眼睛會說話，恐怕說的就是米樂這種漂亮的眼睛吧。

米樂看著童逸，開始喃喃自語，根本不用童逸回答，而是連續提問。

他恐怕根本沒指望自己「夢裡」的「童逸」，能夠給出他滿意的答案。

「你不是沒談過戀愛嗎？柳緒是怎麼回事？」

「是有喜歡的人嗎？」

「關我什麼事呢……」

「不過是夢裡談戀愛，居然真的在意起來了。現實裡，我算你的什麼人呢？陌生人吧，或者是討厭的人。」

米樂又靜了一會兒，繼續嘆氣。

「童逸，現實裡你是直男吧，為什麼要老是往我身邊湊？這會讓我有種自我良好的錯覺。結果又出現一個叫柳緒的女孩子，你的隊友、教練都知道她，你跟她好像還有過故事。看完所有過程，我覺得好煩啊……」

「你一定又覺得我在找碴了是不是？拚命跟我道歉，我都不原諒你。我只是不想看到你跟別人談戀愛，所以我躲遠一點，行嗎？」

聲音竟然有點哽咽了。

其實童逸在拚命地搖頭，想要表達並不是這樣的。但是在米樂的想法裡，此時的童逸只是他進入了暗戀狀態後，虛擬出來的一個夢中的人物。

這個童逸說了什麼，跟現實裡的童逸根本一點關係都沒有。

乾脆就不要說了，讓他一點幻想都沒有就好了。他知道，他的睡眠真的太差了，長期的工作緊繃，外加生活中的壓力讓他喘不過氣來。

有陣子他需要吃安眠藥才能入睡，現在夢裡的記憶這麼清晰，估計也跟他睡眠品質差有關。

他也知道，他是生活中過得太過壓抑，才會編織出這些夢來逃避現實。

一個人在他的夢裡反覆出現，是因為他產生了前所未有的嚮往。經常會夢到一個人，也許是求而不得，也許是心中對他有愧疚，也許是想念……總而言之，就是這個人在他的心裡產生了強烈的執念，所以這個人才會反覆出現在他的夢中。

米樂羨慕童逸沒心沒肺，有一群好朋友。他開始覺得跟童逸在一起也許會很開心，漸漸產生了一種情愫。這種情愫隨著他的在意越來越大，這才讓他反覆夢到童逸，甚至是連續的夢，還在夢中跟童逸戀愛了。

有時夢裡越美，就越怕接受現實。這是一種另類的虐心。

心情不好，讓米樂開始蹙眉，身體一點點虛化，接著消失不見了。

童逸知道米樂是醒了，或者是換了夢境，沒過多久他也回到了屬於他的黑暗空間。

他開始在空間裡靜坐，覺得問題越來越棘手了。

米樂的自我保護很重，如果童逸貿然靠近，米樂一定會後退一百步來躲避。

米樂此時的狀態不能戀愛，突然表白，等同於徹底斷了關係，米樂一定會拒絕得特別乾脆，就算喜歡也會拒絕。

他覺得他明天要做的第一件事就是去跟米樂解釋，告訴米樂他跟柳緒到底是什麼樣的關係，讓米樂別再沉浸在這種情緒之中，之後再一點一點地表示自己對他有好感。

因為喜歡米樂，就要多花點心思，用最穩妥的方法才可以。

自己在現實裡也想追到米樂，童逸已經確定了這樣的想法。雖然他從想法出現的一瞬間，就知道這條路會非常難走。

夢裡會無法自由控制地醒來，上次童逸強制自己醒過來，是直接跳進游泳池裡。是一種等同於自殺的方法，童逸到現在還心有餘悸，所以童逸還是需要現實裡的因素干擾才能夠醒來，或者是自然醒。

米樂一向很早起床，他不願意浪費自己的時間。他的時間裡不是在學習，就是在看劇本，或者是在劇場裡看成員排練。

洗漱完畢，打開保險箱取出自己的保養品時，有人輕柔地敲門。

米樂知道肯定不是找他的人，根本沒理，是李昕去開的門。

「妳怎麼來了？」李昕看到敲門的人忍不住問。

「童逸在嗎？」問話的是一個女孩子，聲音還很好聽，特別溫柔，還有點嗲。

「他還沒起床。」

「我能進去嗎？」

李昕有點猶豫，看了看米樂後說道：「我的室友不太喜歡外人進入，要不然妳先……在外面等，到處逛逛，之後我叫童逸去找妳？」

結果女孩子不願意，繼續哀求：「我一大早就過來了，這邊校區還特別偏僻，我哪裡都不認識。我過來一趟很不容易，你讓我出去等，我都不知道該去哪裡等。我保證跟童逸說兩句話就走，行嗎？」

李昕特別為難，突然聽到米樂說：「無所謂。」

這回李昕終於鬆了一口氣，讓女孩子進來了。

她進來後看到米樂先是一愣，不過估計之前就知道童逸跟米樂是室友，倒是沒表現出什麼異樣，找到童逸的床鋪後走了過去。

米樂扭頭看了一眼。

進來的女孩子也是一個身材高挑的女孩子，目測身高在一百七十五公分以上。她皮膚很白，披肩的大波浪捲髮，看起來十分淑女。身上穿著格子襯衫配了一條黑色長裙，走路時動作很輕，到了童逸的床邊，拉著圍欄看童逸，小聲叫了一句：「童逸小哥哥。」

聽到這一聲，米樂都覺得膩，繼續塗自己的保養品。

這時童逸似乎醒了，迷迷糊糊地問了一句：「妳怎麼來了？」

「昨天收到你傳給我的訊息，我哭了一整晚，我總覺得我該跟你解釋一下，所以特意一大早就過來了。」女生回答。

這回米樂算是確定了，這個女孩子就是柳緒。

童逸剛醒過來有點發愣，揉了揉頭髮，又抱著被子緩了一會兒才問：「妳哭個屁，妳不是一直運籌帷幄嗎？」

「居然連你也這麼想我……」柳緒說著，又開始哽咽了，「別人都不理解我沒事，我就是不希望你也跟著不理解我，不然我的心裡會特別難受。」

童逸聽得厭煩，嘖了一聲後突然想起了什麼，一抬頭就看到米樂拎著書包走出去。

他立刻起床打算去追米樂，因為著急，乾脆從上鋪往下跳。

「童逸！你幹嘛？」柳緒拉住童逸問。

「妳放開，我現在沒空搭理妳。」

童逸甩了甩手，柳緒就是不放。童逸氣得不行，抓了抓頭髮，煩躁地問：「妳到底要幹什麼？」

「就是跟你解釋一下。」

李昕站在一旁有點尷尬，說了一句：「我去買早點？」

「你幫我跟米樂解釋一下。」

李昕似懂非懂，點了點頭：「喔，好的。」

李昕追著米樂跑了半天才追上，跟米樂解釋了一句：「那個柳緒是童逸的妹妹。」

「嗯，我聽到她叫童逸哥哥了。」米樂奇怪地回頭應了一聲，不理解為什麼要叫住他說這個。

「對，他們大學才相認。」

「都大學了，還認妹妹……」幼稚死了。

「柳緒以前就這樣，童逸也很討厭，不過也沒辦法。」

「所以她這樣也是童逸寵的？」

「啊……也可以這麼說吧，就是……童逸其實不是故意的。」李昕嘴笨，繼續解釋。

「行，我知道了。」米樂把包包扔進車裡，關上了車門。

李昕又在車旁站了一會兒想了想，回憶自己表達清楚了沒，趕緊補充一句：「柳緒是跟著媽媽，童逸是跟著童叔叔長大的，才到了大學才相認！」

結果就看到米樂已經開車離開了。李昕揹著包，真的去買早飯了。個子高，少吃一頓就餓得發慌。

而米樂恍惚間聽到李昕又喊了一句什麼，打開車窗往外看，看到李昕已經走了。

說了什麼？管他的。

關上車窗繼續開車，他今天要出去參加活動，需要去機場搭飛機。

童逸搬了一張椅子過來坐下，接著對柳緒示意：「坐吧，童緒。」

聽到童緒這個稱呼，柳緒還是有細微的表情變化，不過還是坐下了。

「妳哭哭啼啼什麼啊？需要這樣嗎？從妳跟我一起進H大後，妳就開始斷斷續續地算計我，跟我要錢花。妳跟我是真的打算繼續有點親情，還是真的很恨我？」

童逸這次問得特別直白，他也不準備再繼續給柳緒留面子了。留面子沒用，反而惹來更多麻煩。

「你恐怕誤會我了。」柳緒弱弱地解釋。

「誤會什麼啊，妳根本就不喜歡那兩個雪橇犬，妳招惹他們幹嘛？不就是他們過來跟我汪汪叫喚，妳看到很爽嗎？妳圖什麼呢？還是跟我展示妳的女性魅力？」

「並不是這樣的！」

「那妳倒是說啊！別一天跟妳媽學不三不四的！妳這麼惡劣，是不是隨根了！」

童逸很少生氣，但是這次真的很煩，他還是第一次跟柳緒翻臉。

「你對媽一直有偏見。」

「我那叫偏見嗎？那叫事實，妳媽就很婊，妳也一樣。」

童逸是一個脾氣很好的人。他很少生氣，真的動怒的情況從小到大都非常罕見。

柳緒的事情讓他覺得非常棘手。

一方面柳緒是他的親妹妹，他沒跟柳緒一起長大，再次見到時，柳緒已經跟記憶裡的柳緒完全不一樣了。一方面是童逸很笨的，他跟哥兒們放得開，相處得也開心，但是他不擅長應付小女生，每次遇到柳緒都覺得特別頭痛。

脾氣好，也不證明被人玩弄後也完全不在意。

只有他一個人就罷了，連累到米樂以及李昕就讓童逸覺得很煩。他真的不想給別人添麻煩，可是這種破事怎麼總是發生在他身上？

「遇到我以後，你是不是自動將我歸為負擔了？」柳緒擦了擦眼角的眼淚問童逸。

「是！」

柳緒點了點頭，接著對童逸吼，再也沒有之前淑女的模樣：「我跟著她走了後，第二任爸爸在我青春期就開始對我動手動腳的，我只能逃出家裡。我離家出走，沒錢就只能騙了！至少我長得好看！」

「為什麼玩意兒？我前陣子給妳那麼多錢，妳幹嘛了？不夠花，還得騙傻狗？」

柳緒都被童逸問傻了，半天才緩過神來問：「我歇斯底里地說了這麼多，你的關注點是這個？」

童逸歪了歪頭，有點納悶，不過很快反應過來了。

「喔、喔、喔……」連續應了幾聲，卻不會安慰。

他真的不擅長這個。

「每次那個男人靠近我，我就會躲開，但是每次都在怨你們沒帶走我。」柳緒再次說道。

童逸不知道這些事，忍不住蹙眉問：「妳沒跟妳媽說嗎？」

「說了。那個人剛開始只是想抱著我看電視，摸摸我的臉什麼的，她沒當成一回事。後來有一次摸我的腿，我哭著找媽媽，她才意識到事情不對勁。」

「他沒對妳怎樣吧？」童逸問。

「怎麼，你想去打他一頓？」

「人渣該打。」

「不用，媽離婚後有錢了，找人打了那個人渣好幾頓。前陣子我還投訴他一把，讓他生意受到了損失。」

童逸一想，這對母女的智商跟他們父子不一樣，當初就算被童爸玩得團團轉，也的確不需要他幫忙，也就沒再出聲。

柳緒擦了一把眼淚：「我功課不好，體育也不行，我這麼努力考到H大是為了什麼你知道嗎？因為我聽說你早就跟H大簽約了。」

「喔，是嗎？我真感動啊。」童逸回答得陰陽怪氣的，真是高興不起來。

「但是你就知道訓練、打遊戲，難得有時間了你就跟哥兒們出去玩，你跟葉熙雅的關係都比跟我好。」

「所以妳就開始搞事，讓我注意到妳？」童逸問。

「也不算，就是你不理我我賭氣，我就要讓你也不舒服。」

童逸忍不住翻一個白眼，點了點頭回答：「我們不是一起長大的，根本合不來。妳有什麼需要的跟我說，我會盡可能幫妳，這恐怕是我能做到的極限了。」

「他們離婚時，你為什麼不拉著我，帶我一起走？」柳緒問完，又開始啪嗒啪嗒地掉眼淚。

童逸突然被問倒了，無法回答。

「明明我們小時候最親近，你卻在那時候自己跟爸爸走了，為什麼不帶我走？」她堅持地問。

「我不希望妳跟著我們吃苦……」

而且他當時才多大啊，父母突然離婚，母親一下子變了個人，他的腦容量本來就不大。他當時只知

道如果他不跟著童爸爸，童爸爸就只能一個人了。

他咬了母親的手，掙扎地去追他爸，之後就再也沒見過他們了。

「哥！」柳緒突然叫了一聲。

「嗯。」童逸坐在椅子上仰著頭，依舊無精打采的。

這個哥哥他當得心裡怪不是滋味的。

「你跟米樂是怎麼回事啊？我都看到新聞了。」

「沒什麼。」

「他滿帥的，你說他會喜歡我這種類型嗎？」

「昨天他因為妳受到連累，現在都恨死妳了，你們要是真的正面對決，妳連怎麼死的都不知道。妳也只有一點小聰明，不如他。」

「怎麼就不如他了？」

「他是真的陰，並且是不留餘地的那種。」

柳緒撇了撇嘴，有點不信。

童逸看到柳緒的表情了，忍不住罵：「我告訴妳，妳別惦記他，不然我收拾妳。還有，以後少給我搞事，很煩知道嗎？」

「喔。」

「我知道妳剛才在跟我打親情牌，跟參加選秀節目哭自己死了爸爸一樣，少來這套，要比慘是吧？這點我真的沒輸過誰。」

「你怎麼慘了？」

「帥慘了。」

柳緒再次翻白眼回饋。

童逸拿出手機來，傳訊息給米樂。

童逸：米樂，昨天抱歉啊，我妹妹不太懂事，我跟她說完了，等等我讓她過去跟你賠禮道歉。她是我妹妹，親妹妹，就是我爸媽離婚，她跟了女方。

傳完，童逸就看到自己被設黑名單了。

設！黑！名！單！了！

昨天晚上要解釋，教練來了。

今天早上要解釋，妹妹來了。

現在他終於解釋了，被設黑名單了！

童逸直接站起來，對著柳緒嚷嚷：「妳怎麼那麼煩？早不來晚不來，偏偏這個時候來。柳緒我告訴妳，我就算是妳哥也不會無腦護著妳，妳這件事做得太不講理了，等等就給我滾去田徑隊道歉，把錢還給人家，然後跟我去藝術系道歉！」

結果柳緒一聽，居然笑了：「我就等著你管我呢，這才是哥哥的樣子。」

「柳緒妳是不是有病？」童逸氣得腦袋疼。

「我們家有正常人嗎？」

柳緒站起身來，用手肘撞了撞童逸：「來根菸。」

「妳給我滾，不裝了以後，就徹底釋放了是不是？我問妳的話妳還沒回答呢，我之前給妳的錢都跑去哪裡了？」

「我存了一點，不過大部分是真的花掉了，買包包啊、化妝品啊，出去旅遊啊……」

其實真的就是揮霍無度，手裡拮据了，就又想騙人了。沒想到這次事情鬧大，把童逸弄急了，柳緒趕緊過來跟「大金主」道歉。

之前說的話大部分是真的，一小部分誇張，為的也是讓童逸別再生氣了。

「發發動態是吧？」童逸跟著問，突然想起米樂的吐槽了。

柳緒點了點頭，開心地回答：「嗯。」

童逸一邊走一邊回頭看柳緒，總覺得看不透這丫頭。不過想到米樂還有一個想劃花臉的妹妹，他的這個強很多了吧？

童逸先帶柳緒去向田徑隊的兩個人道歉加還錢，還加倍還了一點，接著帶柳緒在學校各處找米樂。

「你還滿在意米樂的？」柳緒問童逸。

「妳不懂，跟妳說不清楚。」

柳緒也沒再問，只是突然挽住童逸的手臂，立刻被童逸甩開了。

「怕人誤會？」柳緒問童逸。

「對！影響我找對象。」

柳緒點了點頭，沒再說什麼。

到了戲劇社的大樓，找到宮陌南後，童逸問：「米樂今天過來了嗎？」

「之前來過一趟，很快就走了，他最近兩天有記者招待會，需要去現場。」宮陌南回答完，繼續低頭改劇本。

「妳能不能幫我打個電話給他？」童逸試探性地問。

宮陌南抬起手腕看了看時間：「這個時間他估計在飛機上呢。」

「那算了。」

離開後，柳緒跟在童逸身邊問：「她漂亮還是我漂亮？」

「我說是她，妳會揍我嗎？」

「你不覺得她很跩嗎？聽說她家裡可窮了。」

「妳怎麼這麼了解？」童逸忍不住問。

柳緒吐了吐舌頭：「我心機婊啊……H大兩朵花，我一個，她一個，我自然知道她。不過還是第一次見到，沒想到她家裡那麼窮，居然保養得不錯。」

「妳是不是那種別人在妳面前詆毀另外一個美女，妳會特別開心的那種女生，還會建群組？」

「對，聽完絕對是渾身舒暢。」

「妳怎麼變成這樣了呢？」

柳緒又開始自怨自憐了：「你當年為什麼不帶我走？說不定我會變成傻白甜。」

童逸呼出一口氣：「妳趕緊給我滾，我不想看到妳了。」

這個時候，身邊有幾個戲劇社的女生路過，看到童逸就表現出了厭惡。

「他怎麼又來了啊？」

「聽說他害米社長的臉都青了，剛才我看到社長來過一趟，可慘了。」

「居然還好意思過來。」

「我也聽說了，他們的關係其實特別不好，體育生老是欺負我們社長。社長剛來的那天鬧得很僵，去過社長寢室的人說，體育系那群人橫眉豎目的。」

「體育生真討厭，穿得醜，性格也糟糕，就知道打架，四肢發達頭腦簡單。」

童逸聽完就沉默了。

柳緒的眼神跟著她們走，走遠後立刻神經質地問：「哥！她們說你的壞話，我記住她們長什麼樣子了，我去勾引她們男朋友？」

「妳夠了。」

童逸找到了李昕，特別認真地問了一個問題：「你平時都是怎麼哄你媳婦的？」

「是一般哄還是終極大招？」李昕問童逸。

「你都說說，我聽聽看。」

「一般哄就說好聽的，買好吃的、買禮物。」

童逸點了點頭，接著問：「終極大招呢？」

「我曾經跪化過冰棒。」李昕回答完，就有種自我頹然的神態。

童逸忍不住蹙眉，嫌棄得直撇嘴：「我說你能不能有點出息？啊？一個大老爺能不能有點尊嚴，這玩意兒能隨便跪嗎？」

「有什麼辦法，我們家那個就是很難哄啊。」李昕越回答聲音越小，越來越沒有底氣。

「好吧，老子就絕對不會這樣。」童逸說完，拿著手機繼續加米樂好友。

「你問這個做什麼啊？」

「未雨綢繆。」

加了一天，米樂都沒搭理他，童逸想跑回去睡覺，結果跑了沒幾步就被呂教練逮到了：

「馬上就友誼賽了，你怎麼回事啊？啊？隊長帶頭跑是不是？你給我滾回來。」

童逸又灰溜溜地回去了。

終於等到訓練結束，童逸就跟脫了栓的野狗一樣狂奔回寢室，隨手洗漱完畢，直接上床睡覺。

李昕拎著宵夜回來後，看到童逸已經睡著了。

§

米樂推開休息室的門，就看到童逸居然坐在裡面。錯愕了片刻後回過神來，知道發生了什麼。

又作夢了。

他走進去，脫掉外套，照鏡子看自己臉上的妝。剛坐下童逸就走到他身前，突兀地跪下了，可憐兮兮地說：「米老婆，別不理我了，我都要哭了。」

跪得要快，姿勢要帥。

米樂被他跪得錯愕不已，想要往後退，卻被童逸抱住了腿，急急地解釋：「柳緒是我妹妹，龍鳳胎的妹妹！你不覺得她和我長得很像嗎？她是我親！妹！妹！」

米樂突然想到早上李昕跟自己說的話，恍惚間彷彿聽到了李昕喊的那句話。仔細想一想的話，李昕這個笨嘴想要表達的，恐怕真的是這個？

米樂愣了愣，看著童逸出神。

童逸這是……瘋了嗎？

童逸開始抱著米樂的腿幽怨地解釋：「其實我不太願意說我家裡的事情，因為一提起，就會顯得我爸特別傻。」

「那就不說？」

「不不不，還是說吧。」

童逸的語言表達能力不行，平時開玩笑時很流利，真的要解釋情況時又開始嘴笨了。他斟酌了一會兒才開口：「我爸娶了一個大綠茶婊，可以概括整個故事。」

「嗯。」米樂點了點頭。

「我爸有點家底，家裡有礦，所以算是滿有錢的。但是人特別膚淺，就喜歡漂亮的小女生，被那個女的騙得七葷八素。」童逸開始講述之前的事情。

「然後？」

「那個女的一開始頂多是騙我爸，幫她的七大姑八大姨的買賣投資，後來就越來越大了，挪用了不少錢。這就算了，還在我爸的礦那邊動手腳，成了豆腐渣工程，礦裡發生了事故，死了人。」

米樂不太了解這方面的事情，只是下意識蹙眉，知道只要出了人命就是大事。

「當時鬧得特別大，一群人去我爸那裡鬧，來我家搶東西，還滿牆壁寫害人償命。我爸賠得傾家蕩產，還有可能要坐牢。那個女的瞬間變臉，跟我爸提出離婚，還要帶著孩子離開，讓我爸自生自滅。」

「這就確實很過分了。」米樂光聽就覺得非常生氣。

「後來我爸真的被判刑了，不過是緩刑，沒有真的蹲監獄。好在我爸人緣好，他的朋友開始幫他調查，最後找出了動手腳的工頭，這才算是翻案了。那時候已經事發兩年了，我爸心裡委屈加著急上火，身體從那個時候起就廢了。」童逸說到這裡時，還有點心疼童爸爸。

「你媽一點事情都沒有嗎？」

「我爸還念著舊情呢，特別傻，我至今都無法理解我爸的腦袋，難不成是真愛？又或者我們童家有這個根，越被虐就越喜歡對方，你剛開始也虐我，反正就是皮癢。」

「那段日子很難過吧？」米樂抬手揉了揉童逸的頭髮，突然有點心疼，也不在意童逸的吐槽。

他自己都被夢迷惑了，竟然深陷其中，下意識覺得童逸說的事情都是真的。

「對，那個時候我們住在村子裡的小屋子，一個月租金才八十塊錢，冬天連煤都買不起，凍得我的腳都長了水泡。我也是那時候才知道，凍傷居然是起水泡，我爸也是因為我起過這個水泡，才覺得我的腳小是那陣子過得苦才出了問題。」

童逸說完，撇了撇嘴。

「那後來我們爸爸是怎麼東山再起的？」米樂問。

這個「我們爸爸」讓童逸忍不住揚眉，笑呵呵地繼續說：「當時我爸手裡還有幾座廢礦，我爸又沒什麼本事，就只能死馬當活馬醫，抵押了全部的礦跟手裡僅存的荒地借了錢，居然挖出東西來了。後來又擴大領地，結果荒地又挖到了一塊天然溫泉。」

「運氣真好，一般人都遇不到這種事情，這是錦鯉吧？」

「真要說的話，我才是錦鯉呢，碰上一個有福氣的爸，還撿了個好對象。」童逸盯著米樂，說得特別溫柔。

「我說真的呢，我們爸爸的福氣是非常厲害了。」

「對，我爸就是傻人有傻福，還有他的朋友，十幾年前的幾千萬，我爸敢借，他們也真的敢借給我爸。我爸也沒虧待他們，抵押結束後還一個個報恩了。」

米樂若有所思地點了點頭，接著感嘆：「幸好你爸有那樣的朋友，不然你會怎麼樣？」

「送去孤兒院，或者……送到那個女人那裡去。」

「你的妹妹為什麼要做這些事情？」

提起柳緒，童逸又開始無奈了。

「我知道一些……她其實很聰明，跟我不一樣。」童逸回答。

米樂：「看得出來。」

童逸：「她雖然跟我關係很好，但是從小就喜歡戲弄我，比如做了壞事嫁禍給我，大人批評我時，她躲在一旁笑嘻嘻的。她跟那個女人走了後，別的沒學會，綠茶婊的樣子倒是學得有模有樣。」

童逸：「到了大學，她突然找到我，告訴我她是我妹妹，我其實是高興的。不過很快就發現了不對勁，她發現我爸居然逆襲了，我還過得很好，說話就有點陰陽怪氣了。我覺得不舒服，就不怎麼跟她聯繫了。

她確定我有錢了，就開始跟我要錢，我覺得她也是我爸的孩子，給她也算正常，就一直沒控制。但是她的一些小聰明，很多行為都讓我非常不喜歡。可是我能做什麼呢？她都成年了，難道我要說教嗎？我的想法一直都是她如果有事，就跟我說，我會盡可能地幫她，但真的要跟正常親人一樣親近，我恐怕做不到，真的已經熟悉不起來了。」

米樂想了想，他恐怕也做不到跟自己的妹妹成為親近的人。或許，在一起相處都會覺得難受。

「我也不是不管她、寵她什麼的，就是無可奈何。她真的是我妹，又不能拉黑她，我跟她也不熟，還不能多干涉什麼，很糾結。」童逸真的覺得頭大，他不擅長處理這些，偏偏問題還是來了。

他就像在處理婆媳關係一樣，明明都是道理，但是兩邊都不講道理，他完全沒轍。

「喔……」米樂拉長音地回答。

「消氣了嗎？」

米樂俯下身，將手臂搭在童逸的肩膀上：「我也不知道是在生你的氣，還是生我氣，氣我自己太孬了，太不爭氣了，只能窩囊地活一輩子。」

「不怪你，是你的負擔太大了。微信把我加回來吧。」

「我看到申請了，又覺得加回來顯得我矯情，好糾結啊……」

「沒事，我不在意。」

米樂頹然地起身，推開椅子，蹲在童逸的身前，用額頭抵著童逸的肩膀，低聲問：「怎麼辦啊？喜歡你啊，現實裡也喜歡你……還是會在意。」

「我很開心。」

「我可以繼續喜歡你嗎？」米樂問。

「可以，你是被大雕逮到的小兔子了，別想跑了。」童逸立刻抱緊了米樂。

米樂抬頭看著童逸就忍不住笑，抿著嘴唇笑了一會兒，在童逸的嘴唇上親了一下：「傻呼呼的。」

米樂站起身打算去卸妝，結果走著走著，就發現自己下意識地跳躍。低下頭就看到手背上的絨毛，回頭看看，兔子尾巴又出現了。

他有一種不好的預感。

果不其然，不一會兒，他就被童逸伸手抱進了懷裡，被帶上天空。

真正意義上的帶你飛。

童逸揮舞著翅膀，懷裡抱著米樂在天空中飛翔。

米樂嚇壞了，驚呼了一聲後低下頭看下面，原本的休息室變成了童話的世界。

繽紛的世界，漂亮的景物，甚至能夠看到遠處的瀑布，以及斜掛在天空中的彩虹。遍地花朵，成片樹木，還有一座座像蘑菇的小房子。

漂亮的景象讓米樂忘記了恐懼，開始覺得刺激。

「哇！」他指了指下面，對童逸說，「下面的景色特別好看。」

童逸抱著他，並不在意下面有多漂亮，而是覺得米樂眼睛亮晶晶的樣子特別可愛。

抱著米樂在空中翱翔了一周後，童逸帶著米樂回去自己的窩裡。

米樂進入窩裡就進入了警惕狀態，戰戰兢兢地後退，還對童逸說了一句：「我……我不怕你喔！」

進入了這種身分設定，米小兔看到童大雕還是會下意識地害怕。

童逸壞笑著走過來，到米樂的身前，伸手捏了捏米樂的耳朵。

手感超好！

兩隻耳朵被童逸玩了半天，終於還是把魔爪伸向了尾巴。

捏住，然後就放不了手了，一個勁地鼓搗。

米樂被童逸弄得特別不自在，雙手抵在童逸的胸口推他：「你別這樣，特別難受。」

「這小尾巴我能玩半輩子，前提是我能忍住不吃掉你。」童逸湊近兔耳朵，故意壓低聲音說道。

米樂的身體立刻打了一顫，威脅道：「你要是敢過分，我就繼續生氣。」

「你要是敢生氣，我就吃掉你。」

米樂真的怕死了，委屈巴巴地看著童逸，抬手用食指指尖在童逸的心口畫了一個心型：「我可是你米老婆，你不能吃我。」

「那你叫一聲老公我聽聽。」

「你放了我，我跑遠一點喊給你聽。」

「你太狡猾了，我不信。」童逸將米樂直接橫著抱起來，放在席子上，「既然不肯，就讓我看看從哪裡先開始吃呢？」

米樂仰面躺在席子上，拉下兔耳朵擋著臉：「我叫不出口！」

「那我就吃掉你。」說著，在米樂的嘴唇上吻了下來。

米樂在被親吻時還戰戰兢兢的。

夢太真實，生物鏈的恐懼感也十分真實，這讓米樂對童逸有著濃重的恐懼，以至於他一直在躲閃童逸的舌尖，讓童逸急得不行。

童逸撐著身子盯著米樂看，遲疑了一下，盯著米樂的另外一個地方看了半天。他伸手拉下那層礙事的布料，看到了小小兔。

童逸還真想不到，第一次見到自己媳婦有跟自己一樣的東西，感覺還滿奇妙的。他以前也絕對不會覺得，自己會對這玩意兒產生興趣。

接著童逸俯下身，把那一點含在嘴裡。米樂的身體一顫，伸手去推童逸的頭。

然而並不能掙脫，反而是身體軟成一灘水，癱在了席子上。

真的吃了，還是那種地方。

現在叫老公還來得及嗎？

一個直男，究竟能以怎樣的速度自彎呢？彎了之後還一條龍，做得是有模有樣，讓米樂這個天生彎都自嘆不如。

童逸有天賦，不僅僅是在打排球方面，還體現在自己掰彎自己，順便撩米樂的方面。

米樂原本在推童逸的頭，後來卻變成了扶著，還偶爾捏捏童逸的耳朵。

童逸的頭髮很短，碰觸到時有點刺。

兔子尾巴被童逸握著，始終不捨得放開。這尾巴軟綿綿、毛茸茸的手感可是在現實裡感受不到的，童逸喜歡得不得了。

米樂看起來是滿浪的，但真的被這樣了，還有那麼一點不好意思。

讓人覺得舒服的溫度，讓人沉浸其中的柔軟，以及一點一點刮著的舌尖。

跟米樂接吻時，童逸一開始還很生澀，後來就跟個野獸一樣，就知道侵略。如今，童逸已經做得遊刃有餘了。估計在這之後，這種事情童逸也會很拿手。

等米樂好了，童逸乾脆「咕嚕」地吞咽了一下，撐起身子擦了擦嘴角，看著米樂的樣子、眼神意外地溫柔。

「我還行吧？」童逸居然好意思邀功。

「虎牙刮到我了。」米樂回答。

「下次我注意。」

米樂趕緊整理好衣服，往後躲了躲：「滿意了沒？放了我吧。」

「不滿意。」童逸舔了舔嘴唇，笑得有點邪。

「你還想幹什麼？」

童逸想了想後，居然開始唱：「小兔子乖乖，把門打開，快點打開，我要進來。」

其實童逸唱歌沒多好聽，只是有點低音炮的聲音會讓人下意識覺得好聽而已。

這麼一首歌，居然被唱得邪氣十足。

米樂立刻慌了，問：「你腦袋裡都在想什麼啊？」

「想你，都是你，全方位無死角的想。」

「怎麼那麼黃？唱這是什麼歌？」

「嘿！多冤枉啊？這首歌你要是覺得哪裡涉黃，就去舉報我，舉報成功算我輸。」

米樂抿著嘴角說不出什麼了，瞪了童逸一眼。

「你這個小兔子膽子肥了啊，信不信我收拾你？」童逸說著就再次朝米樂湊了過去，結果被米樂一腳蹬飛了，還掉出窩。

很快，米樂就聽到童逸一聲驚呼：「我靠，我的翅膀呢？」接著就是「砰」的一聲落地聲。

米樂趕緊攀著窩的邊緣看，發現下面一個人影都沒有，童逸消失了。

他忍不住噗哧一聲笑了，心裡已經沒有之前那麼難受了。

米樂醒過來後，就開始看著童逸的好友申請發愁。是加還是不加呢？

思考時，工作人員叫他去錄製，他放下手機繼續工作。

他來這裡先是參加了一場記者招待會，接著是乘車到相鄰的城市，錄製一期真人秀的節目。

這檔真人秀在近期很紅，喜歡邀請一些人氣高的藝人，米樂已經是第二次去這個節目當嘉賓了。

到了其中一個環節，內容特別尷尬。所有嘉賓分成四隊，米樂所在的隊伍以及另外兩個隊伍輸了。

勝利隊伍提出的懲罰特別騷，讓輸的隊伍打電話給自己的朋友借錢，誰借到的最多，誰先起跑。

然而這個起跑，也是在獲勝隊伍全部起跑後才可以跟著跑。

米樂拿著手機聽其他人借錢，他們都是打給了好朋友，有借得非常尷尬的，也有妙語連珠，蹦出各種哏的。

米樂打算打給左丘明煦，結果打了幾次都無人接聽。

左丘明煦好幾次都想蹭米樂的熱度跟著紅，米樂也配合，甚至在自己的微博發跟左丘明煦的合照加標記，左丘明煦也沒紅起來，只是漲了一點粉絲。這次左丘明煦持續掉價，居然不接電話。

米樂特別無奈，看著通訊錄遲疑了一會兒，打給了童逸。

童逸接聽時還在喘，問：『喂？』

「嗯，你好，我是……」

『推銷什麼？』

「不是，我是米樂。」

米樂快速看了一眼鏡頭和一直在注視他的其他嘉賓，內心尷尬無比。要暴露他沒有幾個朋友的事情了。他的「好朋友」都沒有他的電話號碼，是不是很丟人？

對面沉默了一會兒才問：『我就說電話怎麼沒被攔截，你什麼時候存了我的電話號碼？我怎麼不知道你的呢？』

「寢務老師那裡有通訊錄。」

『喔……』童逸拉長聲音回答，『還有這招啊，我怎麼沒想到呢？』

「那個……你能不能……呃？」

『能。』童逸回答得特別迅速。

「我還沒說是什麼事呢！」

『只要你開口，只要我能做到，就能。』童逸依舊大剌剌地回答，接著是開關門的聲音，估計是從訓練場地到了其他房間裡。

「我想跟你借錢。」

『多少，你說。』

周圍響起了小小的起鬨聲，一位女嘉賓乾脆捂臉，小聲說了一句：「天啊，這是什麼神仙朋友，居

然有種男友力爆棚的感覺。」

米樂聽到了，但是乾脆裝成沒聽到，繼續對著電話說：「你能借多少，我就借多少。」

『我能借……呃……不是詐騙電話吧？你真的是米樂？』

「對。」

『我不信，你同意了微信好友申請，跟我視訊我再考慮。』

米樂很無奈，掛了電話後打開微信，添加童逸好友，接著打視訊給童逸，一直是擴音的狀態。周圍其他的人都躲開，只有米樂一個人在畫面裡面，讓這次「借錢」能夠繼續順利進行。

『你怎麼突然想借錢了呢？』童逸看到畫面裡的米樂就開心了，笑呵呵地問。

米樂看著畫面裡的童逸，正穿著球衣，坐在更衣室裡。

「我想拍個電影，量身訂做的那種劇本，所以得我自己運作，需要不少錢。」

『喔，投資電影啊，行啊，要多少啊？』

「你能借多少，我就要多少。」

『你這句話可真氣人，像在套我家底一樣，一個大致的數字也行啊。』童逸無語啊，他也沒投資過什麼電影，大致的數字都不知道。

之前隊友最高直接借到了兩千萬，全場轟動了一次。米樂想了想，比了一個五。

『五億啊？夠嗎？』童逸問。

米樂都被童逸問傻了，回答不出來。

童逸那邊還在念叨：『我算算啊……我跟我爸要一點，再把我手裡的房子賣一賣應該夠，你急著用嗎？不急我先給你一點，等我房子賣完了再補給你。』

「你確定能借我這些？」米樂還真的問了一句。

『又不是不還，有什麼不確定的？你雖然性格討厭，但是不至於欠錢不還，這點我還是能確定的。借你一點錢能加你好友，還知道你的電話號碼了，滿值得的。』童逸說著，開始在附近找菸，想要抽一根。

米樂抬頭對著攝影機，有點呆呆地說：「我借到了五億。」

現場立刻就炸了，不少嘉賓湊過去米樂身後，想要看看這個五億土豪是誰。所有人都在驚呼，現場一下子有點不受控制。

童逸原本還打算抽根菸，一抬頭看到畫面裡出現那麼多人，還有攝影機的樣子，趕緊收起來了。

『這是什麼情況啊？跟打地鼠一樣，腦袋一個一個地往外冒。』童逸看著畫面問。

其他嘉賓開始跟童逸打招呼，說著自己的名字。這些嘉賓隨便一個走在街上，都會引來一群粉絲要簽名，童逸看到他們卻十分淡定。

『喔，你們好啊，我是童逸。』童逸自我介紹，看到明星也不激動。

一位嘉賓問畫面裡的童逸：「你要借米樂五億是認真的嗎？」

『對啊。』

「你家裡有礦嗎？」

『你怎麼知道？』童逸還滿驚訝的。

米樂開始大笑，接著跟其他人解釋：「他是真礦主的兒子。」

「我的天啊，五個億？真的不是H幣或者盧布嗎？」一位女嘉賓驚呼。

「小哥哥有點帥！」另外一個女嘉賓湊過去看。

「好像是米樂那個……打排球的同學吧，我看過微博，我樂逸。」

「我可以加你微信、給你電話號碼，你借我五千萬就行。」女嘉賓湊到手機前開玩笑似的問。

『不用了，也只有米樂可以。』童逸笑呵呵地回答，看到一堆名人跟攝影機一點也不慌。

畫面裡的童逸真的是帥到一塌糊塗。童逸此時是真的高興，因為終於把米樂的微信加回來了，所以笑得那叫一個撩。

這個環節，米樂不出意外地獲勝了。

之後的環節是趣味闖關，道路上設置了各種障礙，需要嘉賓通過這些障礙，最終首先到達終點的人所在的隊伍獲勝。

米樂在獲勝隊伍起跑十秒後，開始在後面追趕。他年輕，充滿了爆發力，並且身體靈活，就算有其他嘉賓過來阻撓，他也順利地通過了。後來在隊友的掩護下，米樂超過了獲勝隊伍，第一個到達終點。

錄製完節目，米樂拿起手機就看到了一堆未讀訊息。

打開童逸的聊天視窗，就看到了整整齊齊的一排紅包，每個紅包都有不同的標題。

米樂按照順序看了一遍，與此同時收了紅包。

『我們能不能成熟點？』

『動不動就拉黑。』

『算什麼英雄好漢？』

『我告訴你。』

『也就是我脾氣好，』

『不收拾你。』

『不然誰能寵著你？』

『突然打個電話。』

『還蹦出一群人圍觀。』

『這個我就不跟你計較了。』

『你也別跟我冷戰了。』

『行嗎？』

『祖宗。』

米樂看著一排紅包，不知道為什麼，總覺得有點想笑。

他的手指在螢幕上徘徊了很久後，看到又跳出一條訊息：紅包都收了，能回句話嗎？

米樂：行。

童逸：多給個字行嗎？

米樂：可以。

童逸：看你摳的。

米樂：（微笑）

童逸：我得去訓練了，不然我教練會把我拎起來吊打。

米樂：好的。

放下手機後，米樂休息了一會兒，又重新拿起手機看了看，沒多少的聊天記錄反反覆覆地往上滑、往下拉，看了一會兒又點開了童逸的相冊。

最新一則：『**都別給我搞事！你們搞事都別扯上我！嚴重警告！飛起來就是一腳！**』

他看得直笑，童逸的小腳踢人都自帶搞笑效果。

一個看起來特別凶的人，熟悉起來卻總是被呆傻氣息感染。

很快米樂就開始發愁了，他發現他最近真的是因為童逸笑，因為童逸憂，這真的很麻煩啊。

算了，不管了，反正他也不準備再繼續忍耐多久，他想要反抗。

如果，他成功後童逸還單身，也可以試試看吧？

米樂回到學校時是上午，他還去上了一節課，之後就去戲劇社看排練。

他坐在觀眾席，腿上還放著劇本，身邊坐著戲劇社其他幾位幹部，一起聊排練的事情。

這個時候有人走了進來，快步朝他們這邊走過來，氣勢洶洶像來討債的一樣。米樂回頭，就看到童逸居然來了。

童逸到他們身邊後，看到有幾個坐在前排的女生回頭看他，立刻不爽地說：「對，我又來了，我居然還好意思過來。」

幾個女生被童逸弄得有點尷尬，乾脆不說話了。

米樂放下劇本，對童逸勾了勾手指：「過來。」

童逸立刻乖乖地跟著米樂走了，就像聽到主人指令一樣，兩個人一起到樓上的觀眾席。這一層屬於樓下的盲區，並且因為劇場還沒有正式開放，所以只有他們兩個人在這裡。

因為剛剛建成不久，這裡連監視器都沒有，戲劇社裡的內部情侶經常跑到這裡來約會。

「找我什麼事？」米樂坐下後問童逸。

「我讓柳緒跟體育系的那兩個人道歉了，錢也還了，還讓她錄了向你道歉的影片，就過來播給你看。」

童逸坐在米樂的身邊，拿出手機來找出柳緒的聊天視窗，打開了一個影片給米樂看。

米樂看道歉影片時特意仔細看了看柳緒的長相，發現的確跟童逸有七分相似，眉眼輪廓，都有著一樣的神韻。

「喔，好，我看到了。」米樂回答。

「所以我們能和解了嗎？」

米樂拄著下巴，繼續朝台上看，思考了一會兒問：「上次寫了保證書，這次你打算保證什麼？」

「我保證不會跟其他小女生有曖昧關係，行嗎？」

這個回答讓米樂忍不住多看了童逸一眼，奇怪地問：「這算什麼保證？」

「也是，不夠嚴謹，我保證跟小男生也不會有曖昧行嗎？」

米樂被搞得莫名其妙的：「你跟我保證這個幹什麼啊？你跟誰曖昧跟我有什麼關係嗎？」

「省得你不高興。」

「我……」米樂想否認，後來發現自己確實滿不高興的。

思考了一會兒，居然回答不出來。

童逸把手機放進自己的褲子口袋裡，也跟著單手拄著下巴，偏偏這樣像兩人靠在一起一樣。

「我長這麼大，就沒這麼哄過誰，你還是頭一個。」童逸這樣感嘆。

「這該是我的榮幸嗎？」

「是，你該覺得幸福。」

米樂忍不住丟給童逸一記白眼，接著問：「你還有其他的事情嗎？」

「我大老遠過來的，你就跟我聊這麼幾句？」

「不然呢，我們還有什麼可聊的？」

「聊聊人生啊，聊聊未來啊，聊聊青春期小男生的內心困惑啊。」

「比如呢？」米樂沒好氣地問。

「啊……你有想和別人交往的想法嗎？」童逸單刀直入，問得極其直白。

「你問這個幹什麼？」

「就是問問。」

「沒有。」

「喔。」童逸點了點頭。

米樂等了一會兒，童逸也沒再說什麼，有點憋不住了，清咳了一聲問：「那你呢？」

「你不交我就不交。」童逸回答得特別自然。

「你和不和別人交往跟我有什麼關係？」

「跟你關係大了！」

米樂突然心口一顫，被弄得有點不安，居然一瞬間有點拘謹了。

暗示嗎？童逸說這句話是什麼意思？這些直男說話都這麼不可信，什麼都敢說嗎？

難不成童逸對他也有點意思，不然怎麼會這樣哄他？不可能的……童逸那麼直男，怎麼可能對男生有什麼想法？可是，童逸的表現也太明顯了，米樂想不誤會都難。

難道童逸是中央空調，男女都撩？真要命……

短短一瞬間，米樂的腦子裡飛速運轉，已經猜想了很多可能性，可是都被他一一否認了。

米樂又問：「那如果我和別人交往呢？」

「那我估計也交了。」

「什麼都得跟我比？」

「估計是……有默契吧，要單身一起單身，要戀愛一起戀愛，大家都是好兄弟，同甘苦共患難，這種事誰也別落下誰。」

「你跟李昕不是好兄弟嗎？為什麼他戀愛你不跟著戀愛？」米樂腦子靈活，一下子就聯想到童逸真正的兄弟身上。

「他戀愛關我屁事？」

「那我怎麼就關你的事了？」

「就跟你有關，我們是死黨的關係，不懂嗎？」

「你和一群人是死黨，還是就我一個人是死黨？」

「就你一個。」童逸一直盯著米樂看，目光灼灼，看得米樂心裡直慌。

心臟「怦通怦通」地亂跳，整個人都慌亂起來了，童逸這是來表白的嗎？

「搞得跟表白一樣，你這是在戲弄我？」米樂又一次提出了自己的猜想。

「先不表，以後再說吧。」童逸現在沒自信表白就能成功，先暗示到位就行了。

對！沒錯！老子也看上你了！

別心裡難受了，不是單箭頭。只要你想戀愛了，只需要一個眼神就行，立刻一起脫離單身。

米樂抿著嘴唇，坐在椅子上不再敢跟童逸對視了，打算等心跳平息下來再說。

童逸也不著急，就在米樂旁邊坐著，時不時看米樂一眼，覺得在現實裡能跟米樂在一起就好了。明明在夢裡親得那麼激烈，現實裡還是互相猜心的階段。

「你……」米樂再次開口。

「嗯？」童逸用鼻音回應了一聲。

「受到什麼刺激了？」

「受你刺激了。」

「第一，我跟你不是兄弟，你也少跟我套近乎。第二，你戀不戀愛跟我沒什麼關係，我戀愛時也不會告訴你一聲可以啟動了。第三，我現在很忙，如果你沒有正經事，現在就結束這次談話，可以嗎？」米樂再次開啟了冷淡的模式。

童逸就知道現實裡會鬧成這樣，於是點了點頭：「行行行……」

兩個人一前一後地下樓，走在前面的童逸突然停下來轉身看著米樂：「要不然我請你吃飯吧。」

「啊？你覺得我能吃什麼？」米樂問他。

兩個人這樣站在樓梯間，米樂需要稍微低下頭看著童逸，這種角度才讓米樂覺得舒服。

「要不然我請你看電影吧？」

「開車五六十分鐘去市區看場電影，再花五六十分鐘回來，這麼折騰且浪費時間的事我不幹。」

「你怎麼那麼難伺候呢？」

「這也是我的問題嗎？」

童逸愁得直撓鼻尖，想了想又問：「那晚上我們去逛操場吧？」

「操場場地大，方便我們打起來？」

童逸嘆氣，低下頭就看到了米樂腳上的鞋，立刻眼睛一亮：「限量聯名！我買了好久沒買到！」

「喔……別人幫我帶的。」

「還能買到嗎？」

「估計不能了。」

「你把鞋賣給我吧。」

「開什麼玩笑？」

「你的腳不是就比我大一號嗎？我墊個鞋墊就能穿，我出三倍價錢，你賣我好不好？」童逸比了三根手指。

「滾蛋！」

「要不然你讓我踩一腳，過過癮行嗎？」

「不行。」

可是童逸胡攪蠻纏，愣是把米樂扛了起來，重新上臺階，把米樂放在一個椅子上，接著強行脫米樂的鞋。

米樂氣得不行，亂蹬了幾下也沒躲過，被童逸搶走了一隻鞋，眼睜睜地看著童逸穿上了。

童逸穿上鞋直蹙眉：「怎麼大這麼多？」

「你的腳有問題。」

「不對啊，四十一號的話我穿也不會大這麼多啊，你這雙鞋最起碼有四十三！」

其實上次米樂因為不想顯得腳很大，故意謊報了尺碼，沒想到還是比童逸的大一號。

現在露出原型了，這雙鞋穿上跟拖拉板一樣，走路時啪噠啪噠地拍後腳跟。

「把鞋還給我。」米樂已經被氣得不行了。

童逸還是嘴賤，一邊還鞋一邊嘟囔：「你腳怎麼那麼大？我說是蹼，冤枉你了嗎？」

米樂氣得胃疼，穿上鞋就跟童逸動手了，不久後有人驚呼：「社長在樓上跟體育系的那個人打起來了！」

一群人趕過去支援米樂，童逸幾乎是被眾人推搡著離開劇場的。

之前被童逸嗆過的女生們氣得不行：「你以後別再來了，老是惹社長生氣！」

「太討人厭了，上門來踢館了是不是？」

「討厭鬼！」

童逸被趕出劇場大門，還覺得有點委屈。看到戲劇社的人都走了，他委屈巴巴地坐在門口，開始傳訊息給米樂。

依舊是發一個紅包，罵一句。

『米樂同學。』

『你有沒有一點團結友愛的精神？』

『我深刻地懷疑你有暴力傾向。』

『能不能別總動不動就動手？』

『真不想罵你。』

『長得很聰明，結果淨幹糟心事。』

『就你這樣愛找碴的人。』

『我脾氣差時，一天能打死三個。』

『我也只寵著你。』

緊接著，他就看到米樂收下他發的全部紅包。

祖宗：謝謝。

童逸：沒了？

祖宗：歡迎下次光臨。

童逸第一次嘗試咬牙切齒地笑，又氣又想笑，最後拍拍屁股走人。

自己看上的人，自己寵著。當然，他也得總結一下，究竟哪些事情會惹米樂生氣。

§

米樂回到寢室裡，發現室友都不在。他獨自一個人洗漱完畢，翻開劇本看，半個多小時後，童逸突然打開寢室門，慌張地問：「米樂，你能不能開車送司黎去醫院？」

聽到這種語氣，米樂也跟著嚇了一跳，問：「怎麼了？」

「他吃烤雞翅把骨頭吞下去了，卡得難受，要去醫院想辦法弄出來。」童逸回答。

米樂也來不及多想，隨手拿了一件衣服披上，拿了車鑰匙就對童逸說：「下樓吧。」

童逸立刻點了點頭，在走廊裡喊了一聲，過一會兒李昕就把司黎揹了出來。

打開車門時，米樂走到司黎身邊，拉著司黎俯下身，膝蓋墊在司黎的胸下，用力拍司黎的後背。

他以前看過這樣急救卡住東西的小孩。

結果司黎乾嘔了半天，也沒咳出來，米樂也就放棄了。

幾個人上了車，司黎坐在後排難受得唉聲嘆氣。

嶺山校區附近的路十分顛簸，米樂開車還有點急，司黎扶著座椅嘟囔：「每次彈起來，我就覺得那玩意兒往下沉一點，我都能感覺到它的具體位置，還有行走路線。」

童逸坐在副駕駛座，回頭還在罵：「你腦殘啊，吃個雞翅還能被卡住？」

「超滑，進去得很順利，到喉頭就開始卡，媽的難受死我了。」

米樂導航了最近的一家醫院，看到童逸手裡還捏著半塊披薩。

「你這是打算邊走邊吃？」米樂問童逸。

童逸這才想起來手裡還拿著東西呢。

「剛才被司黎嚇到了，一直捏著他到處跑，都忘了。」童逸想扔沒地方扔，乾脆就吃了。

吃完在車裡找紙巾，找了半天，拉開中控下面的儲物格，就看到裡面硬塞了一個 Hello Kitty。

「沒送人啊？」童逸問。

「忘了。」

「你還滿少女心的。」

「別拿你的髒手碰！」

童逸也沒碰，扭頭問米樂：「車裡有紙巾嗎？」

米樂掏了掏自己的外套口袋，從裡面拿出了一包紙巾丟給童逸。

「用完了還你。」童逸說道。

「不用還了。」

他們四個人急匆匆地去了醫院。

米樂沒跟著進去，就在車裡等著，看著三個大男生穿著睡衣衝進了急診室。

過了半個小時，童逸先回來了，進來坐在副駕駛座就開始捂臉：「啊，老臉都丟盡了。」

「情況怎麼樣了？」米樂問。

「醫生讓他拍了X光，又反反覆覆地問了司黎三遍雞骨頭的大小情況，接著寫了病歷，寫的治療方法是：嘗試正常排泄。司黎還問醫生這是什麼意思，醫生說，胃具有消化能力，你可以試試拉出來。」

米樂聽完都忍不住笑了，這還真的是虛驚一場。

「他們怎麼還沒出來？」米樂問。

「醫生開了藥，說是增強胃黏膜的，他們領好藥就出來了。」童逸抹了一把臉，「跟他們在一起真的會掉智商。」

「你們的生活倒是豐富多彩。」

「不過謝謝你啊，沒想到你會答應得那麼痛快。」童逸笑呵呵地對米樂道謝。

「我看起來很像見死不救的人？」米樂問。

「也不是……就是突然有點感動。」

「你可真容易感動。」

「你這張嘴真的是可惡，明明是跟你道謝，也能被你氣到。」童逸發現現實裡的米樂真的沒辦法聊天。

「就這樣了，沒救了。」

「小時候很可愛啊……」

「閉嘴行嗎？」

童逸點了點頭，比了一個「ＯＫ」的手勢。

司黎跟李昕垂頭喪氣地上了車，司黎都不敢看米樂，悶悶地說了一句：「你這個恩情我記住了，以後我一定會報答的。」

「嗯，下次吃東西小心點。」

「喔……」

「說起來，我小時候也幹過這種事情，突然肚子特別痛，我爸把我送醫院去，診斷為脹氣，以後多放放屁，還讓我多吃馬鈴薯跟番薯。」童逸為了緩解尷尬，說了自己小時候的糗事。

「你們真是同一隊的。」米樂回應了一句，啟動車子。

天又被聊死了，童逸閉上了嘴。

司黎沉默了一會兒，開始「啊啊啊啊」地叫，弄得米樂直蹙眉：「這是幹什麼？」

「這小子羞愧到淚奔就這樣，現在只是在車裡沒辦法跑。」童逸回答。

「跟一隻土撥鼠一樣。」

李昕坐在後排，湊過去拍了拍司黎的肩膀：「沒事，只要不影響身體就行，我們下次注意點。」

「別說出去……」司黎小聲哀求，「不然沒辦法找對象了。」

「放心吧，就算不說你也找不到。」童逸安慰司黎。

司黎本來不想哭，聽到童逸的安慰差點真的哭出來。

米樂開車時就覺得這幾個人真夠搞笑的，跟這幾個人混久了還滿有意思的。

走了一會兒，米樂看了看後視鏡，對他們幾個人說：「我被狗仔隊跟車了。」

「完了完了，這件事被狗仔隊知道了，我吃雞骨頭卡住的事不得上新聞啊？」司黎立刻慌了。

「沒事，他們也沒拍到什麼。」米樂回答。

「要不要跟他們商量商量，幫我保守這個祕密？」司黎問。

「這群狗仔隊在意的只是米樂的料，對你不感興趣，你放心吧。」童逸回頭安慰司黎。

司黎：「所以我卡雞骨頭，米樂上頭條是嗎？」

「幸好你們幾個不是女生，不然會傳出我深夜陪女生產檢之類的新聞。」米樂自嘲地笑了笑。

「要不要我們抓住他們？這裡山高路遠，這時候夜黑風高的，我們不如……收拾他們一頓？」

結果米樂立刻踩了剎車。

童逸立刻懂了，回頭對司黎說：「報恩的時候到了。」

說完，三個深夜睡衣男就下了車。

米樂從後視鏡看到他們三個人圍在車邊吵吵嚷嚷了半天，狗仔隊也不敢下車，最後只是開了個窗戶縫，遞了一盒菸給他們三人。

童逸俯下身，在縫隙裡監督他們把拍到的影片跟相片都刪了，才一起回到米樂的車上。

「那幾個孫子死活不開車門，態度倒是滿好的。」童逸上了車就這樣評價道。

米樂沒回答，開車回到學校時發現寢室大門關了。

四個人站在初秋的冷風中，看著宿舍門遲疑要不要敲門。

「這附近連個網咖都沒有，我們要去哪裡啊？」司黎忍不住問。

「主要是我們什麼都沒帶，錢包都沒有，你們帶手機了嗎？」童逸扭頭問他們。

另外三個人都沉默了。

米樂試著按門鈴，但是警衛不幫忙開門。

他們的宿舍是一個大院子，時間到就關院子門，連大樓都進不去。

米樂打算去車裡坐一夜，童逸立刻對米樂說：「你來我們排球隊吧，我們那裡有休息室，雖然條件不如寢室，但是有墊子。」

米樂遲疑了一下，還是開車去了體育館。

體育館裡有兩張乒乓球桌，把中間的網拔下來，在上面鋪上一個墊子，就成了臨時的床。

司黎跟李昕去館裡找能蓋的東西，米樂看著球桌問：「怎麼就兩個？」

「我們又不是打乒乓球的，這只是我們教練跟其他教練休閒時玩的，就這兩張桌子。」童逸回答。

他們館裡還真的有毯子。平時他們訓練累了，就在地面上直接睡一覺，蓋上毯子就行了。司黎他們幾個翻遍了所有的櫃子，只找到兩條毯子、兩顆靠枕跟一個圓柱形的包包，也能充當枕頭。司黎則是乾脆用衣服捲了一個枕頭。

「怎麼辦？兩人睡一個？」童逸明知故問。

「只能這樣了。」司黎沒多想，直接回答。

「我跟李昕不能一起睡，不然地方不夠用，我們伸直腿就出去了。」童逸吞了一口唾沫說。

「那我們一起睡？」司黎問童逸。

「我不跟你一起。」

「……」

米樂看了看童逸，最後妥協了，躺在墊子上努力睡覺。

童逸立刻爬了上去，躺在米樂的身邊，還扯米樂的衣服：「你睡覺不脫外套嗎？」

「不。」

「脫了吧，多難受？」

「你別碰我。」

司黎躺在隔壁，聽了一會兒覺得他們的對話簡直讓人聽不下去：「童逸，你怎麼那麼騷呢？什麼時候這麼熱情了？」

「滾蛋，消化你的雞骨頭去吧。」童逸罵道。

「你這個寶器，你說你八不八卦，一件事情提提提！」司黎一下子蹦了起來。

「你幹蠢事還不許別人說？」童逸也跟著嚷嚷。

「我日你個仙人板板，哈批戳戳的！」司黎開啟對罵模式。

米樂聽了一會兒，忍不住問：「司黎不是東北人嗎？」

童逸笑著回答：「不是啊，司黎是我們隊裡小辣椒。」

司黎則是努力用普通話回答：「其實我大一時說話還算正常，大二童逸跟李昕就來了。後來我們整隊包括教練都開始說東北話了，我也不知道我們隊究竟經歷了什麼！」

童逸開始笑，笑得眼淚都流下來了。

司黎繼續吐槽：「我們隊裡有一個是上海的，一句話說成這樣：儂腦子放放清尚好伐？瞅這事兒讓你整的。」

米樂再次被逗笑了，躲在毯子裡笑了半天。

沒一會兒又被童逸拉他衣服的手煩得不行，還是脫掉了外套，重新躺好後，就感覺童逸近在咫尺。

同一條毯子裡，兩個人之間在傳遞溫度。

靜下來的體育館，米樂能聽到耳邊的呼吸聲。

第二章

試探

米樂跟自己曖昧的對象躺在一起，還蓋著同一條毯子，突然有點難以入睡了。

童逸上次去戲劇社的劇場，看似大剌剌地亂暗示了一通，米樂也裝成不懂的樣子把童逸趕跑了，但是心裡明白。

童逸強調了很多次，也只寵著他。還說什麼要戀愛就一起戀愛，要是單身就一起單身，他要是再聽不出來童逸的意思，米樂的腦袋就算是白長了。尤其是米樂對童逸還真的有點意思，所以童逸說了什麼，米樂就會多想想，研究童逸的話是不是別有深意，想著想著，劇情卻越來越複雜了。

後來米樂就放棄分析了，因為童逸的腦袋真的不可能想太多，想太多都不符合童逸的人設。

再看今天的表現，米樂能夠確定，童逸確實有點歪腦筋，剛才是故意想跟他睡在一起。

他微微側頭看了一眼，還特別忐忑，結果一扭頭就看到童逸三分鐘入睡了。

米樂一腔戀愛的甜蜜變成了冷場。

依靠昏暗的光亮，米樂看到童逸睡覺時居然嘟著嘴，好像金魚寶寶，有點可愛呢。

米樂也停止了胡思亂想，閉上眼睛試著入睡。

§

米樂覺得自己的腦洞真的是越來越大了。

他扯著自己白色的衣衫袖口，看了看自己身上的衣服，再看看附近古色古香的街道，確定自己進入了一個古代為背景的夢。接著，他一甩蛇尾巴。

……他成了白素貞。

米樂還不死心，晃著身子到河邊低頭看自己的樣子，看完就忍不住捂臉。

男男生子 Get！

末世 ABO Get！

動物 Play Get！

女裝大佬 Get！

米樂在夢裡穿女裝的樣子，還真是國寶級的化妝造型師才能設計出來，居然一點都不違和。這要是在古代，都得是沉魚落雁，閉月羞花的美人！

米樂看著自己，忍不住苦笑，這就是自己夢的美化濾鏡。

他扶了扶衣袖站起身來，盯著天空看，想著是不是該下場雨跟「童仙」偶遇了，結果一扭頭就看到童逸站在自己的身邊。

童逸居然也是女裝的樣子，穿著一身碧綠色的衣衫。他的五官硬朗、線條分明，打扮成女裝有點牽強，不過在夢的濾鏡下，也有種「扈三娘」的英姿颯爽。

這個時候，童逸笑著叫了米樂一聲：「姊姊。」

「噗——」米樂看著童逸，忍不住笑出聲來。

童逸也不在意，反而問了一句：「姊姊，妳為什麼要笑？」

確實好笑。清純可愛米素貞，膀大腰圓小青兒。

「沒什麼，看到你這個樣子，我總覺得……好看！非常好看！適合你！」米樂伸手拍了拍童逸的肩膀，心想他們「姊妹」的身高很逆啊，妹妹比姊姊高半顆頭。

「姊姊今天好奇怪啊。」

「好好說話。」

「姊，妳今天咋嘮嘮叨叨的呢？」東北口音回來了。

打扮得很溫柔，結果一開口就是東北老爺的低音炮，這反差感極強。

米樂又忍不住笑了，半天停不下來。

過了有一刻鐘，童逸突然轉變態度：「我們這算什麼，有情基佬終成姊妹是吧？」

「我一開始以為你會是許仙，結果你變成小青出現在我身邊了。」米樂擦了擦眼角笑出來的眼淚。

「啊，不行不行，我暈蛇……」童逸開始捂眼睛，沒辦法看他們兩個人的蛇尾巴，「最痛苦的事情不是我怕蛇，而是我這麼怕蛇，我居然變成了蛇。」

「你居然怕蛇？」

「對，怕蛇，還怕鵝，不知道你感受過農村的鵝沒有，那絕對是村頭一霸，我小時候租房子的時候，被鵝追得到處跑。」童逸試著將自己的蛇尾巴變不見，過了一會兒終於成功了。

米樂也趕緊收回蛇尾巴，對童逸說：「既然我們都來西湖了，還變成了蛇，我們是不是可以自助遊湖了？」

「我怎麼這麼氣呢？我這樣的像青蛇嗎？我真的要變成蛇也是蟒蛇！」童逸一扭一扭地走路，走兩步就停下來，看向米樂，「我控制不住自己的腰。」

「我變成兔子時也控制不住自己，總是在跳。」

「我這樣扭來扭去的是不是滿噁心的？」

「放心吧，你現在從上到下都是大寫的噁心。」

童逸都絕望了，跟著米樂一起扭啊扭地到鎮上逛了逛。還別說，好多東西看起來還很稀奇，甚至細節都特別講究。

作夢連景物都這麼嚴謹的，估計只有米樂了，劇情講理一點就更好了。

「你說，我們這次是不是要跟法海大戰三百回合？」童逸問。

「嗯……很有可能，但是有一點我可以確定，每次的劇情都不太受我控制。」

童逸對這一點已經非常了解了，點了點頭後開始檢查自己的身體，生怕自己長出大胸部來，或者那裡沒了。

檢查完自己，確定自己都完整，就又去檢查米樂，碰到了小兔兔童逸終於放下心來。

兩個人走著走著，就看到了一個小攤子，類似電視劇裡算命先生的那種破爛攤子，上面掛著一個匾額，寫著三個大字「保和堂」，旁邊還寫著「專治疑難雜症，保證藥到病除」。

米樂看著牌匾，忍不住納悶：「我的醫館就這麼沒有檔次嗎？」

童逸也看著這個牌匾陷入了沉思，接著搖搖頭：「我們這次恐怕要受苦了。」

兩個人像模像樣地坐在桌子後面，正在查看周圍設備時就有病人來了。

童逸還忍不住感嘆：「真的有人敢來？」

一抬頭，就看到司黎打扮成書生出現了。

米樂看著司黎還忍不住感嘆：「他這身扮相還滿秀氣的。」

「嗯，他臉小，沒有頭簾反而好看。」童逸也跟著附和。

司黎坐下了之後，小聲問米樂：「醫生，隱疾能看嗎？」

「能，我努力看，我幫你寫張單吧。」米樂拿出宣紙跟毛筆，還拿出脈枕來放在桌面上。

童逸坐在一旁笑呵呵地問：「怎麼，吃到雞骨頭了？」

「這位姑娘為何要這麼問？」司黎有點納悶，問道。

看到童逸這麼魁梧，聲音這麼渾厚，能叫出姑娘這個稱呼也是厲害了。

「沒事沒事。」童逸立刻搖頭，不再插話了。

「敢問公子名諱？」米樂拿著毛筆問。

「在下許仙。」司黎回答。

童逸一聽就不高興了：「我靠，什麼情況？他許仙我小青？你是不是對司黎有什麼想法啊？」

米樂也愣了，趕緊搖頭：「我沒有，真的沒有，絕對不是。」

否認三連。

「我說我怎麼是小青呢，因為我綠啊！」童逸氣得直嚷嚷。

米樂自己都沒想到，再看看司黎，懷疑是不是自己寂寞久了，現在連司黎都暗戀了。

不應該啊，他跟司黎沒有什麼奇怪的感覺。

估計是被司黎之前吃雞骨頭的壯舉嚇到了，留下了深刻的印象，才會在夢裡都在幫司黎看病。

米樂安撫童逸：「現在他只是患者，我是醫生，你能不能安靜地讓我診斷？」

「行行行，你們繼續，我不出聲。」童逸說完，雙手環胸，怎麼看司黎怎麼不爽。

米樂又問：「你要看什麼病？」

「司仙」遲疑了好一會兒，才低聲回答：「陽痿。」

米樂差點沒憋住笑出來。

童逸可沒那麼客氣，剛才還在生氣，這回就大笑起來，笑得特別奔放。

「我發現你還能放我一馬，司黎可是一次好事都沒有，上次沒爹懷孕，這次直接陽痿。」童逸笑得賊眉鼠眼的，怎麼看怎麼氣人。

司黎一看就急了，這是在嘲笑他啊，立刻站起來罵人：「你們有沒有醫德啊，怎麼嘲笑病人呢？」

米樂趕緊安撫：「我的妹妹是個傻子，你別在意他。」

「你們！你們嘲笑我是不是！我也不想這樣啊！我也想要有女朋友啊！」司黎越說越氣，開始砸攤子。

米樂目瞪口呆地看著司黎發飆，身邊還有一個傻子童逸還在笑得直不起身子，一邊扶著肚子一邊擦眼淚。

司黎看到童逸笑成這個樣子，氣得淚奔了，一邊「啊啊啊啊啊」地叫喚，一邊跺著腳來回走動。

「這裡很還原。」童逸還不忘記評論一句。

緊接著，他們就看到司黎突然變成了土撥鼠，鑽進了地縫裡。

兩個人都愣住了。

童逸忍不住感嘆：「我的乖乖啊，這是許仙還是土地仙啊？」

米樂終於忍不住了，跟著笑了起來。這都是什麼鬼啊！

米樂笑了一會兒，就發現青色的蛇尾捲住了他的一條腿，纏著順勢往上，接著用蛇尾頂了頂他的小兔兔。

米樂瞥了童逸一眼：「你不是怕蛇嗎？」

「變出這麼一個玩意兒，不用用可惜。要不要我用這玩意兒幫你搞搞，你試試感覺？」

「我不要，滑膩膩的好噁心。」

童逸單手拄著桌子，撐著下巴看著米樂穿女裝的樣子，忍不住舔了舔嘴唇。

「我不是說小兔兔，我是說○用的地方，這玩意兒進去會不會滿刺激的？」童逸瞇著眼睛，問得有點曖昧。

米樂也跟著笑，湊近童逸問：「你覺得你這個旱鴨子變成蛇之後，會不會游泳了呢？我把你扔水裡試試吧？」

兩個人就此用尾巴打了起來，打了半天後，童逸驚呼：「完了！我們的尾巴纏在一起了！」

「這尾巴怎麼跟數據線一樣，解半天解不開？」米樂也跟著問，同時還在解開兩個人的尾巴。

「啊……你來弄，我看到就覺得眼暈。」童逸受不了地捂眼睛，根本受不了這蛇交纏的畫面。

「浪！讓你浪！還玩這種！再給我搞這種奇奇怪怪的事情，三條腿讓你斷兩條！」米樂氣得打罵。

結果童逸突然就湊過來在他嘴上親了一下：「雖然蛇不可愛，但是你今天的樣子好可愛，我的蛇尾巴都勃起了。」

「既然如此，我就把你尾巴剁掉吧，我也不用解開了，一刀以絕後患。」

童逸立刻閉了嘴。

米樂睜開眼睛，就發現他真的跟童逸纏在一起了。然而童逸不是蛇，是八爪魚，他被童逸纏得結結實實的，長手長腿纏在他身上，壓得他喘不過氣來。

米樂想要掙扎，就發現李昕跟司黎在偷偷看他們。

幾個人對視後，李昕反而比米樂還不好意思，笑了笑說：「我看你們睡得很香，就沒叫醒你們。」

司黎也跟著說：「對，估計是童逸晚上冷了才纏過去的，他有著強大的求生欲，估計求暖的原始本能也滿強的。」

「對，昨天晚上真冷，館裡真冷。」李昕一個勁地點頭。

米樂一看，他們旁觀到連理由都幫忙想好了，就變得更不爽。

他推開童逸自己坐起身，發現自己的衣襬都被撩了起來，因為童逸的手一直放在那裡，都有一道紅色的印子了。這是抱得多結實？

§

童逸在毯子裡迷迷糊糊地睜眼看了看米樂，接著抬頭看向另外兩個人，問：「幾點了？」

「滿早的，你可以再睡一會兒。」李昕回答。

童逸伸手就去攬米樂的腰：「再睡一會兒，沒事。」

米樂抬腳就把童逸踹下球桌，落地後童逸哀嚎了一聲，半天沒動彈。

李昕趕緊過來扶童逸。

童逸爬起來後回過神，揉了揉身上，起身嘟囔：「一夜夫妻百夜恩，我們雖然沒有那麼恩恩愛愛，但是也有個十天半個月的恩吧，你就這麼對我？」

米樂已經穿上了外套，什麼都沒說，直接往館外走。

童逸立刻披著毯子跟著：「蹭個車！喂！等等。」

看著他們離開，司黎跟李昕還在收拾東西，司黎忍不住納悶地問：「我怎麼覺得童逸有點黏著米樂呢，這是受虐體質？」

「我覺得童逸好像滿喜歡米樂的。」

「怎麼看出來的？」

「每次童逸罵米樂都是笑呵呵地罵的，最後還會加一句：不過他確實滿帥的。」

司黎覺得，自己恐怕是單身久了，不懂什麼叫喜歡了，納悶地問：「這就叫喜歡了？童逸沒事就笑著跟我對罵，是不是也深深地愛著我？」

「當然，童逸跟我們的關係更好。」李昕這樣補充。

「這才對嘛！童逸也就是想跟米樂當朋友，畢竟是個大明星，新鮮。」

「嗯嗯。」

§

米樂去上完上午的課，就接到了輔導員的電話。他接聽後得知，輔導員居然在戲劇社等他。

米樂沒有吃午飯，直接趕回戲劇社，進去就看到輔導員翻看著檔案在等他。

見到米樂過來，輔導員立刻問：「你跟孔嘉安是室友，他最近都在做什麼？」

「我從入住四三八寢室後，就沒見過他正經住過幾天，難得回來也是拿東西就急匆匆地離開了。」

輔導員聽了之後忍不住嘆氣：「他開學時晚了很多天才來，也很少去上課，這樣的狀態學校恐怕準備讓他退學了。」

其實考上了大學並不會就此安穩，可以直接混到畢業。如果成績非常不理想，上課總是不去，表現很差的話有可能被中途開除，孔嘉安就是這樣的例子，不來上課，不回學校，這個學上得非常「自由」。

米樂遲疑了一下坐下，接著對輔導員說：「他情況比較特殊。」

「怎麼？」輔導員還真的沒仔細了解過孔嘉安的情況，也是知道孔嘉安恐怕要被開除了，才過來跟米樂打聽打聽。

米樂開始跟輔導員解釋。

「我大一時就聽說過他，好像是跟男朋友親密時被同學撞見了，還被拍了照，到處散播他是同性戀的消息，導致他在原來的校區備受議論。」

孔嘉安已經到了被退學的邊緣，再沒有比這更糟糕的情況了。以他對輔導員的了解，確定輔導員並不是會歧視的人，所以他才會告訴輔導員。而且，這件事對整個戲劇社來說都不是祕密了。

或許還能扭轉回來。

等米樂說完，輔導員半晌才回了一句話：「他是……同性戀？」

「對，一開始看到我跟他同個寢室時，我也滿驚訝的。」

「這……」輔導員突然覺得有點棘手了。

「我估計孔嘉安不來學校，也是因為這種輿論讓他受不了了吧，畢竟社會壓力滿大的。」

「他好像還是你社團的成員？」

「對，是的。」

輔導員陷入了沉思，半晌才說：「我完全聯繫不到他，不知道他的具體情況，也不知道他本人是什麼態度。所以……如果你有他的聯繫方式可以告訴我，我試著跟他溝通一下，爭取他能夠繼續讀下去，畢竟現在有大學學歷，就算不做藝人也好找工作。」

米樂點了點頭，目送輔導員離開。

他又在屋子裡坐了一會兒，起身去找了社團裡跟孔嘉安關係還不錯的人。

「他啊……跟我也有一陣子沒聯繫了，打電話也不接，訊息也不回。」嚴磊冬還在壓腿，想了想才說，「我當初陪他去租過房子，不過是老校區旁邊的，不知道他有沒有把房子退掉。」

「那你把地址給我吧。」米樂說著拿出手機，準備記錄位址。

嚴磊冬說了一遍地址，還忍不住問：「社長，怎麼啦？是不是孔嘉安老是不來上課，所以都報到你這裡來了？」

米樂沒回答，叮囑了幾句訓練，就走出去開車。

啟動車子，行駛到老校區附近，又在那些大樓裡徘徊了一陣子，這樣就花掉了一個小時的時間。

米樂根據地址停下來，戴上口罩等防護裝備，打開車門下了車。

這裡是很老式的大樓，樓梯還在樓體外側，欄杆上還被人放著東西晾曬。有些人曬被子，有些人則是曬了一些蔥跟豇豆。樓梯間很多垃圾，還有一些汙水在流淌，米樂討厭這種環境，走得小心翼翼的，幾乎是全程踮著腳。

到了地址上說的位置，米樂看了看門口，看到門口還放著垃圾袋，估計是有人在居住。遲疑了一下後他敲了敲門，裡面沒人理。

米樂等了一會兒有了離開的意思，結果卻聽到東西碰撞的聲音，接著就是罵人的話：「你不裝死了是不是？你又活了，能動彈為什麼不收拾屋子，什麼都指望我嗎？」

緊接著，米樂聽到了孔嘉安的罵聲：「你就知道玩遊戲，我能指望你什麼？你就是一坨巨大的寄生蟲，渾身惡臭。」

另外一個人似乎拿起了什麼東西朝孔嘉安砸過去，對孔嘉安罵：「嫌棄老子了是不是？找你前男友去啊，他好，還不是又找了女朋友？」

孔嘉安又罵了幾句，接著走出來開門。打開門看到米樂的一瞬間，孔嘉安身體一僵。

米樂目光陰沉，低聲問：「你臉上的傷是怎麼回事？」

孔嘉安立刻捂住臉，躲閃米樂的目光。

孔嘉安身材不算高大，身高一百七十幾，看起來有些弱小，好在皮膚白加娃娃臉，外表看起來還不錯。

皮膚白皙讓孔嘉安身上的傷痕越發明顯，抬起手來擋住臉，卻暴露了手臂上的傷。

米樂推門走進房子，看到沙發上躺著一個男人，穿著睡衣，頭髮蓬鬆，一臉鬍渣，模樣邋遢至極。這個人身上沒有傷，嘴裡還叼著菸，神情得意。

米樂產生了一陣生理厭惡。

「誰啊？」男人看到米樂後問，似乎沒認出來這個打扮得嚴嚴實實的人是誰。

孔嘉安立刻過來拉米樂：「我們出去說……」

「把窗簾拉上。」米樂低聲說道。

孔嘉安動作一頓，卻還是聽話地拉上了窗簾，回頭就看到米樂已經動手了，將人拉起來揍。

孔嘉安一瞬間就紅了眼睛，手足無措時聽到米樂說：「過來幫我！」

孔嘉安立刻點了點頭，拿起什麼就朝那個男人砸過去。似乎越打越爽快，後來都不用米樂動手了，孔嘉安就把男人揍得夠嗆。

「行了。」米樂說道，再打就出事了。

得到了米樂的提醒，孔嘉安才停下來，到了米樂的身邊。

男人被揍得不輕，一邊哀嚎一邊罵，後來則是求饒了。

「為什麼跟這樣的人在一起？」米樂問孔嘉安。

「我……我……」

「少廢話。」

「剛開始他不這樣的，對我特別好。結果後來越來越過分，還在我的手機裡翻到了我跟前男友的親密照片，存起來威脅我。我已經毀了，我不能再害了前男友。」孔嘉安解釋。

「照片為什麼不刪？」

「想留個念想。」

「自己傻也別怨別人。」

許多事情都是這樣，可憐之人必有可恨之處。自己造的孽，怨不得別人。

孔嘉安立刻低下頭不說話了，接著聽到米樂說：「揍到他全部刪除，打不過我幫你。」

孔嘉安立刻有了底氣，開始威脅。

男人一開始還有後手，不過米樂比較嚴謹，還查了這個男人的所有APP以及登入記錄，全部要來了密碼。

男人被孔嘉安砸破了頭，臉上都是血，視線也有點迷糊了，總覺得保命要緊，也就怕了，只能任由他們擺布，最後刪除了所有相片。

米樂也不會說什麼心靈雞湯，只是冷漠地說：「給你十分鐘收拾重要的東西，跟我回去。」

孔嘉安點了點頭，問：「會不會對你有影響？」

米樂搖了搖頭回答：「沒事。」

孔嘉安立刻去收拾東西了。

等待時，米樂拍了一個現場的相片，傳給陶曼玲：**我打架了，幫我善後**。

媽媽：你沒事吧？有沒有受傷？

米樂：我沒事，就是手有點痛。

媽媽：我知道了。

接著又開始說教模式，比如藝人的品行會影響人氣，還表達了她的氣憤以及對米樂的失望。

米樂看了一眼後回答：**喔**。

媽媽：你能不能改改你愛管閒事的這個毛病？你心狠一點才能保護自己，我說了多少次了，你也不聽！

米樂：如果我心狠，妳自殺的那次我就不會回來。

陶曼玲不再說話了。

等孔嘉安收拾好東西，米樂帶著孔嘉安離開這裡。孔嘉安看米樂一直沉著臉，嚇得全程一句話都不敢說。

「你再不去上課，學校就要勸退你了。」米樂終於開口說道。

孔嘉安嚇了一跳，趕緊問：「我現在回去還來得及嗎？」

「主要看你這學期期末的成績，如果被當得多，估計下學期你就不用過來了。」

「我……我努力好好考。」

「嗯。」

「謝謝你。」

「無所謂。」

米樂開車回到學校，路過戲劇社，就看到童逸帶著排球隊的幾個人在他們劇場周邊聚集。一群人都穿著黑衣服，人高馬大的，周圍還圍著一群人，看起來就像是來惹事的。

米樂停下車朝那邊看過去，孔嘉安看到童逸他們覺得不解，也跟著看了半天。

米樂一直在喬裝的狀態，下車低調地走過去站在人群周邊，發現童逸他們居然在爆爆米花！他們的設備是最原始的，在最後會發出一聲巨響的設備。

幾個人忙得熱火朝天，旁邊還放著幾個袋子，司黎在叫賣，說著：「現做現賣，先嘗後買，嘗了不買自己看著辦！」

這群人的形象，說出這樣一句話，真的很有威脅的感覺。

童逸跟李昕就像在做小發明似的，興致勃勃地繼續搖，童逸的眼神則是一個勁地往戲劇社那邊飛。

為了引起米樂的注意，童逸真的是煞費苦心，生怕米樂注意不到自己，就弄出大陣仗來吸引米樂。在劇場周邊爆爆米花，一聲一聲的巨響肯定能夠引起戲劇社的注意。到時候米樂出來找他們，童逸還能跟米樂聊聊天。

童逸自我感覺良好，覺得自己有花式追媳婦的方法，結果半路殺出了程咬金，呂教練來了。

呂教練扠著腰看著他們幾個問：「這是在做什麼妖呢？」

「看不出來嗎？爆爆米香，大學生創業。」童逸笑呵呵地回答。

「不錯啊，賺了多少錢？」

「除去成本淨賺了二十八塊五毛人民幣了，我們講究量大，薄利多銷，吸引回頭客。」

呂教練氣得鼻子都歪了：「出動了六個人，一下午才賺了二十八塊五毛錢？都不夠你們幾個吃粥的，都給我滾回去訓練！」

「喔……」童逸垂頭喪氣地回答，站起身時突然看到米樂喬裝打扮後站在人群裡，又快速蹲下了，「教練，等我爆完這一鍋！」說完繼續搖，比之前更賣力了。

米樂包成這樣，童逸也能一眼認出來，也算是一種能耐了。

等這一鍋「砰」的一聲出鍋了，童逸快速裝了一袋，送到米樂手裡：「我親手弄的，還熱的，我回去訓練了啊！」說完就跟隊員帶著設備離開了。

米樂看著手裡的爆米花，開始想，這是蠢男人的另類浪漫嗎？

孔嘉安坐在車裡有些錯愕，不知道米樂什麼時候跟童逸他們關係那麼好了。

§

米樂回到寢室，就看到孔嘉安在寢室裡奮筆疾書，瘋狂抄筆記。

「知道刻苦了？」米樂放下自己的包包，隨口問了一句。

「我覺得我還能再搶救一下，我家裡如果知道我被開除了，絕對會打斷我的腿。」

「嗯，加油吧，我收拾東西。」

米樂早就申請了換寢室的事情，這幾天輔導員也在處理。

前兩天開除了一個學生，比孔嘉安還過分，上學期考試七科都被當，輔導員好不容易幫忙留住了，結果這位大爺在本學期也只有前幾天好一點，後來又開始曠課，直接被開除了。

這個人被開除後，米樂就可以換寢室了，還是全部都是藝術生的大樓。

米樂正在整理行李箱，童逸跟李昕拎著外賣走了進來，看到米樂收拾東西問：「又要去工作？」

「換寢。」

童逸嚇了一跳，立刻撲過去按住米樂的箱子：「怎麼還換？不是都和解了嗎？」

「我什麼時候跟你和解了？還是我跟你說過我不會換寢室了嗎？」米樂疑惑地問。

「不是……」童逸有點慌，立刻對李昕示意，想讓李昕也幫忙說說。

「別的寢室晚上會斷電！」李昕立刻說道。

米樂：「無所謂。」

童逸急急地保證：「我再也不惹事了，我沒有朋友會過來，沒有仇家了，我也乖乖的。」

米樂真是有點無奈了：「你不是討厭我嗎？」

「我什麼時候討厭你了？喜歡得不得了！」童逸回答時都沒經過大腦，直接就說了出來，說完連自己都愣住了。

孔嘉安原本在抄筆記，聽到他們說話忍不住扭頭，看到童逸的反應後眼神有點複雜，不過還是說：「社長，你搬走以後，我豈不是要自己住在這裡？我之後不會再離開寢室了，這……」

米樂聽完才想到，孔嘉安是今天才回寢室。外加孔嘉安是GAY的事說不定什麼時候就會傳到體育系的耳朵裡，到時候孔嘉安被背後議論，恐怕不好控制。

他對孔嘉安，有種看到自己的感覺。他想在這時幫幫孔嘉安，幻想著自己如果哪一天出櫃了，也可以有人幫他。

只要有一點支撐，他就能堅持下去。

「你也申請換寢室？」米樂問。

「我剛惹了事，還求輔導員這個，輔導員肯定會討厭死我，我不敢提啊。」孔嘉安指了指筆記本，「我繼續抄筆記了，作業先補上，考試努力一把。」

米樂的動作稍微停頓了一下，拿出手機傳訊息給輔導員，問問能不能也幫孔嘉安換個寢室。

等了一會兒，輔導員回覆了，先是問了孔嘉安的情況，又要了孔嘉安的手機號碼，接著回答：

『這次能空出一個床位來也是意外。藝術系這麼能作死的學生不多，找不到第二個位置了，其他棟樓是什麼情況我不知道，不過換到其他系的宿舍也沒有意義。』

米樂有點犯愁了，人是他叫回來的，難不成要從一個火坑跳到另外一個火坑裡？

「啊，小孔回來啦？」童逸似乎才注意到孔嘉安。

孔嘉安扭頭看了看童逸，苦笑了一下：「謝謝你終於注意到我。」

「你臉上怎麼有傷？誰欺負你了？我靠，誰敢欺負我們四三八的人？」童逸立刻站起身問，問完就覺得四三八房號真的不怎麼樣。

米樂嘆氣，最後放棄了收拾東西：「那算了，我住到這學期結束。」

「好好好。」童逸立刻點頭，心裡想著：下學期老子也不會讓你搬的。

童逸跟李昕手裡還拎著串烤當宵夜，遲疑了一下問米樂：「吃嗎？」

「不吃，垃圾食品，有害健康。」米樂冷冰冰地回答，明明在夢裡吃烤肉時沉醉得不行。

「小孔呢？」童逸又問。

「大金鏈子小手錶，一天三頓小燒烤，你們那邊的人都這樣嗎？」孔嘉安問。

童逸搖了搖頭：「的確喜歡燒烤，但是不是普遍都這樣。」

童逸跟李昕對視了一眼，最後跑到寢室門口，蹲著把帶回來的串烤吃完了。他們都知道米樂不喜歡這種味道，乾脆就不在這個時候惹米樂生氣了。

回到寢室，童逸就問李昕：「你說我們要報什麼資訊，才能讓他們猜不到是我們呢，會覺得我們隊

很弱？」

李昕冥思苦想半天，也想不出來。

童逸扭頭問米樂：「祖宗，你聰明，幫忙想想吧。」

孔嘉安聽到祖宗這個稱呼，下巴都要掉下來了，回頭看了一眼，又快速扭回頭。

「什麼意思？」米樂沒明白。

「我們要舉辦一個友誼排球賽，抽籤決定單雙號，單號的隊伍提供資訊，讓雙號的隊伍挑選對手的資訊，以此選擇對手。我們是單號，就要提供一組代表我們隊伍的一組資訊，卻不公開我們是哪個學校的，讓雙號的隊伍照數字順序選擇。」

童逸解釋完，自己想了想後又問：「我說得清楚嗎？」

「我大致猜到了，不過你們既然很厲害，沒必要這樣冥思苦想，對手是誰都無所謂吧？」米樂立刻找到了重點。

童逸故作深沉地搖了搖頭：「我們就喜歡那種對手本以為抽到了弱隊，結果看到我們的那種崩潰感覺，有一種扮豬吃老虎的爽感。」

米樂笑了，問：「你的小腳大家都知道嗎？」

童逸搖了搖頭：「不，就我們隊知道，如果不是統一訂鞋，他們估計也注意不到。」

被米樂這麼一問，童逸立刻眼睛一亮，對李昕擺手：「對對對，報鞋號，我跟司黎腳都小，他們準會以為我們隊有兩個矮子。」

李昕立刻在群組裡跟其他人傳訊息，然後把資訊給了教練。

決定完，童逸開始在寢室裡健身。米樂看劇本時就能看到童逸在那邊「呼呼哼哼」的，忍不住問：

「幹嘛啊？煩死了。」

「戒遊戲了，沒事幹，悶得發慌。」

米樂忍不住揚眉，又問：「你不是很沉迷嗎？」

米樂從來寢室的第一天起，就注意到童逸沒事就捧著手機，今天看到孔嘉安「前男友」玩遊戲時也產生了一種厭惡。

「不玩了，帳號都送人了。」童逸回答。

「那你能不能換個緩解方法？這麼做太干擾人。」

童逸想了想後，開始捧著手機看，看一會兒就偷笑，接著繼續看。

米樂起身去接水，就看到童逸捧著手機看他小時候的綜藝。

嘖……還不如繼續健身呢。

米樂想說點什麼，又覺得自己多事了一點，乾脆回去了。

他坐下後開始回憶童逸看的那期自己都幹了什麼，後來乾脆拿出手機也看了那一期。

那一期是在冰城，米樂一直想去玩雪，但是他們一直在做任務，到離開都沒玩成。

§

下雪了。

這在H市估計很難發生，畢竟到了秋天都沒有太冷，哪可能下雪。然而夢裡的米樂意識不到，伸出小手捧著雪花，笑得特別甜。

每次到夢裡，他都會無法控制自己，思維也會跟著陷入這個角色。

此時的米樂只有五六歲的樣子，思維也跟自己小時候差不多。他看到雪之後開始在雪裡跑，一邊跑還一邊「呀呀呀」地叫喚。

這個時候，從遠處走來一個小男孩，看起來比小米樂大一些。小米樂對這個男孩有點好奇，朝男孩跑過去叫了一聲：「小哥哥！」

小男孩比小米樂高很多，看起來就好像比他大一兩歲一樣。小男孩看到米樂後撇了撇嘴角，沒搭理，繼續往前走。

小米樂愣了愣，接著自己捧起雪來往天空揚，然後跑到下面被雪淋。結果這一舉害走過去的小男孩被揚了一頭雪，風一吹，直吹進脖頸裡。

小男孩又走了回去，到小米樂身邊對小米樂勾了勾手指頭，讓小米樂過來。

小米樂立刻乖乖地跑過來，還以為小哥哥要陪他玩，結果聽到小男孩說：「轉過去。」

小米樂聽話地轉過身去，結果小男孩一腳踢在小米樂的屁股上，讓小米樂撲通倒在雪地裡，面朝下，在雪裡撲了一個小孩的形狀出來。

小男孩準備離開，就看到小米樂坐起身來，連臉上的雪都不撲乾淨就開始哭。

小男孩被嚇了一跳，走過去蹲在小米樂的身前幫他擦臉上的雪，還嚷嚷起來：「你這麼哭，也不怕你眼淚結凍！」

「臉蛋都撞傷了。」小米樂還在哭。

「別哭了，我幫你揉揉，對不起。」小男孩看小米樂哭得這麼慘，終於有了點愧疚心理。

「你幫我呼呼。」

「呼呼？」

「用嘴呼呼。」

小男孩終於理解了，湊到小米樂的臉前，用嘴幫米樂「呼呼」臉上紅的地方，接著問：「好一點了沒？」

「這邊也要呼呼。」小米樂轉過臉。

小男孩無可奈何，繼續幫小米樂「呼呼」。

小米樂的睫毛彷彿成精了，這麼近距離吹，睫毛浮動，臉頰白得幾近透明，彷彿漂亮的小天使。

兩邊都「呼呼」完了，小米樂就開始做小翅膀的動作：「痛痛飛走了。」

小男孩冷漠地看著他，說了一句：「幼稚。」

「小哥哥！」小米樂突然叫道。

「幹嘛？」

「你長得好好看啊！」

小男孩被小米樂說得有點不好意思，抿著嘴沒說話。

「小哥哥你叫什麼啊？」小米樂又問。

「我叫童逸。」

「還有這個姓啊？」

「對啊。」

「我叫米樂，大米的米，快樂的樂。我媽媽說，希望我長大以後都能快快樂樂的，所以才幫我取這個名字。」

童逸過了一刻鐘的時間，正好聽到米樂說的這句話，不由得一愣，接著開始心疼。

「米樂啊，你長大以後並不太快樂。」童逸說道。

「啊？怎麼會呢？」小米樂認認真真地問。

「但是沒事，以後我會讓你快樂的。」

「所以小哥哥會陪我玩嗎？」

「對，我不但會陪你玩，還會一直陪著你。」童逸說完，抬手揉了揉小米樂的頭。

真的好萌啊……

「那我們堆個雪人吧。」小米樂指著雪地說。

童逸點了點頭，這又不是什麼難事，還叮囑小米樂：「你一會兒在旁邊看著就行了，這玩意兒很涼，容易凍到你的小手。」

「好！」

「看我弄，乖。」

童逸開始捲起袖子，想要在自己的「小媳婦」面前秀一把，結果堆了一個其貌不揚的東西出來。

童逸真的有特別努力，他也極力提高自己的水準，可就是堆出了一個小雪堆，還是被人踩了幾腳的那種。上面扣了一個坑坑洞洞的圓雪球，歪歪扭扭地擺著，彷彿落枕了，他自己都看不下去了。

圍觀了整個過程的小米樂突然開始捧場：「童逸小哥哥好厲害啊！」接著開始鼓掌。

童逸羞愧難當，蹲在雪人面前有些自暴自棄。小米樂立刻過來蹲在童逸的身前，捧著童逸的手「呼呼」了幾下，然後問童逸：「童逸小哥哥的手還冷嗎？」

「沒事了。」童逸看到小米樂就控制不住自己的溫柔，立刻柔聲回答。

小米樂不信，把童逸的手放在自己的臉上感受了一下，接著驚訝了一聲：「呀！我的臉也好涼，居然覺得你手還滿燙的。」

「傻呼呼的呢。」童逸忍不住用手指按了按小米樂的小鼻子。

小米樂笑嘻嘻地站起身來，又開始在雪裡蹦蹦跳跳的。

童逸就這樣一直盯著小米樂看，心想這麼可愛，絕對是小天使吧？結果扭頭就被小米樂用雪球砸中了，與此同時是小米樂快樂的笑聲。

果然，五六歲的孩子，天使跟熊孩子只在一念之間。

童逸剛將之前的雪球清理乾淨，小米樂就已經開始了下一輪進攻，同時還在喊：「童逸小哥哥，我們打雪仗吧！」

童逸立刻抱起一團雪去追小米樂，接著將雪在小米樂的頭頂散開。小米樂快速爬開，還在同時自製雪團。兩個人打雪仗就打了半天，直到小米樂累得不行，乾脆躺在雪地上。

童逸立刻走過去拉他：「別在這裡躺著，多冷。」

「可是我好累啊，想休息！」小米樂委屈地說。

童逸左右看看，附近真的沒什麼能休息的地方，無奈地自己坐在地上，接著打開自己的外套拉鍊說道：「那你坐在我腿上好了！」

小米樂立刻坐了過去，後背靠著童逸的胸膛，童逸也同時用外套裹住小米樂。

小米樂靠著童逸晃著腳丫子，鞋尖上都是積雪，在晃的途中被抖掉了。

周圍都是望不到盡頭的雪白，像起伏的雪堆豆腐塊一樣，雖然冷，但是有一種寧靜的美感。

「童逸小哥哥的懷裡好舒服啊。」米樂瞇著眼睛感嘆。

童逸抱著小米樂還覺得很高興，溫柔地問：「冷不冷？」

「不，小哥哥的懷裡超級暖和！」

「那就好。」

「我都睏了，好想睡一覺。」小米樂懶洋洋地感嘆了一句。

「你可別睡，我看新聞，總有人在雪地裡被凍死。」

「不會的，小哥哥的懷裡好暖和。」

「那也不行，我們聊聊天，你不許睡。」童逸說著，還掐了一把小米樂依舊有點嬰兒肥的小臉。

「好吧……我們聊什麼呢？」

「比如，你的理想是什麼？」

「我想做一個設計師，設計好多好多好看的衣服！然後看到別人穿著我設計的衣服出門，會好滿足。」米樂立刻興奮地說道。

服裝設計師？跟米樂現在做的事情完全無關啊。

不過童逸想到米樂曾經幫李昕改過衣服，動作還滿俐落的，不由得覺得這可能真的是米樂最初的夢想。

「嗯，聽起來不錯，你不想做明星嗎？」童逸又問。

「不想啊，我不喜歡被人拍攝，什麼都播出去了，還評論我……我可能心不夠強大，被批評就會心裡失落好久。」

童逸用鼻尖蹭了蹭小米樂的頭頂，跟著嘆氣：「如果以後有機會，我一定會幫你完成夢想，到時候我們弄一個服裝品牌，就叫我樂逸。」

「好啊！到時候我去設計衣服，你去賣！」米樂興奮地說。

「我不賣，我投資入股，雇人去賣，你就做一個設計師就行。」

「雖然不太懂，但是好厲害的樣子。」

童逸的想法一下子就管不住了：「我們要怎麼開始做這件事情呢？我得去問問我爸爸，讓他找一個明白的人教教我。」

「嗯嗯！小哥哥的爸爸也超級厲害嗎？」

「我爸不厲害，但是我爸錢多。」

「這也是一種厲害啊。」

「也對。」

童逸覺得機會難得，抓緊時間問：「你還有什麼其他想要的東西嗎？或者想要實現的事情。」

「長高！長得高高的。」小米樂不假思索地回答。

「你以後長得滿高的，夠用了。」

「還有……還有……吃好多好吃的。」

這個就有點難了，在他記憶裡，米樂其實滿喜歡吃烤肉的，結果他帶個串烤回去，米樂都表現出了強烈的不喜。

「其實只要你願意吃，我就能帶你吃遍全世界。」童逸這樣表示。

「我願意吃啊！」

「胖成小豬也無所謂？」

「小豬無憂無慮的，多快樂啊！」

「可不是，你要是以後也想得這麼開，我們就去吃。」

「其實也沒什麼了。」米樂靠在童逸的懷裡，舒服得瞇起眼睛，笑嘻嘻地繼續說，「我就希望我和我的家人都快快樂樂的，我媽媽一直漂亮，我爸爸一直那麼有才華。然後我們一家人和和美美的，一直這樣維持下去。」

聽完米樂的話，童逸突然沉默下來。

這個……好難啊。

「小哥哥，你有什麼願望嗎？」米樂又問童逸，還揚起小臉來看他，因為太過努力，額頭都擠出了幾條抬頭紋。

「我啊，其實沒有什麼太大的理想，我最近的想法都是我要進國家隊，拿一個冠軍回來，也幫男排爭光。我爸這個人愛炫耀，我拿了冠軍也能讓他出去炫耀他兒子拿過世界冠軍。」

「哇！感覺童逸小哥哥超級厲害！」

童逸得意得嘴角都飛揚了：「必須厲害，不然以後怎麼當你老公？」

「老公？當我老公？」小米樂奇怪地問。

「對啊，長大了我當你老公。」

「可是我們都是男孩子，你怎麼做我老公啊？」

「其實一開始，我也存在著這種疑惑，不過後來就不在意了。什麼都無所謂，只要能跟你在一起就好。」

小米樂似乎還是有點不解，疑惑得臉都皺在一起了。童逸不肯甘休，繼續糊弄小米樂：「你叫聲老公讓我聽聽。」

長大以後，米樂很抗拒，說什麼都不肯叫他老公，似乎隨時都準備好了自己做一號。

童逸想趁機會過過癮，結果就看到小米樂搖了搖頭：「不行的。」

「為什麼？」

小米樂立刻從童逸的懷裡爬起來，站起身來對童逸說：「我家人從小就教我要有防範意識，你剛才那種話讓我覺得你是一個變態！」

「我變態？」童逸指著自己的鼻子問。

「對！正常哪有這樣的？大壞蛋！我不會相信你了。」米樂說完就跑了。

童逸趕緊起來追，就看到小米樂跑著跑著就追到了陶曼玲。童逸漸漸停下腳步，看到陶曼玲微笑著抱起米樂，在米樂的臉頰親了一口，帶著米樂走遠了。兩個人好像一直在說說笑笑，特別開心的樣子。

童逸就一直看著……不忍心去打攪。

童逸醒了之後，拿來小本子，在床縫裡摸出一枝筆來，打開筆帽後用手機傳訊息給童爸爸。

童逸：如果我想創業，創建一個服裝品牌該怎麼做？

爸爸：又惹事了？都開始想副業了？

童逸：沒有，我就是想從事這個行業。

爸爸：放棄吧，你不是那個料。

童逸氣得不行，快速打字回覆：不是，是米樂喜歡設計服裝，我想幫他，不知道有什麼方法。

爸爸：喔，幫小老弟啊，他喜歡這個？

童逸：嗯。

爸爸：這方面我也不清楚，我去幫你打聽打聽，你讓小老弟拿幾個他的設計圖出來，我讓人看看？

童逸：你先問問看吧，設計圖還沒有，我們還沒進入實行階段呢，目前只有創業想法。

爸爸：你這是真的喜歡人家小夥子？

童逸：目前看來是吧。

爸爸：行，我知道了，那你就好好努力，天塌下來，爸幫你頂著呢，你開心最重要。

童逸：好啊。

結束聊天，童逸就覺得自己這紙跟筆算是白拿了，根本沒派上用場。

將東西放在一邊後，童逸就看向了米樂，說道：「祖宗！」

「幹屁？」

「先不幹。」

「滾。」

「求你一件事，我之後有訓練，我們一起上的那個選修課我去不了了，你拿我手機去幫我簽個到，那節課蹭課的人多，估計不會發現缺人。」童逸拿著自己的手機到米樂身邊。

最近的上課簽到都用APP了，這個APP噁心在可以定位，如果簽到的手機不在教室裡，老師立刻就能發現。這種情況下要幫忙簽到，就只能讓人帶著手機過去了。

「我不管。」米樂立刻拒絕了。

童逸已經開始設置了，遞給米樂說：「輸入一個指紋。」

「我在你手機上輸入指紋幹什麼？」

「沒事，方便，我們沒祕密。」

「我跟你有祕密。」

「你保存祕密，我對你沒祕密。」

米樂嫌棄得不行，然後童逸軟磨硬泡，最後還是在童逸的手機上輸入了指紋，童逸立刻把手機給了米樂。

米樂拿著手機看了一眼桌面，依舊是筆鋒犀利的大字「最強！」，黑底紅字，童逸的風格貫徹始終。

米樂把手機放進了包包裡，繼續整理自己的頭髮，扭頭就看到孔嘉安偷偷看著他們。

被米樂看了一眼後，孔嘉安立刻裝成什麼事情都沒發生過一樣。

米樂動作停頓了一下，卻沒有做任何反應。

選修課時不時缺人也是常事。

米樂雖然在學校的時間不算多，今年是跟公司申請想好好上課才清閒一些。

對於童逸這種事情，米樂也司空見慣了。只不過米樂朋友不多，還是第一次幫別人簽到，難免有點做賊心虛。

米樂到了教室後，拿出自己的手機簽到。接著拿出童逸的手機，輸入指紋開鎖後，也幫童逸簽到。簽到完畢，他把手機分別放進兩個口袋裡，開始聽課。

聽了一會兒，米樂突然想到了什麼，拿出童逸的手機打開微信，看童逸的相冊，翻找了一會兒找到了一條訊息。

他看了一下設定，果然是針對他一個人發的，他就知道童逸當時是故意罵他的。

『你，就是你，我去你大爺。』

他撇了撇嘴角，將手機隨手丟在桌面上。

螢幕還沒鎖，他看到一堆人在傳訊息給童逸。隨便掃了一眼，螢幕能看到八個人的訊息，其中有三條文字是在表白。

米樂立刻關閉了螢幕，心想童逸這麼傻，居然還有人喜歡？很快又想到，童逸怎麼加了這麼多人，是不是有人加他，他就通過好友了？

不過米樂隨便想想就知道，估計童逸連路邊求掃碼的都會給人家掃一下。

左丘明煦的手機裡也有一群莫名其妙的好友，大多是剛加入學生會時加的，後來辦點事情加入了一批人，不改備註就記不得是誰。

童逸也經歷過大一那段學生會經歷，估計就是那個時候盲加的。童逸還很隨便，連個備註都沒有。

想了想又覺得不對勁，再次打開螢幕，看到置頂的人有兩個：爸爸、祖宗。

看到的一瞬間米樂心跳都亂了一拍，然後就看到了來自爸爸的未讀訊息：**你們是準備開連鎖服裝店啊？還是……**

後面就看不到了。

米樂是一個注重隱私的人，看到童逸是不是針對自己發過動態就已經是極限了，不會再去看其他訊息。再次關了螢幕，把手機放在口袋裡。

然而腦子裡一直在想：服裝店？什麼服裝店？

這讓他想起了昨天晚上童年的夢。

臺上的老師突然講到一半停了下來，開始叫名字，讓點到名字的人舉手。

米樂心裡一驚，知道要完了。

他左右看了看，想要找到一個人冒充童逸，結果就聽到老師嘟囔：「童逸也簽到了？我沒看到他過來啊，那麼高的大個子，我不可能看漏。」

上次上課，同學們齊呼「同意」，叫醒了童逸，這件事情讓老師印象深刻，所以就記住了童逸。

童逸這次想蒙混過關就難了。

米樂開始裝不知情，低頭繼續寫筆記。結果老師居然打電話，童逸的手機立刻響了，手機鈴聲還是

《精忠報國》。

米樂的口袋裡響起手機鈴聲，讓米樂的身體一顫，趕緊去關手機。一抬頭，就看到老師走到他身邊了。

場面一度非常尷尬。

「你幫童逸同學簽到的？」老師笑呵呵地問。

米樂只能點了點頭：「對不起，我……我……」之後就說不下去了。

老師沒再問什麼，回去拿本子記錄了下來。

教室裡不少人開始議論起來，米樂知道，他跟童逸的緋聞怕是又要加一條了。

緊接著，老師開始說：「我們之後的課程就要完成小組作業了，這也是我這次點名的原因。不是我的學生就不要來蹭課了，防止學生無法完成作業。」

教室裡立刻哀嚎起來。

在大學，你如果想跟一個人絕交，可以跟他一起做小組作業。

如果你想跟你的對象分手，可以跟他一起做小組作業。

你想要整個宿舍鬧翻，可以四個人一起做小組作業。

小組作業，最讓人無法理解的存在。

為什麼就不能獨自完成呢？為什麼非得鍛煉所謂的團隊合作能力呢？為什麼呢？

在完成小組作業時，碰到可靠的組員真的值得歡呼。碰到不可靠的，一拖三有時還算是好的情況，最怕的是三個人都不做，只推給一個人完成。那個人真的是不做怕影響成績，做了心裡還不舒服，非常生氣。做完了吧，最後階段同組的人照著念都念成了狗屎樣，分還上不去，氣不氣人？崩不崩潰？

米樂聽到這句話就有種不好的預感，很快他就得到了驗證。

「米樂，既然你跟童逸、李昕同學的關係不錯，就跟他們一起做小組作業吧，再帶一個同學，你有想法嗎？」

聽到要跟這兩個人一起，米樂就覺得眼前一黑，立刻搖頭拒絕：「老師，幫我安排其他組吧。」

「我把姚娜安排給你們組吧，她的作業都完成得不錯，也能幫幫你們。」老師回答，並未同意米樂的拒絕。

姚娜就好像被上天選中的孩子，又期待又擔心，小心翼翼地回頭看了一眼，就看到米樂正在翻白眼。正巧被她看到了，接著兩個人就對視了。

尷尬……

沉默……

下課後，姚娜戰戰兢兢地去找米樂：「你好……」

「妳的筆記怎麼樣？」米樂直截了當地問她。

「我都記了。」姚娜立刻拿出自己的筆記本給他看。

米樂拿來翻看了一眼，姚娜的筆記還滿詳細的，並且字體娟秀，看得清楚。

「妳等等還有事嗎？」米樂問她。

姚娜搖了搖頭，其實她只是想去吃點東西就回寢室。

「跟我去趟體育館。」米樂把筆記還給了姚娜，帶著她往排球館去。

姚娜上了米樂的車後，整個人都暈暈乎乎的。

米樂的車！米樂在開車！她坐了副駕駛座！她能吹一輩子！

他們到時，體育館裡剛剛休息。

李昕俯下身撐著膝蓋，司黎助跑後撐著李昕的後背跳了過去，差點撞到剛進門的兩個人。

司黎趕緊緊急剎車，就好像藝術體操最後的動作一樣，高舉雙臂，腰部前挺。

「你怎麼過來了？」童逸喝著水走了過來，問米樂。

米樂把手機丟給童逸：「老師認識你了，我幫你簽到還惹了事。」

「沒罵你吧？」

「沒有，就是被安排跟你和李昕做小組作業。」

「小組作業是什麼玩意兒？」童逸納悶地問。

「你連這個都不知道？」米樂神奇地看著童逸。

一旁的司黎忍不住插了一句：「什麼，大學還有作業？」

米樂都震驚了：「你都大三了吧？怎麼順利念到現在的，作業也算分的好嗎？」

司黎撓了撓頭髮，笑呵呵地回答：「我全交給其他人幫我完成了，好久沒擔心這個，都忘記了，或者我教練去擺平。」

「太誇張了吧？有點假。」米樂依舊不相信。

司黎：「我們可以提交申請，就說有比賽耽誤了。」

童逸：「我們那節課叫什麼來著？」

米樂對童逸展現了優雅的微笑：「童逸，我告訴你，你要是給我拖後腿，自己看著辦！」

童逸心裡「咯噔」一聲，接著看向李昕。李昕的眼睛都看傻了，估計還不如童逸呢。

米樂指了指姚娜：「我們組的另外一名成員。」

「辛苦你啦，女同志。」童逸抬手想拍拍姚娜的肩膀，結果發現姚娜身高頂多一百六十公分，最後拍了拍頭，這個高度順手。

「我們過來分個工。」米樂對他們說。

姚娜跟著點頭。

身高一百五十六公分的她，仰望著自己的組員，他們幾個人的身高分別是一百八十五公分、一百九十八公分、兩百零九公分，讓她顯得像個孩子。

童逸跟李昕視死如歸地跟著米樂、姚娜去了一旁。

童逸看到米樂跟姚娜的筆記都迷糊，問：「我找個人幫我，最後交上去行嗎？」

「需要講自己的作業，如果你上去讀都結結巴巴的，我們全組的分會很低。」米樂立刻瞪了童逸一眼。

童逸立刻有精神了：「放心吧，我絕對不會拖你們的後腿，我跟李昕好好學習，天天向上，努力完成這次作業。」

「那先把筆記抄了。」米樂說道。

童逸立刻打了一個響指：「葉熙雅！」

「你自己來！」米樂直接給了童逸一拳。

記。

童逸垂頭喪氣的，拿著米樂的筆記本看，然後說道：「你寫字真好看。」

「抄！」

「凶什麼啊，我寫，我寫，我現在就寫。」童逸拿來筆跟筆記本，直接坐在地面上，在休息的椅子上抄筆記。

李昕則是跟姚娜要了手機號碼，客客氣氣地說：「我們抄完了就把筆記本還給妳，我會打電話聯繫妳一起做作業的。」

姚娜真沒想到這幾個人還滿好說話的，立刻答應了，接著趕緊跑出了體育館。

李昕跟童逸坐在椅子前抄筆記，米樂坐在椅子上盯著其他人訓練。

童逸寫到手累了，晃了晃手回頭看了一眼，對米樂說：「我打球給你看吧？」

「懶得看，辣眼睛。」明明就坐在旁邊看了半天。

童逸已經站起身了，到了球場上對米樂說：「等著瞧吧，帥哭你！」

說著，進入了隊伍裡，換下一個人，開始了平日裡的訓練賽。

別看這是訓練的比賽，兩隊都打得十分認真，平日裡磨練的默契讓他們的配合相當優秀。童逸接到球時，偶爾會輕喝一聲，或者跟隊友安排誰去接這個球，偶爾對隊員指點，還真的有點隊長的風範。

原來不是整天帶著隊員胡鬧啊。

認真時的童逸跟平時完全不一樣，不再是吊兒郎當的模樣，而是嚴肅的，不苟言笑的，甚至還有點嚴厲。然而，這個樣子反而更帥一些。

米樂一直坐在旁邊看著童逸，看到童逸的動作行雲流水，一氣呵成。

王牌，當之無愧的王牌，那種捨我其誰的氣魄給人一種盲目的錯覺，就是只要有童逸在，就能贏！

童逸扯起衣襬擦汗，只是一個小小的動作，卻露出了自己的腹肌。這公狗腰……

米樂：嗯……

童逸真怕再惹到米樂。

在米樂離開訓練館後，他召集了全隊的人員，過來研究他們的選修課。研究結果就是：隊長，你怎麼選了這節課？

童逸非常無奈，找人去打聽了這節課老師的所有行程安排。

第二天他就跑去蹭這個老師的課了，還怕自己聽不懂，叫上隊裡比較聰明、成績相對來說好一點的幾個人一起聽。

一節課聽完，幾個人都像傻子一樣對視了一眼，接著相視一笑。果然，沒有一個人聽懂。

緊接著，他們又跟著老師浩浩蕩蕩地去聽了一節課。

老師也注意到他們了，下課時走過來問童逸：「這是來我這裡刷好感度嗎？」

「這不是要弄小組作業嗎？我兩眼一抹黑，只能刻苦努力了。」

「你這臨陣磨槍也不行啊，主要是前面幾節課的內容，那些才是重點。這樣吧，我這裡也有錄影片傳到網路上，你看看我的影片，順便幫我點一波讚。」

童逸覺得老師也不容易，還得跟學生求讚，立刻豪爽地答應了。

回到寢室拿出自己的筆記型電腦，看了看老師的影片，童逸頓時覺得可憐。

一共傳了二十六個影片，加起來的播放數不到兩千，整個主頁都透著一股淒涼。

奮鬥吧，為了不再給其他人添麻煩。

童逸拉著李昕坐在筆記型電腦前一起看教學影片，兩個人看得互相掐大腿，掐晚了就對方就容易睡著。

堅持聽了兩個影片，李昕開始翻書，驚訝地說了一句：「我們剛才聽的不是這學期講的！」

「不都是從頭開始聽嗎？」童逸也震驚了，跟著翻書。

兩個人看了看書，再去看筆記，最後絕望地嗷嗷叫喚。

不過既然下定決心了，他們還是繼續看了需要看的內容，還堅持幫老師點讚，並且留下了評論：

『好！講得好！』

米樂回到寢室裡時，李昕已經仰著腦袋睡著了，脖子抬到了詭異的彎度。

童逸沒搭理李昕，自己奮筆疾書。

米樂走到童逸的身後看，看到童逸在畫框框，每個框框裡都是自己的大體思路，打算之後按照這個總結。

「看來你還不是特別笨。」米樂看了一會兒後感嘆。

童逸嚇了一跳，剛才太入神都沒注意到米樂進來了，立刻回頭看他。

「坐過去一點，我教你。」米樂搬自己的椅子到童逸身邊。

「李昕睡著了，我們坐近一點。」童逸的心思不太正，笑嘻嘻地說道。

「要不然去我的桌子？」

「別了，電腦還在這裡呢，我都整理一部分了。」童逸點了一下，螢幕就亮了。

米樂見到童逸是真的下了苦工，忍不住抿嘴笑。他也不是特別不通情達理，知道童逸努力過就可以了。在不耽誤自己事情的情況下，米樂也會幫童逸兩把。

米樂打開童逸的筆記本，看著童逸做的簡陋東西，忍不住吐槽：「我小學多媒體課時做的PPT都比你這玩意兒強。」

「你們還考那個？後來不是都有範本嗎？有錢就能買。」

「做PPT跟會word、表格都是基礎課程吧？肯定要學的。」

「我記得你在節目裡說過你上的是什麼國際小學，也學這個？」

「怎麼說得好像你沒上過學一樣？」

「就沒怎麼好好上過，我大多是在體育館裡。」

「從小就功課不好？」米樂開玩笑地問，小時候不是每次都拿滿分回家嗎？

童逸立刻擺擺手：「小時候家裡困難嘛，我爸就把我送到體校了，可以申請免學費，還有補助。」

剛說完，童逸就閉了嘴。

這是在夢裡說的事情，如果現實裡也這麼說了，後果很可能是……

童逸偷偷看了米樂一眼，發現米樂的動作也停了下來，扭頭看向童逸：「你家裡……小時候很困難？」

「對……我從小……爸爸就忙……所以……」

「忙和經濟困難扯得上關係嗎？」米樂繼續追問。

「主要是我爸窮養兒子，對我摳。啊！我覺得我有思路了。」童逸立刻開始認認真真地做作業，不再回答米樂的問題了。

米樂看童逸一會兒，沒再搭話，就好像不太在意一樣，他把注意力放在了李昕的身上。

李昕也很單純，沒有什麼心機，如果童逸故意隱瞞，他無論怎麼問，童逸都不會說的。

不如就去問李昕，李昕肯定傻呼呼地全說了。

這也是米樂不再問的原因，然而傻子童逸還以為蒙混過關了。

李昕睡得非常難受，差點跌倒了才醒過來，伸手拿來手機看了一眼訊息，接著問童逸：「司黎他們要下樓去吃點宵夜，你去嗎？」

「我不去，我繼續研究一下作業。」

「喔……」李昕把手機放進口袋裡，直接走出了寢室。

米樂原本在洗漱，想了想後跟了出去，見到李昕跟司黎站在樓梯口等人。

他立刻走過去，站在他們兩個人面前說道：「李昕，問你一件事，關於童逸的。」

「問我也行，我大多都知道。」司黎首先搶答。

李昕跟著點頭：「對，司黎也知道一些，你問吧，什麼事？」

「柳緒是童逸的龍鳳胎妹妹？」米樂問道。

司黎立刻搖了搖頭：「不是。」

不是？

司黎很快又接了一句：「不過他們確實屬於親戚。」

「對，那天我跟你說了啊。」李昕也跟著說了一句。

不是龍鳳胎……不過確實是親戚，所以夢裡是他臆想的嗎？

米樂接著又問了一個問題：「童逸曾經家裡條件很不好，他爸還差點出事被冤枉嗎？」

這個問題問完，李昕跟司黎都迷茫了：「沒有啊，他們家一直非常有錢啊。」

李昕跟著點頭：「我認識童逸時，他就是寶馬接送上下學。」

「喔……這樣啊。」米樂點了點頭，蹙著眉走了回去。

難道又是他多想了？

等米樂回去後，李昕忍不住問司黎：「柳緒跟童逸也算龍鳳胎吧？你為什麼要否認啊？」

「不對啊，他們家那一窩是三胞胎！」司黎立刻反駁。

「這麼嚴謹嗎？不過為什麼是一窩？」

「童逸跟柳緒那麼大的孩子，還能一口氣生三個，她媽也是個狼人。」

「我們也不是出生時就兩公尺。」李昕嘟囔了一句。

「我出生就有五十七公分！」司黎反駁。

「你現在怎麼這麼矮？」

司黎被氣得差點跳起來打李昕的頭。

「不過米樂為什麼問這個啊，童逸家裡窮過？」司黎扠著腰納悶地問。

「我是沒聽童逸說過，不過童逸是後來轉到我們學校的。他之前的那個學校有好多都是從貧困地區家庭選出來的好苗子，大多免費上學，這算窮過嗎？」

「不知道啊……我們等等吃什麼？」司黎很快就不去想這些了。

事情也就是如此。

童逸跟柳緒的確不是龍鳳胎，童逸還有一個不知道是弟弟，還是哥哥的兄弟。缺根筋的家人分不清他們幾個了，順序都搞不清楚。不過這個兄弟跟童逸關係不好，也跟童逸不同思維，根本不聯繫。

傻子童逸的兄弟是華大的，自己考上去的，據說，如今還算是華大校草級別的。

童逸也是一個不願意提起以前的人，就算是跟李昕，都沒說過自己家裡出過事。

童爸爸條件好起來後，就怕童逸還會受到以前事情的干擾，就帶童逸去了另外一個城市，送到了條件更好的學校。也是那個時候，幫童逸買了一個陰宅別墅住著。

去到那裡後，就算是重新開始了，李昕知道的童逸，就是一個從小家裡就很有錢，寶馬接送，自己住大別墅的孩子。

米樂站在寢室裡盯著童逸看了半天，看得童逸直心虛，都不敢有多餘的動作。

米樂又拿出手機來，傳了一會兒訊息，接著對童逸說：「我先出去一趟，有個應酬要去，你先自己弄吧，有問題問姚娜。」

「嗯嗯，你去吧。」童逸如釋重負地點了點頭，目送米樂離開。

米樂拿走了自己的車鑰匙，打開門出去。

童逸立刻虛脫了一樣倒在桌子上，扯了扯後背的衣服，因為緊張，後背全是汗。

他都能想像到現在被米樂知道了這件事情，絕對會被揍一頓，這還是輕的。說不定米樂一激動，來一個激情犯罪，他就一命嗚呼了。

在米樂走了之後，童逸繼續搞自己的作業，弄到一半就開始想。

應酬？是不是得喝酒啊？還開車去的，別酒駕回來了！

越想越覺得擔心，不過又想到他不認識米樂的那些年，米樂也沒出什麼事，估計喝酒也會找代駕或者住飯店，也不會出什麼事。

他想了想後，傳了封訊息給米樂：**『少喝點。』**

米樂沒回。

童逸爬上床睡覺時，已經十二點多了，他跟李昕一直在搞這個小組作業。好在童逸三分鐘入睡，沒一會兒就進入了夢鄉。

童逸進入到夢裡，看到米樂居然坐在沙發上喝香檳。

他走過去，到米樂的身邊坐下，說了一句：「少喝點。」

米樂看到童逸覺得有點奇怪，微微蹙眉，接著思索了一下問道：「我為什麼能看到你？」

「怎麼了？」童逸疑惑地問。

「我不該睡著了啊，怎麼會作夢？」

「夢？」童逸現在還是身體不由自主的時間段，所以是不受控制，問出這些問題。

「不對勁啊……為什麼會作夢？我睡著了？這點酒我不應該會醉……難道酒裡加了東西？」米樂睜大了一雙眼睛，驚恐地看著童逸。

童逸被嚇得心裡「咯噔」一下，想要努力地衝破限制，結果還是聽到自己回答了一句：「你想太多了吧？我們一直一起在這裡啊。」

米樂坐在沙發上沉默了一會兒，童逸開始跟著嘗了一口香檳，還嫌味道難喝。

限制結束後，童逸立刻扭頭問米樂：「你到底是什麼情況？跟誰應酬？現在在什麼地方？」

「我媽強迫我認識的朋友，一群狐朋狗友，關係一般，位置在凱嘉琳飯店的七九九號房裡。」米樂快速回答。

「我想想辦法。」

「在不確定真相前千萬別報警！我們都是公眾人物，會有影響。」米樂特意叮囑了這句話。

「好。」童逸不假思索地答應了。

童逸急得不行，左右看了看情況，發現沒有能讓他醒過來的管道。最後乾脆心一橫，打開窗戶從窗戶跳了下去。

米樂嚇了一跳，他還是第一次親眼見到童逸「自殺」式醒來的方法，整顆心都提起來了，快速追過去看，看到童逸已經消失不見了。

樓下沒有「屍體」。

童逸從床上直接坐了起來，渾身一顫，嚇得額頭冷汗直流。

就算是在夢裡，經歷一次死亡前的崩潰也是讓人十分難受的，那種心臟快速緊縮感直接傳達到了現實之中。令人窒息的恐懼，下墜時的失重感，還有就是緊張。

高空彈跳還有一線生機，讓你不至於心裡沒底，但是這種醒來的方法真的非常可怕。

上一次是為了送藥跳進泳池裡，這一次是想去救米樂。

童逸快速起身，外套都來不及穿，找出自己的車鑰匙就快速下了樓。

寢室已經關門了，童逸繞了一圈，最後在一樓到二樓的樓梯間窗戶跳了出去，接著還要跳過大鐵門。

找到自己的車，童逸開始默念自己的開車口訣。

他的駕照剛考到不久。駕照是十八歲生日後去考的，因為也不急，考了一年多。如今駕照剛拿到手不到兩個月，他的開車水準真的不怎麼樣。

坐在車裡他才算冷靜下來一些，下意識就想報警，這樣還能速度快一些。可是想到米樂的叮囑又放棄了，傳出消息會對米樂有影響，還是換一種方法比較好。

他打電話給許哆哆。

『喂，這麼晚了有事嗎？』許哆哆接聽電話後，有點不爽地問。

無論是誰，大半夜被驚醒都會不悅。

「幫我個忙，我的朋友出事了，妳去我說的位址幫我救個人，需要妳立刻過去，穿越牆壁瞬間到達的那種！」

『什麼事？』許哆哆疑惑地問，不過已經在同時穿衣服了。

聽到童逸的語氣，就知道童逸非常著急了，許哆哆跟童逸認識很多年，自然會幫。

「我的朋友好像被人下藥了，妳幫我去看看。」童逸回答。

『你別著急，我很快就到。』許哆哆很快掛斷了電話，應該已經在行動了。

童逸也不敢怠慢，掛斷了電話後也開著車往米樂說的地方趕過去。

他的車技不行，這次因為著急，開得比平時都快，快到童逸自己都提心吊膽的。

這附近的路是真的很差勁，好在導航上顯示的位置離他們學校不算太遠，也就十分鐘左右的路程。

童逸因為開得很急，在一個劇烈顛簸的路段沒控制好，差點撞到路肩，好在他反應還算快，調轉車頭躲開了。

然而這個緊急調轉的幅度太大，車子沒打方向燈、突然轉彎的架勢，差點撞到另外一輛正常行駛的車。這個場面的驚險程度，超越了童逸這個新手司機能應對的範圍。

他再次快速調整車，接著車子結結實實地撞到了路邊的電線桿。

車速很快，撞擊讓車的前面全部都毀了。

童逸坐在車裡靠著安全氣囊劇烈喘息，平復心情，艱難地伸手去開車門，遲疑了一下還伸手去拉下了手機。

下車後他踉踉蹌蹌地走路，覺得腿痛得厲害，低頭就看到自己的腿被劃到了，傷口巨大，幾乎裂開到了骨頭，十分恐怖。

他下意識地吞咽唾沫，心裡默念：友誼賽完了，省隊選拔完了，國家隊完了……這傷口肯定會耽誤比賽。

不過這個時候童逸也沒想太多，試著拖動腿，站在路邊想要攔車，繼續去找米樂。然而這附近的車少得可憐，真的有車，看到童逸這個架勢也不願意停。

現在童逸應該叫的是救護車。

他只能拖著腿，往飯店那邊一點一點地走，同時還在時不時回頭，想要攔輛車。用手機的ＡＰＰ叫車，半天都沒有一個人接單。

這個時候，童逸接到了許哆哆打來的電話，那邊聲音很沉，說了那邊的情況：『你朋友沒事，還在睡覺，身邊沒有其他人，他也是正常地在睡眠，沒有任何問題，你被耍了。』

童逸終於反應了過來。

喔，米樂發現了，心中不確定，所以又用了另外一種方法試探他。

然而這種情況下，他居然只是放下心來，感嘆了一句：「喔……他沒事就好。」

『你在哪裡？你的聲音不太對。』

「我車撞到電線桿了，腿受了點傷。」

『你在那裡等著，我馬上過去。』

許哆哆掛斷電話沒有一分鐘，就出現在童逸的身邊。

童逸看到許哆哆也不驚訝，只是坐在路肩上休息，看了看自己的腿。

「傷成這樣還不去醫院？」許哆哆氣得不行，對著童逸喊。

「剛才不是著急嘛，現在確定沒事了我就去。」童逸還有心情笑，估計也只有他這種性格能在這種情況下笑出來。

「不痛嗎？」許哆哆問。

「痛。」被問了之後，童逸終於說了出來，「真他媽痛啊，我長這麼大都沒這麼痛過，我這條腿不會廢了吧？」童逸說完，忍不住捂著臉哭了起來：「痛死我了……我之後還有比賽呢，我開車水準怎麼就這麼差呢……」

許哆哆走到童逸的身邊，伸手按在童逸的腿上，童逸腿上的傷口以肉眼可見的速度復原。

童逸看著自己一點事情都沒有的腿，還伸手摸了摸上面的血，又問：「老姊，原來妳這麼厲害？我以前有什麼得罪妳的地方，妳多擔待一點，都是我傻，妳別放心上。」

「現在道歉已經來不及了！」許哆哆拒絕得毫不留情，「如果沒有我，這次你打算怎麼辦？就這麼受傷，讓腿廢掉？」

「如果沒有妳，我也進不了他的夢裡，一切都不會發生。」

腿已經沒事了，童逸立刻擦了擦自己的那幾滴眼淚，調整自己的情緒。

許哆哆跟著坐在路肩，撐著下巴看著童逸問：「說說看吧，究竟是怎麼回事？你就算沒心沒肺，也不至於被戲弄成這樣也一點也不生氣吧？」

「妳那麼聰明，估計都猜到了吧？」童逸問。

「嗯，猜到了，我看了那小子，長得滿好看的。」

「妳說這件事，能算是他戲弄我嗎？我在他沒有允許的情況下，擅自進入到他的夢裡，知道了他很多祕密，還在他的夢裡跟他戀愛了。他是一個超級注重隱私的人，這種情況下會恨死我吧？」

許哆哆聽完想了想，點頭：「的確會生氣。」

「他應該是發現什麼了，所以才試探我，估計只是想看看我會不會去找他，才會叮囑我不要報警，這樣就能證明他的猜想了。估計說話時也沒想太多，他不會想到我的車技這麼差，居然會自己撞到電線桿。」

童逸吸了吸鼻子，努力忍著眼淚，卻還是顯得委屈巴巴的。

「難得你都這德性了，還替別人著想。」許哆哆的話裡帶刺。

「哆哆，妳說喜歡一個人怎麼就這麼難呢……」童逸問完，又哭了起來，一個快兩公尺高的大男生哭得跟個小傻子一樣。

「怎麼了？」許哆哆拍了拍童逸的肩膀問。

童逸在哭訴，說話也顛三倒四的。

「我一直在惹他生氣，妳了解我的，我都是憑直覺做事，然後就會惹他生氣。我已經非常努力了，可是還是一次一次地出問題……我第一次喜歡一個人……我明明很努力，可是做出來的事情就是不招人喜歡……怎麼辦啊？妳說我是不是就是個傻子？」

許哆哆看著童逸這個樣子，本來該做一個人生的導師，然而看到童逸哭得眼淚一把鼻涕一把，居然被逗笑了。

「一個陷入感情困惑的傻子？」許哆哆問。

「妳還有心情笑我！我都要頭痛死了！」

許哆哆拿來手機，查詢米樂的生日。

童逸湊過去看，問她：「怎麼，妳還打算看看他是什麼星座，再評論一下嗎？」

「我查查他的生辰八字，推算一下你們的姻緣。」許哆哆回答。

「算！快算！算對了我有賞！」

許哆哆推算了一會兒，又盯著童逸看了一陣子，接著笑了。

童逸被許哆哆笑得心裡發毛。

許哆哆突然收起手機，對童逸說：「天機不可洩露，不過呢……你不在意他戲弄你，我在意。在我這裡，他就是一個陌生人，而你是我哥兒們。」

「妳別收拾他！這件事也不怪他！他也不會想到我會出事。」

「放心，是不會讓你心疼的方法。」

頂多是讓米樂心疼的方法，只要他對童逸的感情不是假的。

許哆哆說完，就轉過身，走到了一個牆邊，直接走進了牆壁裡。

米樂作了一個夢。

夢裡，童逸知道他出事之後，用極端的方式強制自己醒過來，然後開車往他這裡趕，在半路上出了車禍。然而童逸還是憑藉著自己的毅力下了車，拿著手機導航，拖著重傷的腿往飯店走。

這是許哆哆安排給米樂的夢，讓他夢到童逸在這個晚上發生的事情。

總有一天會真相大白，到時候米樂應該承受今日的愧疚。

或者不是愧疚，而是知道童逸都做了什麼。只要米樂不是鐵石心腸，知道真相後也不至於跟童逸鬧得太僵。

童逸是真的在意他。

米樂看到童逸的樣子心疼得要命，直接從夢裡驚醒，第一件事就是打電話給童逸。打電話時，手都在發抖。

千萬不要有事！他沒想到童逸會跳下去，也絕對不要出事！

幾聲後，童逸接通了：『喂？』

「你在哪裡？」米樂急切地問道，音量都沒控制住。

電話那邊沉默了一會兒，回答：『我在寢室裡寫作業。』

米樂立刻放下心來，擦了擦鼻尖的冷汗，又問童逸：「做到這麼晚？」

『我不想扯你後腿。』

「你怎麼鼻音這麼重？像哭了一樣。」

『作業實在是太難了，我不會做。』

米樂聽著童逸委屈巴巴的聲音，突然沒忍住，溫柔地笑了起來。

「回去以後我教你。」

『好。』

童逸站在路邊掛斷了電話，看著保險公司拖車離開。

他又跟保險公司複述了一遍事情的經過，一直十分配合。

「你是不是受傷了？」工作人員看到童逸身上有血，褲子也割壞了，問了一句。

「沒多的大事，無所謂。」傷口已經好了，只是陣仗有點嚇人。

等事情處理完，童逸被人送到了學校。

他為了不露餡，再次翻越圍欄，接著從樓梯間窗戶爬了回去。

為了不吵醒李昕，他摸黑換了褲子，將垃圾袋整理好，接著坐在馬桶上發呆。

驚魂未定就是這種心情吧，反正瞌睡蟲是一點都沒有了。

米樂沒事就好。

米樂回到寢室，就看到童逸在洗頭。

他站在廁所門口看了看童逸的狀態，又盯著童逸的腿看了半晌，一句話都沒說。

童逸也注意到米樂了，還跟他打招呼：「嗨，四十三大腳。」

「嗨，快兩百斤的胖子。」

童逸噗哧一聲笑了，繼續洗頭。

米樂依舊站在門口沒走，盯著童逸看，順便提醒：「右邊耳朵後面還有泡沫沒洗乾淨。」

「怎麼，你要用浴室啊？」童逸洗耳朵的同時問米樂。

「沒事。」

米樂昨天嚇得手腳冰涼，後半夜都沒睡好。他甚至開始自責，明明可以用其他的方法，為什麼非得用這種呢？

然而他當時想到比較有效的方法，也只有這個了，太急著想驗證了。

幸好那是夢，幸好都是他多想了。

此時的他心裡還在忐忑，生怕童逸真的出事了，夢得太過真實，讓米樂彷彿經歷了一場浩劫。所以他想一直看著童逸，反覆確認童逸沒事才能放心。

童逸洗完頭出來，把毛巾丟到一旁，轉過頭對米樂說：「我今天有友誼賽，超級緊張。」

「你都是打過全國比賽的人，怎麼會對這種比賽緊張？」

「就是緊張，這次友誼賽會有人來選拔隊員，不知道能不能進國家隊，這次還滿重要的。」

「那你加油。」米樂立刻鼓勵道。

「不行，還是緊張，得抱一下。」童逸說完，就張開手臂示意米樂過去。

米樂愣了一下，不過還是走過去抱了童逸一下。

跟夢裡同樣感覺的擁抱，很舒服，很踏實。

童逸終於抱到了米樂，高興得不肯鬆手，繼續嘟囔：「好緊張啊……」

「我緊張時一般都會聽音樂，要不然你試試看？」米樂問。

「抱一會兒也許會好。」

「嗯……你……加油。」米樂真不擅長說這種鼓勵的話。

童逸笑了笑，輕聲應了一句：「嗯。」

§

這次友誼賽，是從本市跟臨市過來的學生來H大比賽。

主要是H大是新校區，學校大，場館設備齊全，環境比租用的場館還要好一些。以至於作為主場，童逸他們隊就成了第一支比賽隊伍。

童逸他們是毫無懸念的第一支隊五，所以很早就上場做熱身了。

他們的隊服是黑色的，一支身高極有傳奇色彩的隊伍登場，還是上一次全國比賽的冠軍隊伍，自然備受矚目。觀眾席人還滿多的，坐著其他的觀賽隊伍、慕名而來的觀眾還有本校的學生。

排球隊本來沒指望他們能有啦啦隊。他們原來的校區不是體育生就是理科生，遍地是狼，沒有啦啦隊這個概念，但是看到別的學校有啦啦隊，內心還是會產生一種羨慕的心情。

司黎看著四周，看到有一邊坐著一大片服裝一樣的妹子，就忍不住感嘆：「哪個學校這麼厲害，這是拉來了兩車的啦啦隊吧？」

「唉，有妹子的學校真好。」隊友也跟著感嘆。

童逸正在活動身體，看看自己的身體有沒有其他損傷，確定沒事才放下心來，接著就聽到司黎激動地叫了一聲：「爸爸！」

童逸疑惑地看過去，就看到米樂居然來了，還讓其他學校的人激動了一陣子。

米樂來了之後，在大範圍啦啦隊的前排位置坐下，對身邊的一個女生說了什麼，然後就看到那個女生號召啦啦隊起身，開始幫童逸他們隊喊口號加油。

因為隊伍是臨時組建的，沒有牌子，沒有旗子，只有統一的服裝跟整齊的加油動作。

這一陣過去，全場沸騰了。也太壯觀了吧。

米樂帶來的藝術系啦啦隊大多都是學過舞蹈的，外形過得去，大多是美女，平時一起出去時也有默契，幫排球隊臨時加個油也是可以的。

童逸忍不住笑了，米樂不但來看他的比賽了，還帶了這麼多人給他助陣，真的倍有面子，內心竟然氾濫起一陣小甜蜜。

其實前陣子，藝術系跟體育系鬧得很不愉快。童逸跟田徑隊的那場糾紛讓米樂掛了彩，藝術系的女生知道了這件事情，氣得不行，雖然平時跟米樂並不熟，但是對米樂的印象特別好，就看體育系的人不順眼，也就是傳說中的護短。

事情一傳十十傳百，大家都知道了，藝術系的幾個女生沒事就跑到田徑隊去搗亂。他們的塑膠跑道在室外，幾個女生沒事就去跑道上占著地方，不是打著遮陽傘聊天，就是聚在一起自拍。這一個舉動，害得田徑隊有幾天都沒辦法好好訓練。

好好說不行，田徑隊就有點火了，後期兩邊鬧了起來，關係再次惡化。接著，童逸的愚蠢舉動不斷，居然跑到劇場外面去爆爆米花。這在戲劇社的人看來，童逸就是來示威、找碴、找他們麻煩。

童逸這個舉動就跟吵到鄰居，然後買來震樓神器一樣，就是一個禍害人的方法。兩邊開始了不對盤的戰爭。

讓人沒想到的是，米樂居然突然組織他們來為排球隊加油。

其實米樂提出來後，藝術系很多人表示反對。

「才不要幫一群討厭鬼加油！」

「他們比賽關我們什麼事？我表演話劇時，他們會來幫忙控場嗎？」

米樂想了想，點了點頭：「可以，到時候我找他們來看場子。」

「看場子？」宮陌南奇怪地問，話劇演出需要看場子嗎？

「對，他們的氣質十分符合。」米樂想起這些人放貸的模樣就想笑，維持秩序的話絕對是一流的。

「你最近好像心情總是很好。」宮陌南盯著米樂問。

「呃……」米樂突然一怔。

最後，米樂還是用了幫忙文宣部為理由，請一群人來當啦啦隊。畢竟這次來了幾個學校的人，體面一點也好。

本來過來時還不情不願的，結果到了現場就被現場的氣氛感染了，不由自主地跟著加油，還心情澎湃。主場絕不能輸！

賽場上，終於宣布了跟H大排球隊對陣的球隊。宣布完後，就聽到一邊發出了哀嚎的聲音。

童逸他們得逞了，笑嘻嘻地上場等待對手。

跟他們對決的居然是熟人，上次全國比賽時就遇到過。不過正是因為遇到了，對面連二十四強都沒進去，本來也不算太弱的隊伍止步於二十四強，說起來特別丟人。

上場後，對面一名隊員就過來對他們問：「不是一個四十號、一個四十一號嗎？司黎，你多少？」

司黎晃了晃自己的腳：「四十一的。」

「四十的呢？別虛報情況啊，你們！」

「在這裡呢。」童逸走過來說道。

一群人看看童逸，再看看童逸的腳，忍不住吐槽：「開什麼玩笑！」

童逸第一次嘗試比賽前脫鞋，還第一次看到自己的鞋脫下來，被對手隊伍所有隊員傳閱一遍。

童逸扭頭問李昕：「他們這算捧臭腳嗎？」

李昕也看傻了：「反正肯定是捧臭鞋。」

對面一群人傳閱完畢後，把鞋子還給了童逸，然後童逸重新穿好鞋子。

對面一名隊員驚呼了一聲：「他真的穿進去了！」

「你們真的不是殘疾人代表隊？」另外一個人跟著問。

「放屁，你們被殘疾人打敗了丟不丟人？」童逸氣急敗壞地反駁。

對面終於無語了。

這個時候，呂教練跟著幾個人走了過來，笑得春風滿面的。

「我的孩子們都很有精神吧？」他對身邊的人說。

「嗯，一個個看起來都不錯，要是打籃球就好了。」H大的籃球教練看著童逸他們嚮往地說。

對手隊伍的教練快步走了過來，問呂教練：「你們這次是不是有點欺負人了？主場作戰，還報了個這麼荒唐的資料？」

呂教練還裝蒜：「這不就是趣味運動會嗎？規則不就是這樣嗎？」

「就這些鞋號，誰能想到是你們啊！」

呂教練嘿嘿直樂，接著大手一揮說道：「要不然我們讓讓你們？」

「你打算怎麼讓？」

呂教練看了看自己的隊伍，接著喊了一句：「李昕，你今天到副攻手的位置。」

李昕，身高將近兩百一的二傳，說起來還滿出名的。

李昕家裡的基因都很正常，爸爸身高一百八十八公分，母親身高一百六十七公分。當初到體校時一直都是打二傳的位置。結果到了高中，身高開始不受控制，然而那時候又到了大學選拔的階段，臨時換

位置不太妥當，以至於李昕一直是二傳，畢竟在這個位置久了，技術還是很硬的。到了大學，呂教練有意讓李昕換為副攻手，然而還在磨合期，一次都沒正式比過，這一次正好練練手。

李昕去了副攻手的位置，隊員都沒表示什麼，還都很淡定，至少不會太荒唐。

結果呂教練又突發奇想，說道：「童逸，你去二傳位置。」

「啊？」童逸立刻震驚了，他沒去過那個位置啊！「教練，玩太大了吧？」

「讓讓他們。」

童逸想了想還是去了，說真的，站在這個位置讓童逸覺得特別難受。

真的開場後，H大這邊打得雞飛狗跳。

童逸托球，盡可能送給隊友，卻還是聽到：「童逸，這球太高了！」

「隊長，這球有點低了，打不到。」

「剛才那球不是給我的嗎？」

童逸打著打著，就回到自己習慣的範圍去了，結果就撞到了現在的主攻手，來了個人仰馬翻。

米樂特意找來了藝術系的人幫他們加油，結果童逸他們打的是什麼玩意兒？米樂都沒眼看了，一直沉著臉沒說話。啦啦隊的人也沒什麼心情繼續加油了，就坐在場地旁看著。

不出意外，第一輪輸了。

童逸結束後走到呂教練身邊：「教練，玩大了。」

呂教練也沒想到會打得這麼慘，清咳了一聲說：「下一輪回到自己的位置去。」

「好！」所有隊員一起回應。

「之後怎麼打？焦灼一點？」童逸喝了一口水問。

呂教練笑了笑：「按照你們的風格打。」

「沒問題。」童逸立刻懂了。

「我們要不要喊一個口號？」司黎湊過來問。

呂教練點了點頭：「喊小聲點。」

排球隊眾人聚過來，小聲喊了口號：「只要勝利，不要友誼，加油！」

喊完口號，第二輪開始。

呂教練看到觀眾席終於來了一群人，忍不住笑了起來。他把國家隊的老朋友叫來了，然而他們居然遲到了。呂教練上一輪也沒讓隊員好好打，因為位置需要磨合，節奏也很慢，所以現在童逸跟隊員們的體力依舊處於巔峰狀態。繼續比賽後，他們回到自己的位置，可以得心應手，肆意施展了。

盡情表演吧，小兔崽子們，那些人此時正在錄影呢。

呂教練笑得越發得意了，然後又一次聽到籃球教練感嘆：「這麼好的苗子，打籃球就好了。」

呂教練：「……」

這一輪開始，再也沒有上一輪的狀態，所有人就像換了一個人一樣，嚴陣以待。不再是開玩笑的狀態，而是真的在進行一場正式的比賽。

壓倒性的對決。從氣勢上到技術上，對面都已經完敗。

比分在逐漸拉大，到了後面，對面似乎已經喪失了最後的戰鬥意志。

「有點帥啊……」啦啦隊裡漸漸有了這樣的聲音。

「那個一號好帥。」

「一號就是招惹過社長的人。」

「不過確實有點帥。」

「小司黎好努力啊！」

「司黎加油！」

因為跟司黎很熟，啦啦隊還單獨為司黎加了一波油。

六十幾個漂亮妹子一起喊司黎的名字加油，米樂都看到司黎換位置時直接同手同腳了。

米樂看著賽場上一直在戰鬥的身影，一次次跳躍，接著力挽狂瀾。就連司黎也是這樣，平常有點傻，但是他全程都在努力。彷彿這才是真正的他們，只有在排球的賽場上，才能釋放出他們的本性來。

米樂看了一會兒童逸，忍不住抬起手來摸了摸嘴唇。確實滿帥的，想……上。

這場比賽，H大的隊伍毫無疑問地贏了。

比賽結束，呂教練就帶著自己最喜歡的幾個孩子去找了自己的老朋友，推薦的意思十分明顯。

幾個孩子還以為呂教練又要在別人面前炫耀了，還很配合。不過老朋友之間說話，他們也聽不懂，待了一會兒就跑了。

「我帶的這批孩子不錯吧？」呂教練笑呵呵地說道。

「童逸是不錯，身體靈活，各項都可以，就是這個腳真的不會耽誤動作？」金曾問他。

童逸各項都算是完美的，唯獨這個腳真的讓人覺得心驚膽戰的。

「完全沒問題，收他時我就做過各種測試了，確定一點問題都沒有，我才收的，這點你完全可以放心。」

「這個李昕……兩百零九公分高的二傳，若能成功換到副攻手的位置應該會不錯，但是二傳……」金曾抿著嘴，似乎有點不看好。

「最近我的確有在訓練他這方面。」

「至於司黎，個子太矮了。」金曾第一次直接否定了一個選手。

「司黎的身體十分靈活，人也機靈，不到最後一刻都不會放棄，是一個很不錯的選手。而且自由球員的身高也沒有什麼硬性的要求，只要技術過硬就可以了。」

金曾還是搖搖頭：「我們選拔時，還有一個備選，個子比他高三公分，兩個人的水準不相上下，你說我們會選哪個？」

呂教練不肯作罷，一個勁地追著金曾推薦司黎。不過金曾的態度十分堅決，似乎連商量的餘地都沒有，現在金曾看中的選手、想招過去的只有童逸一個人。

呂教練再回頭看看這批隊員，總覺得有點遺憾。

米樂在比賽結束前就離開了球館，主要是注意到有其他學校的人想過來跟他要簽名了。

他來這裡是要幫球員加油的，不能喧賓奪主，這點事情他還是懂的。而且，他還有另外一件事情一直惦記著。

他開著車子一直沿路尋找。

早上回來時著急，沒有注意看，這次則是按照自己夢裡的蹤跡一點一點地尋找。

在一處顛簸地段，還真的看到了一根歪歪扭扭的電線桿。電線桿明顯遇到過撞擊，還有十分清晰的刮痕，旁邊立了一個支架支撐著，還沒有人過來修繕。

米樂找了一處不算違章的地方停了車，走到電線桿旁邊盯著電線桿看。接著，他又看了看四周的環境，努力回想夢裡的內容，接著沿路尋找，在行走的地方看到了血滴的痕跡，然後在一處路肩的位置看到了一片血跡。

他蹲在路肩的位置看，心口突然劇烈地揪緊了一下。

他又看了一會兒，接著到附近的一家店鋪問：「大爺，昨天晚上這裡出車禍了嗎？」

「對，都半夜了，突然就撞上了，估計那個小夥子是酒駕了，不然怎麼好端端，就撞到電線杆上了。」

「呃……是什麼樣的車？」

「車不認識，怪陌生的，雜牌車吧，撞得都看不出來是什麼車了。」

童逸的車的確不太普遍，如果是賓士、寶馬、路虎這樣的車，這些店主絕對能一眼就認出來。

米樂猶豫了一下，又問：「司機是什麼樣的人？是不是個子特別高？」

「對，特別高，那大傻個子可不好看，旁邊的人都比他矮一顆頭。」

米樂抿著嘴唇點了點頭，怕自己白問問題會讓人討厭，最後還選了點水果。

他拎著蘋果上了車，坐在車上發呆。

真的？還是假的？明明這麼多破綻，現實裡還留下了痕跡，為什麼童逸身上沒有傷？為什麼司黎他們否認了他的話？

到底是怎麼回事？

這不現實啊……

「童逸……你到底是什麼樣的人？」他忍不住嘟囔出聲。

坐在車裡想了一陣子，他又想起童逸說過，他從小身邊就發生各種各樣的靈異事件。

想到這裡，他拿出手機，撥打了一個很少聯繫的電話號碼。

撥通後，螢幕顯示了一個名字——陸聞西。

『喂？』陸聞西接聽後，奇怪地問，『怎麼了？』

「陸叔叔，我想問你一個問題。」

『嗯，你問。』

「就是……問題會顯得有些奇怪。」

陸聞西那邊笑了笑，聲音吹拂過話筒，發出呼呼的聲音：『沒事，你問吧，估計更奇怪的事情我都經歷過。』

「我經常會作夢，夢到一個人，夢還是連續的，並且我會記得特別清楚。」

『呃……需要我解夢？我可不擅長這個。』

「不，我懷疑是兩個人共同作同個夢。他曾經在夢裡說過的事，在現實裡走溜嘴了，還有……」

米樂把昨天晚上的事情也跟陸聞西說了，包括在夢裡童逸受傷，第二天他看到童逸一點事情都沒有，彷彿事情只是米樂自己的猜想，反而這邊的車禍現場還在。

電話那邊的陸聞西沉默了一會兒，接著說道：『跟你一起作夢的小子叫什麼？』

「是我學校的，叫童逸。」

『童逸……媽的。』陸聞西罵了一句。

「怎麼了，陸叔叔？」

『我去問問我乾女兒是怎麼回事，有消息後回覆你。』

「好的。」

掛斷電話，米樂覺得自己什麼答案都沒得到。

他開著車回去，到學校附近時收到了訊息。

他停下車子看，還以為是陸聞西回覆訊息了，沒想到是童逸傳來的：**慶功會來不來？校內超市二樓的用餐區。**

童逸：司黎說，感謝你請來啦啦隊，他今天簡直是人生巔峰。

米樂遲疑了一下，還是去了，剛過去就看到這裡聚集了不少人，其中，居然還有柳緒。

柳緒喝了酒，似乎有點醉了，拍著大腿跟身邊的司黎吹牛：「我跟你講，比婊的話，一般沒人比得過我。」

「對，這方面妳非常厲害了！」司黎神捧場，眼神卻盯著桌面上好吃的。

「目前來說，我還是戰無不勝的！」

「為了這個，我們乾一杯。」司黎又跟柳緒碰杯，一抬頭看到了米樂，立刻喊了一句，「爸爸，您也來了？」

米樂最近「救了司黎一命」，今天還讓司黎滿足得不行，讓米樂再次成了司黎的爸爸。

柳緒看到米樂的一瞬間就變了臉，揉著頭說：「哎呀，喝了好多啊，人家不能再喝了。」

「咦？剛才不是妳說今天誰先倒下，誰是孫子嗎？」司黎納悶地問。

「你在說什麼啊，你怎麼可以讓女孩子喝這麼多呢！」

米樂不願意看柳緒拙劣的表演，只是問司黎：「童逸呢？」

「訂了東西，只能送到學校門口，他和李昕去接了。」司黎回答。

米樂只能坐在一邊等，司黎立刻孝順地送一些東西過去問：「爸爸，你吃點什麼？」

「礦泉水。」

「好，我幫你取瓶新的。」

米樂坐在這裡後，排球隊眾人就開始拘謹了，柳漢子就成了林黛玉，沒有剛才的熱鬧。

好在沒一會兒童逸就回來了，看到米樂就樂呵呵地說：「你也來了？你回覆我一下啊，我就早點回來了。」

「你跟我過來一下。」

童逸立刻點了點頭，走時還叮囑排球隊一眾：「吃的幫我留一點！」

結果沒人理他。

兩個人到了二樓鋪位還沒出租的位置，打開門就能進去，找了一個別人看不到的位置，米樂說道：

「把褲子脫了，給我看看。」

「啊？」童逸受了一驚，驚訝地問，「你重點要看哪裡？」

「腿。」

童逸還滿為難的，不過還是脫了，給米樂看自己的腿。

真別說，運動褲露不出來的位置比小腿白多了，但是沒有傷。

「可以了嗎？」童逸問米樂。

米樂點了點頭，陷入了沉思。

「你想再看看其他地方我也不介意。」

「不感興趣。」

童逸重新穿好褲子，嘟嘟囔囔地問：「你這是要幹什麼啊？」

結果米樂突然過來，撐著童逸身邊的牆壁，目光灼灼地看著他：「你對 Hello Kitty 有什麼看法？」

「滿白的？」

「你知道什麼是ABO嗎？」

「不是ABC嗎？」

「你對我是什麼想法？」米樂繼續問。

「啊……想法滿多的。」

「比如呢？」

「這樣……那樣的……想法。」

「哪樣？」

童逸這身高居然被壁咚了，壁咚的人還成功讓他羞答答的。

「就是……就是成熟男人的想法。」童逸依舊拐彎抹角的。

「成熟男人有什麼樣的想法？」米樂揚了揚眉，繼續問。

童逸盯著米樂看，壯著膽子說：「說了你會打我的想法。」

米樂終於甘休了，收回手退後了一步，不過目光一直沒從童逸的身上離開。

「童逸你知道嗎？一般來說，人在回憶時，眼睛會往左上方看。在構思謊言時，會往右上方看。」米樂突然說道。

「呃……」童逸的大腦飛速運轉，接著說，「我覺得你的這個論據不對。」

「為什麼？」

「因為我是左撇子，跟一般的人習慣是不一樣的。」

米樂沉默下來，想了想自己看過的書，似乎的確是調查右撇子。如果童逸是左撇子的話，結論真的有可能不同。

米樂真的是絕望了，最後乾脆問：「你會不會夢到我？」

「噗……」

「笑什麼笑？」

「你到底怎麼了？」

米樂見到童逸笑自己，也覺得剛才的問題怪讓人不好意思的，只能說：「算了，我回寢室了。」

「一起吃一點東西吧，大家都很感謝你呢，今天的氛圍超級好，讓我們第一次感受到了H大的溫暖。」

「不去。」

路過聚餐的地方，就發現又來了一群女孩子，有幾個女孩子看到童逸就特別興奮地叫了一聲童逸的名字。

「剛才依依都等你半天了。」有一個女生起鬨。

米樂突然想起來，他幫童逸簽到時看到過「依依」的表白。

「童逸。」米樂叫道。

「嗯？」童逸疑惑地問。

「回去，我教你作業。」

童逸立刻笑了：「行。」說完立刻屁顛屁顛地跟上了，東西也不吃了。

回去的路上，米樂還忍不住問：「你平時都怎麼處理追求者，怎麼還跟追求者有來往？」

「啊？誰啊？」

「剛才的依依，我在微信首頁看過她表白。」

「我微信裡的人跟現實裡的人都對不上。」童逸說著拿出手機，特意拉了一下米樂的袖子。

米樂回頭就看到童逸打開了自己的微信，往下翻找，全部都是未讀訊息，那些表白童逸一條都沒看過。接著，童逸一個一個的全部刪了好友。

等刪完了全部不認識的人，童逸笑嘻嘻地舉起手機給米樂看：「這次做對了吧？我都刪了！」

「這次？上次是什麼？」米樂問。

童逸想抽自己嘴巴。

第三章

今年冬天是暖冬

童逸就跟被拔了毛的雛一樣，垂頭喪氣地跟在米樂身後往寢室走。

米樂感受到了童逸的模樣，什麼都沒說。再問童逸，肯定什麼都不會說了，不過米樂心裡大致有點譜了。而且，現在問出來了，米樂該怎麼應對呢？

米樂有點迷茫了。

他突然回頭看向童逸，童逸立刻站住了腳，驚恐地看著他。

他又不能殺人……

米樂「嘖」了一聲繼續往前走，進入寢室裡就看到孔嘉安在寢室裡奮筆疾書。

米樂將自己的包包丟在桌面上，取出自己的筆記型電腦，同時對童逸說：「你把你做的作業給我看看。」

「喔，好。」童逸立刻點頭答應了，到自己的座位打開筆記型電腦。

「社長，我在吃這個美白丸你要不要試試看？我覺得滿管用的。」孔嘉安從自己的抽屜裡拿出來幾袋，放在米樂的桌面上。

米樂看著這幾袋藥，又看了看孔嘉安，問道：「你的家庭條件好像不錯？」

「啊……一般吧，小康家庭，不過我做平面模特兒。」孔嘉安說完，繼續抄筆記了。

其實這些美白、促進新陳代謝的藥物不太貴，一個月的量加起來也就四五百元，但是很多東西都是要持續使用才會有效果，不然就是含有其他的化學元素。一直這麼持續下去，對於普通學生來說開銷也滿高的。孔嘉安不但一直吃，還隨手就送了米樂一些。

而且，孔嘉安用的護膚品也多大是 LA MER 這種品牌，揹的包包也都很不錯，所以讓米樂稍微有點詫異。不過米樂沒多注意，拿著筆記型電腦到童逸的書桌邊坐下，兩個人一起看作業。

「奮鬥到那麼晚，就弄了這麼一點？」米樂嫌棄地問。

「底子差，全靠磨。」童逸回答。

米樂已經做得差不多了，所以多半是在指點童逸該怎麼弄。

童逸坐在椅子上，米樂就坐在他的身邊，因為要改他電腦上的東西，所以只能探過身來，用雙手敲擊鍵盤。童逸側過臉就能看到米樂近在咫尺，忍不住多看了米樂幾眼。

以前覺得米樂身上的香水味很煩，最近也聞習慣了，反而滿喜歡的。

米樂的皮膚是真的好，這麼近距離看，都看不到任何的瑕疵。

還有，童逸還是第一次注意到米樂的耳朵上居然有五個耳洞。

「你的錯別字怎麼這麼多？」米樂修改時問道。

「就是……不小心。」童逸解釋。

孔嘉安回頭時，就看到童逸直勾勾看著米樂的眼神，又重新坐好了。

遲疑了一會兒，孔嘉安起身伸了一個懶腰，湊到了他們身後問：「小組作業嗎？」

「嗯。」米樂隨便回答了一句。

「我還以為社長都不弄這些東西呢，大多都是在工作。」

「我再半個月就要去拍戲了，作業還來得及，不過期末考試應該不會參加了，到時候也得跟學校審批。」米樂重新坐好，翻自己的筆記找東西。

「哇！好辛苦啊……社長，我幫你捏捏肩膀吧。」孔嘉安說完，就伸手去碰米樂的肩膀。

米樂立刻躲開了：「抱歉，我不喜歡別人碰我。」

「喔……那好，我要去超市，你們需要我帶什麼嗎？」

兩個人都拒絕了。孔嘉安沒再自討沒趣，離開了。

等孔嘉安回來後，就看到童逸的手放在米樂椅子的靠背上，米樂寫了字後重新坐好，身體就靠在童逸的手臂上，也沒表現出什麼，自然得就好像他們一直這麼親密一樣。

不是不喜歡別人碰嗎？

孔嘉安將手裡的礦泉水瓶放好，又回頭看了看他們兩個，重新坐好抄筆記。

米樂已經習慣自己能夢到童逸了，然而他還是第一次在夢裡也在他們的寢室裡面。

米樂坐在書桌前看劇本，童逸坐在書桌前寫作業。前一刻鐘，兩個人都沒有說話，誰也沒打擾誰，就這麼靜靜地坐著。等一刻鐘過了，童逸就立刻湊了過來，笑嘻嘻地叫：「米老婆……」

「嗯。」米樂冷淡地回應了一聲。

「你在幹什麼呢？」

米樂又翻開了一頁劇本，接著回答：「我發現我只要在現實裡看過的東西，在夢裡就能夠原封不動地出現。所以我今天試了試劇本，發現劇本也是對的，我正好能在夢裡看看劇本，背背臺詞，也算是廢物利用了。」

「呃……」廢物利用？

童逸有點做賊心虛，這還是米樂試探完他，兩個人第一次在夢裡相見。

現實裡心照不宣，夢裡是不是就要開誠佈公了？又或者米樂有可能興師問罪？

然而米樂什麼都沒有做，只是靜靜地看劇本。

童逸坐在米樂的身邊陪著他，坐了一會兒覺得沒有意思，於是湊過去，想要抱一抱米樂，卻被米樂推開了。

米樂把劇本往桌面上一放，發出聲響來，接著扭頭看向童逸。

童逸吞了一口唾沫，有點不敢跟米樂對視。

「是真的傷到了嗎？」米樂突然開口問。

「什麼？」

「昨天晚上，真的出車禍了嗎？」米樂到現在都在執著於這個問題。

「啊？我都沒離開寢室。」童逸不想告訴米樂，生怕米樂有什麼心理負擔。

「你是怎麼做到的？」

「什麼……怎麼做到的？」童逸繼續裝蒜。

「這不正常啊，怎麼可能夢到一樣的內容呢？」

「啊？你說什麼我不懂？」

「你這種腦袋基本上告別出軌，一點事情都瞞不住，我看你一眼就知道你在說謊。你還自以為自己很聰明，當自己能瞞天過海了是不是？」米樂氣得伸手在童逸的身上擰了一把。

「別別別，很痛。」童逸只能求饒。

「你繼續說謊是因為什麼？怕我收拾你？」

童逸指了指自己的身後：「你看到我透明的翅膀了沒？」

米樂覺得童逸這句話莫名其妙的，不懂其中的哏，問：「什麼意思？」

「我翅膀硬了，所以敢幹讓你不高興的事情了。」

「那你的翅膀一直非常硬，因為你持續不間斷地惹我生氣。」

「呃……」童逸有點尷尬，抬手撓了撓鼻尖。

「這方面，你非常愛崗敬業，兢兢業業，以勤補拙。」米樂繼續補刀。

「是誇我嗎？」

「自己分析分析？」

童逸垂頭喪氣地坐著，突然捧起米樂的手：「我以後一定會對你好，我會超級努力。」

米樂只一臉冷漠地看著他：「對我好的第一步，跟我說實話。」

童逸終於點了點頭，承認了：「昨天晚上確實出車禍了，我的腿受傷了，不過我朋友說我就是皮外傷，如果傷到骨頭就要找她爸爸了。」

「你的朋友是誰？」

「許哆哆。」

米樂並不知道許哆哆，甚至沒見過。

他知道陸聞西跟許塵領養了一個女孩，但是女孩從來沒公開露面過，也不知道女孩叫什麼，所以童逸回答時，米樂也沒多想，注意力全在童逸的腿上。

米樂伸手按著童逸的腿，心疼地問：「痛嗎？」

「滿痛的，都把我痛哭了，你別覺得我不男人啊，是真的痛。」

「對不起，是我自作聰明了，害了你。」

「我也沒怪你，出事也是我自己開車不行，你怎麼能預料到這些？」

米樂心疼得心口直抽，靠近童逸，將額頭抵在童逸的肩膀上，居然覺得比童逸還痛。

這就是喜歡一個人的感覺吧？

「我多想一點就好了，明明帶司黎去醫院時是讓我開車送去，我找你時怎麼就不能多動動腦子呢？只知道急於求證。」米樂愧疚得哽咽了，靠在童逸的懷裡掉眼淚。

童逸嚇了一跳，手忙腳亂地抱著米樂，心疼地拍了拍米樂的後背：「我的祖宗啊，你可別哭，你一哭就跟懲罰我一樣，我倒是心疼起來了。」

「我自以為自己聰明，結果淨幹傻事。」米樂繼續檢討自己。

「沒有，你是真的聰明，我看到你都害怕，尤其是你對我笑，笑得我心驚膽戰的。」

「笑為什麼要害怕？」米樂疑惑地抬起頭來。

他的眼睛還是紅的，睫毛上還掛著眼淚，哭得可憐巴巴的，然而這樣看起來十分招人疼。

童逸看著米樂哭鼻子的樣子，愣了一會兒才回答：「你總會在算計我時，才笑得那麼開心。」

「我哪有那麼壞。」

「對，不壞，是我想太多了。」

童逸捧著米樂的臉，幫米樂擦了擦眼淚，又在米樂嘴唇上親了一下：「別哭了，我沒怪你。」

米樂終於好了一點，突然說：「那我送你一個賠禮道歉的禮物吧，我覺得你會喜歡。」

「什麼？」

「我們做愛吧，我讓你當一。」

童逸愣愣地看著米樂，眨了兩下眼睛。

不但沒在夢裡興師問罪，還有這樣的待遇？童逸覺得自己簡直在作夢。

喔……的確是在作夢。

「現在嗎？」童逸問。

「寢室裡……有點不方便，床太小了，施展不開。」

「那你趕緊換一個場景。」

「我控制不了啊，要不然……你在現實裡找我？然後我們去找一個地方。」米樂微笑著問。

米樂這個時候笑得太好看了。剛哭過的眼睛還亮晶晶的，鼻頭有點紅，嘴唇晶瑩，原本凌厲的人變得柔和起來，然後，對他露出天使一樣的微笑。

然而，童逸心裡卻心驚膽戰的。童逸根本不知道米樂是誠摯地邀請他，還是在對他下套。

這次的誘惑實在是太強大了。

應該是真的想那個吧，不能把媳婦想得太壞了。

童逸用盡了全身的力氣，才擠出來一句話：「不著急……」

「我著急，我好想你上我啊。」米樂湊到童逸面前，用鼻尖蹭他的鼻尖，然後小聲地繼續說，「立刻，馬上，進來。」

童逸直接伸手將米樂提起來，依舊是雙手在腋下，像拎小孩地將米樂拎到自己的腿上。

米樂坐在童逸的腿上，扶著童逸的肩膀，看著童逸問：「怎麼？」

「我昨天受傷了，你得補償我。」童逸回答得理直氣壯。

「所以我答應你可以讓你上了。」對米樂來說，這已經是他能做到的最大讓步了。

「白天的事情白天再說，晚上的事情現在就辦。」童逸終於有了進步，在夢裡強勢了一回。

米樂覺得不妙，想要推開童逸已經來不及了。衣服被扯起來，皮帶也被解開了。

米樂覺得他的男朋友應該是屬狗的，又啃又咬，末了還得抱怨幾句：「怎麼全是骨頭？」

米樂：「你都沒肋骨的嗎？」

童逸：「你這裡發育是不是不行啊，怎麼這麼小？你這玩意兒區分正反面都得找半天，我隊友臉上的痘痘都比你這玩意兒大。」

米樂：「不用你廢話！噁不噁心？」

童逸：「我覺得你這玩意兒還滿喜歡我的，兩下就起立了。」

米樂：「你……別弄了！」

童逸：「你腰圍多少？別告訴我穿二十六吋的褲子，腰怎麼這麼細？」

米樂：「癢！手拿開！」

童逸：「你腹肌倒是不錯，胸肌不行啊，軟乎乎的。」

米樂：「你和麵嗎？手法不錯啊？」

童逸：「你怎麼像沒勁了一樣？剛才還夾得緊緊的。」

米樂：「把你的手拿出去！」

童逸：「你應該喜歡才對，小兔兔都頂我了。」

米樂：「……」

童逸：「乖，我手都累了，叫兩聲老公我聽聽。」

米樂：「……」

童逸嘆了一口氣，手上沒停，卻特別哀怨地說：「我車都撞了，車三級癱瘓了，也不知道有沒有挽救的價值了。最重要的是腿，你說要是腿廢了，我後半輩子不就完了？」

這句話說到米樂的軟肋上了，心裡暗罵自己男朋友手指長，卻還是乖乖地叫了一聲：「老公……」

童逸聽完整個人都有精神了，心口一蕩，然後動作更快，弄得米樂下意識晃了幾下迎合。

「再叫兩聲我聽聽。」童逸親了親米樂的側臉說道。

「你別得寸進尺……」

童逸立刻停下來了，米樂靠在童逸懷裡氣得直咬牙。

米樂湊過去吻童逸的唇，張開嘴巴，吻得不可開交。童逸終於心軟了，再次開始。

與此同時，米樂打開了雛籠的門，放出了小兔兔，碰了一下小雛。

兩個小動物蹭了蹭，以此表達他們之間的友誼。

兩個小動物見面後，發現他們似乎都很喜歡對方。結果玩著玩著，小兔兔像突然生氣了一樣，臉漲紅得厲害。顯然小兔兔非常生氣，畢竟本來就是一個脾氣不太好的小動物。

小雛怎麼哄都不行，還被小兔兔吐了一臉。

小雛沉默了，好在小兔兔的主人過來圓場了，一個勁地摸著小雛的頭進行安慰。

以彼之道還治彼身，小雕也吐了小兔兔一臉。

「叫老公。」童逸在這個時候再次說道。

「嗯……老公。」

「再叫。」

「老公……老公。」

似乎在夢裡可以不用潔癖，米樂也不在乎了，靠在童逸懷裡嘟囔：「讓我看看你的手。」

童逸抬起手來給米樂看。

米樂看了看手指跟中指，又估量了一下小雕，覺得前景不是很好。

「你怎麼那麼猥瑣？」米樂又問。

「猥瑣？」童逸震驚地問。

「對，就是猥瑣，色咪咪的。」

「如果你搞我，你會怎麼搞？難不成是特別有禮貌的？你給我表演一個怎麼不猥瑣。」

米樂想了想後，用手蓋住了童逸的眼睛，然後輕聲說：「請問，我可以搞你嗎？」

「嗯，真優雅，非常懂禮貌。」童逸給米樂點讚。

「既然如此，我們一起快樂吧。」

童逸被逗笑了，好半天停不下來，接著突然說了一句：「米樂，要不然我們直接在一起吧，你家裡的事情我想辦法搞定，怎麼樣？」

米樂的動作立刻一僵，沒有回答。

「我從來沒這麼在乎過一個人，這麼怕過一個人，這麼想跟一個人在一起。雖然我什麼都不懂，笨手笨腳，還腦袋缺根筋，淨做讓你生氣的事情。但是我會努力改，努力做一個合格的男朋友。我覺得為了你而努力改變自己，值得。」

童逸不是一個會說情話的人，這些話真的是發自肺腑了。

米樂就這樣看著童逸，揚起嘴角笑了。然而這個笑容沒有聲音，童逸被捂著眼睛也看不到。

他低下頭，用額頭抵著童逸的額頭，思量了一會兒才說：「等我準備好，我就好好跟你談戀愛，行嗎？」

「嗯。」

米樂醒過來，就看到了未讀訊息，是陸聞西傳來的。

陸聞西：你應該是想太多了，不會有這種事情發生的。

陸聞西：我已經問過了，放心吧。

米樂看著手機螢幕有點錯愕，甚至有點不相信，不過還是禮貌地回覆：**謝謝陸叔叔。**

還在看手機時，童逸也起來了，米樂偷偷看童逸，發現童逸都沒理他。

童逸拿著手機進了浴室，看著螢幕上的字有點慌張。

許哆哆：怎麼露餡了呢？

許哆哆：昨天我爸對我嚴刑拷問，我咬緊牙關什麼都沒說！

許哆哆：你那邊不能露餡了啊！我告訴你，你要是坑我，我就收拾你！

童逸：可是我媳婦那邊都已經發現了，他那麼聰明，肯定心裡知道真相了。

許哆哆：那也不許承認！

童逸：可是……怎麼不承認啊？我們都快奔現了。

許哆哆：就是臭不要臉，死不承認，沒臉沒皮你不是最擅長了嗎？

童逸：主要是我智商不行。

許哆哆：不錯啊，自我認知水準提高了不少。

童逸也知道不能害了許哆哆，畢竟當初是許哆哆幫他，要是她被家裡罰了，他還怪過意不去的，於是他只能同意了，就把「奔現」的事情放一放。

不過，童逸的腦袋裡還是有歪腦筋，真的要奔現，也不能被許哆哆的爸爸們知道，他得想想對策。

走出浴室，童逸開始躲避米樂的眼神追擊，就當什麼都沒發生一樣，同手同腳地離開寢室去晨練。

米樂坐在書桌前看著童逸離開，沒說什麼。

孔嘉安剛洗漱完，看到童逸離開，忍不住笑了，說道：「你們現在關係看起來還不錯啊，我聽戲劇社裡其他人說的，還以為你們之間不共戴天呢。」

「也就是還行，他這個人比較傻。」

「我沒在寢室都聽說了，你因為他，還跟田徑隊的吵架了？我一回來看，我被子都被換過了，就知道肯定出事了。」

「嗯。」米樂冷淡地回應了一句。

「我聽說童逸當時還在玩遊戲，沒第一時間幫你。這種男生跟我的前男友一樣，反正就是……不可靠，沒看起來那麼重情重義，一般遇到這種事，肯定是第一時間幫室友啊，他這不是傻了，簡直就是個害人精。」

提起這個，米樂還覺得氣呢，於是點了點頭：「嗯。」

「我前男友追我時特別好，一開始玩遊戲也就是偶爾玩一把，結果後來越來越過分。後來在一起久了還開始打我，各種臭脾氣，家事也不幹，我真擔心童逸以後的女朋友，估計不會比我好多少。」

孔嘉安說完，到自己的書桌前塗臉護膚。

米樂聽著孔嘉安的話忍不住蹙眉，手裡拿著劇本都沒看進去。

孔嘉安又看了看米樂，還有心情繼續說：「真的，我是遇到過這種類型，知道這種類型都是渣男。追時花言巧語，還說自己就是個直男性子，什麼都不懂，其實本質就是壞的，根本就是個渣！從一點小事就能看到大，平時裝得跟好人一樣，關鍵時刻掉鏈子。」

「你好像很討厭童逸。」米樂問道。

「就是替你報不平，對你來說，那就是無妄之災啊。」

「喔……」米樂點了點頭，繼續看劇本。

如果說沒有夢境，那麼米樂十分同意孔嘉安的話，說不定會更討厭童逸，畢竟他是當事人之一。但如果夢境裡的童逸跟現實裡的是同一個人，那麼米樂相信，童逸當時是真的並沒有多想。

童逸全程沒理會那兩個人，沒想到會打起來，畢竟是米樂自己突然動手。童逸也很快就過來幫他了，米樂生氣的點是童逸招惹的麻煩，以及遲了的那三十秒鐘。

童逸就是一個傻子。

一個會用自殺的方式醒來，自己出了車禍還會拖著受傷的腿，一步一挪去救他的傻子。

童逸的確做錯了事情，錯了就是錯了，米樂也的確生氣，一連氣了幾天，這些沒有必要否認。

然而一個人是不是惡劣到根裡，米樂自己看得出來，不用別人告訴他，他自己清楚。

孔嘉安塗完東西後，直接開始換衣服。

米樂用眼睛的餘光還可以看到孔嘉安真的毫無顧忌，直截了當地當著他的面全換了。

米樂自己是GAY，所以很注意這個，他換衣服都會去浴室裡。同寢室的李昕跟童逸換衣服，也頂多換外面的衣服，底褲是不會在廁所外面換的，孔嘉安倒是大大方方的。

童逸跟李昕都在時，卻沒見過孔嘉安這樣。

「社長，我去劇場了，你要去嗎？」孔嘉安臨走時問米樂。

「不去，我快開鏡了，需要準備。」

「嗯，好的，拜拜。」

等孔嘉安離開後，米樂才放下劇本，嘖了一聲。隨手拿起手機傳了幾條訊息後，又看向孔嘉安的床鋪，微微蹙眉。

這個孔嘉安有點……

§

就好像是故意較勁一樣的。

童逸這幾天都跟米樂保持了一定距離，為的是不暴露更多的資訊，能瞞一天是一天。與此同時，米樂也開始不再夢到童逸了。

沒有童逸的夢都是片段，或者乾脆不記得什麼內容，雖然也天馬行空，但也不至於太離譜，這就更顯得跟童逸一同的夢是那麼與眾不同。

只有童逸出現過的夢，才會格外清晰。

兩個人難得再次一起說話，是在選修課的那天。

到了十一月，天氣已經很冷了，教室裡沒有空調，沒有旁聽的學生後，裡面又特別空曠，使得童逸冷得打顫。

童逸坐在米樂的身邊，說話都有點不流利地問米樂：「你就穿了個毛衣，不冷嗎？」

「不會啊。」米樂奇怪地看向童逸。

他是真的不覺得冷，很多頒獎典禮等盛典都選擇在冬天舉行，天冷得就像跟人過不去一樣。這種場合，米樂他們需要穿正裝，西裝裡面不能穿秋褲，並且常年露腳踝。

有時外面披一件大衣還是好的，更多時候是不能穿，覺得冷了還不能表現出來。所以，米樂對於現在的溫度還能穿毛衣，覺得已經十分溫暖了。

童逸不行，還扯開褲管給米樂看：「這些秋褲設計真不合理，你看看，才到我小腿的位置，勒死我了。」

「你不能訂做嗎？」礦主家的傻兒子怎麼能這麼虧待自己？

「我本來不是一個會穿秋褲的人！結果來了H市，天氣教我做人。現在這條還是天氣冷了，我臨時買的，過兩天找地方去訂做。」

「我可以幫你做。」

童逸突然想起了米樂喜歡服裝設計，不由得驚訝道：「你是不是能把我的秋褲做得時尚時尚最時尚？」

「不，頂多就是你能穿。」

「啊……那麼有一點小失望呢。」

「有得穿就不錯了。」

童逸笑嘻嘻地點頭：「做！做出來！我高價買！」

「一條五百。」米樂開始騙冤大頭。

「才五百？你在秋褲上簽個名給我，我直接給你翻一倍行嗎？」

「傻子。」米樂笑了笑沒回答，他根本沒打算要錢。

童逸還是覺得冷，等上課時把外套的拉鍊往上拉。

童逸這件外套的設計還滿特別的，拉鍊一直通到頭頂帽子旁。童逸戴上帽子，將拉鍊拉到了頂端，整個腦袋都被裝進了衣服裡面。

米樂扭頭看了看身邊的人，突然覺得特別丟臉，非常不想坐在童逸的身邊。童逸卻渾然不覺，還靠著後面的桌子短暫地休息，等待上課。

身邊的李昕就跟出家了一樣，口裡念念有詞，對於之後的事情十分緊張，生怕會拖後腿，以至於李

昕全程都沒看童逸一眼，不知道童逸是什麼造型。

老師進來後整理自己的設備，抬頭就看到了童逸，悄聲走過來來回看童逸。

童逸的這種愚蠢形象引來了老師的強勢圍觀。

「老師好。」米樂跟老師問好，順便提醒童逸。

童逸趕緊坐直了，往下拉拉鍊，卻意外地卡住了，只能湊到米樂身邊讓米樂幫忙把拉鍊拉下去。

米樂嫌棄得直咧嘴，不過還是伸手幫童逸把拉鍊拉下來。

童逸看到老師「嘿嘿」傻笑，接著說道：「老師好。」

「造型還很別致，要是冷就第一組來吧，省著等等凍到不方便了。」老師大手一揮，他們就第一組上臺了。

好在童逸跟李昕都做得滿用心的，米樂跟姚娜本來就是功課不錯的人，他們這組的分數還算高，算是一個開頭彩。

下臺後，李昕跟童逸如釋重負，還擊掌慶祝了一下，就跟比賽勝利了一樣。

重新坐下後，米樂取出手機來，剛打開微信，童逸就發來了紅包。

『祖宗。』

『不應該誇幾句嗎？』

『別那麼摳了行嗎？』

『跟著我的口型念。』

『童逸好棒。』

『童逸最棒棒。』

米樂點擊螢幕收了紅包，接著打字回覆：可以，秋褲鼓勵。

童逸：感謝祖宗在寒冷的秋天，為我帶來了遠離家鄉後久違的溫暖。

米樂：小意思，客氣了。

米樂動手能力滿強的，第二天晚上就幫童逸做了一條秋褲。

資料是米樂親自量的，材料是米樂自己開車出去買的，回來後到戲劇社的服裝間，用了一個下午的時間就做出來了。沒什麼華麗的樣子，唯一說得上是特色的地方，就是在褲襠的位置繡了一個米樂的簽名。

米樂把秋褲拿回去後，讓童逸激動得很，他忙不迭地把秋褲換上了，特別合身。無論是長度，還是肥瘦，都做得一點不差。

「就這手藝，你以後真的在演藝圈混不下去了，也不至於餓死。」米樂說完，穿著秋褲在寢室裡晃了好幾圈。

寢室裡，李昕跟孔嘉安都在，都盯著童逸的秋褲看，眼神裡還透漏著那麼一點羨慕。

「我也參加小組作業了。」李昕弱弱地說。

「不用幫他做，別累到了！」童逸立刻對米樂說道。

做秋褲，是他一個人的特權！

「做倒是無所謂，不過得要我有時間。」米樂回答。

李昕也不強求，笑呵呵地點頭。

童逸穿著秋褲，開心得跟個小傻子一樣，還在說著自己此刻的心情：「我突然覺得我不該打排球，我就該去當個模特兒走秀。啪啪啪，走路生風的那種，我身高也夠，維祕要是有男模，到時候我就穿著這條秋褲去，當年就得由我開場。」

「可以說是非常不要臉了。」米樂忍不住數落童逸。

童逸立刻到了米樂身邊，小聲問：「為什麼名字是在這麼合適的地方？特別準，就蓋在上面了。」

米樂簽名的位置，正正好好在童逸的小雕上面。

「嗯……就是屬個名。」米樂回答。

「喔，就是蓋章的意思是吧？」

「差不多吧。」

「發書之後得把自己的名字寫上，你的所有物你也得在上面疊加上你的名字是吧？」童逸笑咪咪地問。

米樂揚眉，笑容有點危險，童逸立刻補充：「我是說秋褲。」

「嗯，對，你說得沒錯。」米樂點頭承認了。

童逸特別開心，穿著秋褲就去司黎他們寢室去炫耀了，李昕也屁顛屁顛地跟著去了。

孔嘉安沒聽到米樂跟童逸剛才在說什麼悄悄話，只是看兩個人的神情，就知道兩個人的關係比他想像的要好，甚至有點曖昧，那種眼神並不是看一個朋友的純潔眼神。

心照不宣，看破卻不說破，曖昧不清。

孔嘉安知道不是自己想太多了，低下頭看書時，注意到米樂在整理社團用的展架，全部都立在寢室角落的位置。

這個展示架是話劇表演時，用來在學校內當成方向指引用的，是今天米樂親自開車去印刷店取的，沒帶回社團，就立在了寢室裡。

過了一會兒，童逸像獻寶一樣捧回了一輛遙控車，跟米樂說：「米樂，你玩不玩？司黎室友買的，特別有趣。」

「不玩，幼稚。」米樂特別不屑，躺在床上將腿貼在牆壁上立著，同時還在敷面膜。

童逸跟李昕興致勃勃地在寢室裡玩了許久，後來李昕就去跟女朋友傳訊息了。童逸也覺得沒意思，爬上床，拿起手機看綜藝。

這回他不看米樂小時候的綜藝了，而是開始看米樂後來參加的綜藝，一個接一個看，也不覺得膩。

翌日。

這一天上午所有人都有課，外加是期末，還真的沒有人再翹課了。原本孔嘉安也去上課了，然而今天突然翹課，回了寢室。

進入寢室裡，果然沒有其他人在。

他放下自己的包包看著寢室裡的東西，走到浴室照鏡子，看到米樂放在洗手檯旁的保險箱，隨手推進了洗手台裡。

他不是第一次幹這種事情了。

他從住進寢室起就對童逸很感興趣，個子高，人也帥，看起來還很有錢，傻呼呼，很好騙的樣子。

然而孔嘉安暗示了幾次，童逸都不來電，根本沒把他當成一回事。他還以為能近水樓臺先得月，結果反而惹得童逸很討厭他，他也就沒了這個心思，好在這個時候米樂來了寢室。

孔嘉安對童逸不爽，是因為童逸不識抬舉，居然不理他的示好，所以他就想米樂肯定治得了童逸。

果然，後來他們的矛盾還滿多的。米樂幫了孔嘉安後，讓孔嘉安漸漸發覺，米樂似乎也是一個GAY。米樂來幫他，只不過想順便救贖自己的心靈。然而他很快就發現，米樂跟童逸之間有一種曖昧的感覺。

好煩啊，好男生怎麼都這麼不識抬舉呢？

現在孔嘉安對米樂更感興趣一些，明明白白的一個GAY，可以看出來還是一號，性格雖然冷淡，但是人好像不錯。最主要的是長得帥，還是當紅小鮮肉，應該也滿有錢的。

他最喜歡了。

所以他不希望看到米樂跟童逸就此在一起，兩個一號在一起多浪費？關鍵是沒他什麼事了。

他又走出去，走到了展示架的旁邊，扶著一邊用力踹了幾腳下面，拉出來看確定壞了才重新放好。

接著，他將童逸放在書桌上的遙控車啟動，在寢室裡跑了幾圈，撞了幾個地方後，造成了遙控車撞到東西的假象。接著，他又將遙控車重新放好。

確定做完了之後，孔嘉安才心情不錯地哼著歌離開了寢室。

§

宮陌南把米樂叫到劇場的儲物間，給米樂看展示架：「你取回來時檢查過嗎？這兩個是壞的，現在如果扯出來，這個就要攔腰斷掉了。」

米樂看到展示架壞了，有點意外。

他那天是戴著口罩跟帽子去的，十分怕被認出來。雖然著急，卻不至於沒檢查，所以看到展示架壞了有點詫異。

「拿過來後就是壞的嗎？」米樂問她。

「對，我想看看有沒有寫錯什麼，結果發現拉不開。雖然可以用膠帶黏上，但是有點影響美觀，畢竟這也關係到形象問題。」

米樂點了點頭，這些他都知道，想了想後吩咐道：「妳聯繫一下印刷廠，問問多久能再做一個，我過去取。」

宮陌南看了看時間，覺得有點來不及了，卻還是去問了。

第一場時估計是用不到了，不過後面還會有表演，依舊會用到。

米樂看著展示架壞掉的地方，乾脆從戲劇社的儲物間裡找來幾塊板子裁切，用雙面膠小心翼翼地把畫面黏在板子上。米樂做這些東西很細，他也盡可能地讓有問題的地方看不出破綻。

全部黏好之後，他傳訊息給童逸：**我需要你過來幫我個忙。**

童逸那邊很快就回覆了：**行，去哪裡找你？**

米樂：劇場。

童逸：我還有一會兒下課，下了課就過去，會非常非常快。

米樂：沒事，你上課要緊。

宮陌南看著板子鬆了一口氣，接著問米樂：「這樣的確可以立起來了，可是該怎麼支撐呢？」

「我讓童逸他們幫忙扶一下板子，他們欠我個人情，會幫忙的。」

「那就好。」

今天有演出，宮陌南還是女主角，又是戲劇社裡的主要幹部，自然要去別的地方忙，待會兒還要化妝，匆匆地離開了。

米樂在儲物間又開始修復第二個展示架，與此同時傳了幾條訊息出去。

展示架壞了兩個，都是拉出來想要固定住非常困難，說不定會造成更嚴重的撕裂，就算有層塑膠膜都拯救不了。

在整理時，有人過來送東西，米樂稍微抬頭看了一眼後說：「孔嘉安，你等一下。」

孔嘉安放下手裡的東西，點了點頭，站在米樂的身邊看著米樂的動作。

原本跟孔嘉安一起來的人還準備等他，結果發現米樂並沒有說什麼，知道是他們礙事了，就趕緊離開了。

等倉庫裡只有他們兩個人，米樂才開口說話：「孔嘉安，你知道嗎？童逸怕我。」

「呃……為什麼要突然說這個？」

「因為怕我，所以如果他碰到了我的東西，絕對會第一時間看看有沒有壞。如果壞了，半夜都會爬出學校去把東西修好，大不了就花十倍、二十倍的價格弄出來，這才是他會幹的事情。」

孔嘉安知道米樂的意思，立刻不說話了。

「我知道這件事情不是童逸做的，也不是李昕做的。所以，你能告訴我你這麼做的原因嗎？」米樂問。

「我……不是故意的……」孔嘉安還算聰明，知道這個時候不是不承認的時候，如果承認了，情況還會好一點。

「你前男友來過學校，氣勢洶洶地來找過我。」米樂突然說道。

「你別相信他說的！」孔嘉安急切地喊道，喊完就發現自己失態了。

「呵，你知道他說什麼了嗎？」

「不是……他那種人，狗嘴裡吐不出象牙來。」

米樂點了點頭，接著說：「其實你的前男友並沒有來過。」

孔嘉安這次才真的愣了，接著蹙眉看向米樂，心裡暗道糟糕，碰上不好對付的了。

「我家裡的人幫我處理這件事情時，還真的跟他打聽了事情的真相，我知道後還滿驚訝的。」米樂第一次說他前男友來過，就是為了騙孔嘉安。沒想到孔嘉安真的慌得不行，這就讓米樂心裡有數了。

「據說，你是一個直掰彎高手？」米樂抬頭看向孔嘉安。

孔嘉安笑得有點尷尬，趕緊搖頭：「並沒有。」

「不但直掰彎，還特別主動，成功率還滿高的。你的前前男友是個直男，硬是被你帶偏了，之後你居然在啪啪時偷偷錄影。在你們分手後，你拿相片威脅說要告訴他的女朋友他是騙婚的ＧＡＹ，所以要到了不少錢？」

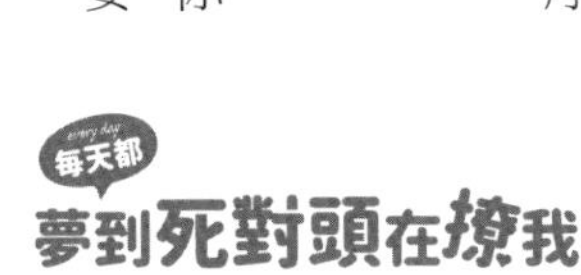

「並沒有……」

「你前男友一開始也是真心的，結果發現你居然是這樣的渣渣，還在你的設備裡發現你也錄了你們的東西，估計也是準備威脅用的。結果這位也不是什麼好東西，居然備份下來，反過來威脅你，你們互相折磨。對了……你身上的傷是他發現錄影後，氣急敗壞下打的。」

孔嘉安連連搖頭：「我不知道你在說什麼。」

「你之前看上過童逸吧，我發現你特別喜歡看起來很有錢，運動系的男生。現在目標是我嗎？」

「我就算是GAY，也不是誰都行的！」

「好有骨氣的樣子……但是我手裡有證據，我估計不會還給你，而是一直留在我的手裡，因為我怕你突然有一天跟我翻臉了，黑我一次。」

孔嘉安看著米樂，表情變了幾變，顯得十分精彩。

的確，孔嘉安有點小聰明，人品也不怎麼樣，但是他沒碰過手段更陰損的人。

不巧，米樂就不是什麼好人。

「你想怎麼樣？」孔嘉安問出了這樣的話。

「我不會對你怎麼樣。你不招惹我，我也不會關注你，畢竟我真的對你這種小雜碎一點興趣都沒有。」

這句話真的滿狠的，讓孔嘉安下意識握緊了拳頭。

「這樣吧。」米樂終於弄好了第二塊板子，接著對孔嘉安說，「首先，你把錢還給他們，把你手裡的東西都刪了。如果被我知道你繼續威脅，我就要公開我知道的東西了，到時候你可以試試看那種感覺。」

「你倒是願意幫助別人。」孔嘉安忍不住嘲諷，表情開始變得猙獰。

「對，懲治惡人，積德行善，也挽回一點眾人眼裡GAY的形象，不然都被你這種人渣敗壞了。」

「好。」孔嘉安同意了。

「還有，我跟輔導員說了，你可以換到之前那個床位去，離開我的視線，我很煩。」

「好。」

「最後告訴你一件事情，我其實什麼證據都沒有，不過現在我有了，剛剛我錄了音，你承認了，真棒。」

米樂說完就笑了起來，每次算計人成功後，他都會笑得特別愉悅。

孔嘉安睜大了一雙眼睛看向米樂，簡直要氣瘋了。

米樂是特意安排人，讓他們安排孔嘉安來儲物間送東西的。接著，米樂開始一次一次地騙孔嘉安，最後套出了孔嘉安自己承認的話。

孔嘉安突然衝過去，拿起桌上的剪刀想要攻擊米樂，結果很快被人按住了，還氣急敗壞地踹了孔嘉安一腳。

米樂甚至都沒躲，他注意到童逸躲在門外了。他知道孔嘉安有什麼異常的話，童逸一定會第一時間過來幫他。

童逸現在絕對是米樂隨傳隨到的人，下了課就風風火火地趕過來了。結果到了儲物間門口，看到孔嘉安他們進去，米樂單獨留下了孔嘉安。童逸也識趣，站在門口等，準備等孔嘉安離開再進去，結果就

圍觀了整個過程。

期間，他還跟米樂對視了一眼，米樂什麼表示也沒有，估計是不反感他留在這裡。

童逸按住了孔嘉安，拿走剪刀，扭頭看了看米樂，確定沒事才鬆了一口氣。

「你原來是這種人啊？」童逸看著孔嘉安氣得不行，又補了兩腳才甘休。

孔嘉安被揍了也不敢說什麼，有這兩個人在，孔嘉安真的不是對手。

米樂在這個時候說：「你如果老實點，我也不會找你麻煩，好好地繼續上學，把錢還回去，好好做人吧。不過以後我會盯著你，你自己看著辦。」

孔嘉安躺在地上沒說話。

「之後，退出戲劇社，從寢室搬走，我就當作什麼事都沒發生過，怎麼樣？」米樂繼續問。

「嗯。」孔嘉安應了一聲。

童逸放開孔嘉安，孔嘉安也學聰明了，低著頭離開了。

童逸等關上門之後才震驚地說：「你怎麼這麼厲害？」

「你不該說我心機嗎？」

「看完全程的我只想為你鼓掌，幹得漂亮。」

米樂笑了笑沒回答。

在童逸眼裡，米樂只要不算計他，幹什麼都是可愛的。

「原來之前孔嘉安那麼煩，是看上我了啊。」童逸忍不住感嘆。

「嗯，應該是的。」

「我們寢室厲害了，聚集了這麼多ＧＡＹ。」

「多嗎？不就他一個嗎？」米樂明知故問。

「對……就他一個。」童逸不再多說了。

「等等你幫我去指定地點扶著這兩個牌子，如果有人打聽，你告訴他們怎麼來劇場就好了。」米樂拿著牌子對童逸說。

「這個輕鬆，我傳訊息給李昕他們。就兩個牌子嗎？不夠我們施展啊。」

「你們輪流來，記得別凶神惡煞的，對人要有禮貌！」

「好。」童逸一口答應了。

「尤其是司黎，愛冒充老大，讓他改改。」

童逸笑呵呵地傳訊息，還跟米樂說：「我剛來隊裡時，司黎就不服我，天天像學長一樣過來，想要欺負我跟李昕。尤其是聽說我大一就當副隊長，他特別不爽，天天跟我叫囂。」

米樂雙手環胸，點了點頭：「嗯，想像得出來，不過他現在跟你關係不錯啊。」

「我把他打到服了。」

「也的確是你的風格。」

今天戲劇社有演出，算是新校區的第一場。

排球隊上次被戲劇社的啦啦隊感動了，這次也全部出馬，幫戲劇社這件事情。

一群人高馬大的人穿著戲劇社粉紅色的小背心，幫忙搬布置板。還有一群人騎著小綿羊，在學校裡拉著人來回跑，這倒是成了學校裡的一道風景線。

後來，學校裡還有一個笑話一直流傳：黃體育跟韓藝術喜結連理了。

童逸雖然個頭大，但是特別怕冷。

他拿了一個小椅子，坐在學校門口幫忙扶著牌子，後來冷得不行就站起身到處跳，嘴裡還在念叨：

「啊，太冷了，這地方還不如我大東北呢，根本不是同一個冷法。有一種冷，叫浸入骨髓。」

說完去接板子，結果板子邊沿有木刺，劃傷了童逸的手指。

童逸立刻不幹了，又把板子還給司黎：「不行，我得邀功。」

說完就把自己手上的傷口拍下來，傳給米樂。

童逸：（圖片）

童逸：你看！

童逸：被板子刮破了。

童逸：你趕緊看啊，再不看，一會兒就癒合了！

過了一會兒，米樂才回覆他：**給你呼呼。**

童逸想起夢裡小米樂幫他「呼呼」手的樣子，忍不住笑了起來，眼神格外溫柔。

接著繼續打字：**好冷啊，我都快受不了了。**

祖宗：等等我送個暖手寶給你。

童逸：不，我要你呼呼。

童逸單手扶著板子，低頭去看手機，發現米樂半天沒回。

等了一會兒，米樂開車直接過來了，依舊是全副武裝的樣子，下車後遞給童逸一個暖手寶。

「我平時用的。」

童逸伸手接過來，看到是一個乳白色的大雞蛋形狀，手感還不錯，磨砂面的。

「呼呼呢？」童逸伸出手去。

「我還得馬上回去。」

「呼呼呢？」童逸意外地堅持。

米樂盯著童逸看了半晌，有點沒轍，走過來扯下口罩幫童逸呼了呼手，接著扭頭就走了，上了自己的車。

童逸看著米樂的車開走，笑得像開了花一樣。旁邊的司黎都沒眼看，一個勁地「嘖嘖」搖頭，有種兒大不中留的感嘆。

童逸扭頭就跟他繼續說：「我覺得今年冬天是暖冬。」

司黎：「喔。」

童逸：「你是不知道，秋褲有多溫暖。」

司黎：「喔。」

童逸：「發現沒有？現在米樂特別聽我的話，我已經把他馴服了。」

司黎覺得前面的話還能聽，後面連他都聽不下去了，白了童逸一眼。童逸那恨不得狂搖尾巴的樣子，真不知道是誰把誰馴服了。

回到寢室後，他們就發現孔嘉安已經搬走了。

寢室裡空出了一個床鋪來，童逸又開始有地方放東西了，高興地哼歌，移動自己的東西。

就算再有人搬進來，也得是下學期了，或者乾脆就是等他們到大三時了，這讓童逸開心得很。

李昕回到寢室，突然湊到童逸身邊問：「童逸，你不是怕冷嗎？」

童逸點了點頭：「嗯。」

他們新校區的中央空調不知道是怎麼回事，打開之後開始徐徐往外冒冷風，在這種時間段真的是冷得要命，怎麼調整都不行。估計就是設備不行，或者乾脆沒有暖氣功能。

童逸還特別怕冷，才秋天，棉襖都穿上了。

「我跟我女朋友去校外看，找到了一家小別墅……」

「還別墅呢。」童逸立刻打斷了，旁邊是什麼環境他又不是不知道。

「其實就是村裡三層的一個小房子。」

「行，繼續說。」

「我們打算去那裡租幾個月，房東供暖氣，屋裡特別暖和。房東是一對老夫妻，五六十歲了，他們腿腳不方便，住在一樓，二樓跟三樓都是空的。最近不少嫌寢室冷的學生都去問過，我們準備租下來，就想能跟認識的人一起租。」

童逸點了點頭，終於反應過來了：「你是想讓我跟你去租房子啊？」

李昕點點頭。

童逸扭頭看了看正在看劇本的米樂，只要米樂在，寢室是冰窖他也住！

「我不去。」童逸回答得直截了當。

「為什麼啊？環境還滿好的，還有自己的小院子，重點是暖和。」

童逸再次搖頭：「我不去，你去問問司黎他們吧。」

李昕似乎很想不通，不過見到童逸不願意去，估計是覺得不方便，也就沒再強求，離開寢室去問其他寢室的人了。

等李昕走了，童逸立刻湊到米樂身邊說：「你放心，我不去，我留在寢室陪你。」

「其實你搬走了正好，我讓左丘明煦住進來。」

「放屁！不可以！我跟其他人一起住不習慣，我尊重你不帶外人，你也得尊重我，不許讓別人搬進來，不然我跟你生氣！」

米樂忍不住蹙眉，無法想像跟童逸單獨住在寢室是什麼樣的情況。

不過他還是提醒：「我還有十天就進劇組了，你確定之後要一個人住在寢室裡？」

童逸立刻就愣了，立刻說了一聲：「至少這十天我不搬走。」說完就起身去追李昕了。

米樂目送童逸出去，忍不住笑了。

傻子，意圖也太明顯了吧，現在都不遮掩了嗎？

沒一會兒，李昕就過來收拾東西了，同時還在跟童逸念叨：「我先搬過去，等你過去時我幫你搬東西。」

「行。」童逸點了點頭。

「你真的要一個人住三樓一整層？」

「對，不就兩間房間嗎？我住一個房間，一個房間放我的鞋，省著別人住進來煩我們。」

李昕點了點頭，整理好自己的行李箱就走了。

其實李昕的東西並不多，一個行李箱主要是放被子，在寢室關門前就走了。

米樂目送李昕離開，忍不住問：「怎麼走得那麼著急？」

「只要能跟他女朋友在一起，他每次都是飛奔過去的。」

米樂聽完忍不住笑：「他們感情真好啊。」

「李昕是初戀，像供著祖宗一樣伺候他女朋友。」童逸說著，到米樂旁邊問，「你這次拍戲拍多久啊？」

「三個月。」

「那豈不是得在劇組過年？」

「對，其實在家也沒意思，在哪裡過年都一樣。」

童逸點了點頭，若有所思了一會兒才嘆氣：「唉，會想你的。」

「想我虐你？」

「你對我怎麼樣都行，你不嫌累就行。」

米樂有點受不了了，繼續低頭看劇本。

童逸還不走了，趴在米樂的書桌上盯著米樂看。

米樂被看得有點不自在，問：「看什麼？」

「多看幾眼，不然十天以後就看不到了。」

「你期末都不用複習嗎？」

「複習我看不懂，我考試一般靠運氣。」

米樂直接踹了童逸一腳：「你趕緊看書，不懂的我教你。」

「我的課跟你的不太一樣吧？」

「你的那些東西我看一看就會了，快點。」

童逸還是拿來了自己的書，坐在米樂的書桌前跟著看，還忍不住念叨：「手冷。」

「我暖手寶呢？」

「沒電了，正在充呢。」

米樂沒說話，然後就感覺到童逸伸過來拉他的袖子。

寢室裡沒有別人在時，童逸越來越大膽了，也不怕米樂揍他，就要過來拉米樂的手。

米樂直接把童逸的手拍走了。

「你再拍一下試試！」童逸突然特別厲害一樣地說。

米樂不信邪，真的拍了一下，緊接著手就被童逸抓住了：「被我逮到了吧。」

米樂想要把手抽回來，童逸就是不放手，拉著他的手就不放，特別不要臉。

「你的手真暖和。」童逸握著他的手感嘆了一句，接著低頭繼續像模像樣地看書。

「你盯著目錄看五六分鐘了。」米樂提醒。

「我在思考，應該從哪裡開始複習。」說完，終於翻了一頁。

米樂也沒再計較，任由童逸耍無賴似的拉著他的手，自己繼續看劇本。

童逸見米樂也不拒絕了，心裡很高興。

一個人複習，一個人看劇本，並排一起坐著，就這樣一坐就是兩個多小時。手一直拉著，拉得手心都出汗了也沒放開。

等時間差不多了，米樂準備洗漱睡覺。

「這種溫度你能洗澡嗎？」童逸忍不住問米樂。

「難道不洗嗎？」

「你真是一個戰士。」童逸對米樂亮出了大拇指。

米樂沒搭理，直接進去浴室洗澡了。

其實這種時候洗澡，脫衣服靠勇氣，關熱水，擦乾身上的水珠也靠勇氣。米樂在浴室裡也只折騰了十幾分鐘就出去了，其中還包括了吹頭髮。

這種溫度米樂也不再保護頭髮了，溫度最重要。

出來後就看到童逸站在門口等他，手裡拿著一條小毯子幫他披上：「我在你被窩裡放了暖手寶，被窩是熱的，你快進去吧。」

米樂點了點頭，接著看到童逸也進了浴室，怕冷到一定境界的人也洗澡了。

米樂進入被窩後，感覺到了一點溫度，身體蜷縮著半天才緩過來。

剛覺得有點緩和，童逸就從浴室裡出來了，一邊擦頭一邊往米樂的床鋪來，還直接準備上來。

「你幹什麼啊！」米樂都被童逸震驚了。

童逸胡攪蠻纏地往米樂的被窩裡躺：「我要冷死了，我緩過來以後就回去。」

說著就進了被窩，抱著米樂不放手。

小。

童逸進來像帶進了冷空氣，尤其這個人還抱著他，讓米樂打了一個冷顫。

「你身上真暖和。」童逸抱著米樂感嘆了一句。

「你放屁，我剛剛暖過來，你給我滾出去！」

「我不，我冷！我是為了陪你才留下來的，你就不能體諒一下我，讓我暖過來再走嗎？」

「我不用你陪！」

童逸不管，繼續在床上賴著。

學校的床不大，兩個身高這樣的男生明顯有點擠，童逸需要緊緊抱著米樂才能讓床鋪不會顯得那麼小。

米樂無奈了，就像一個沒有靈魂的玩偶任由童逸抱著，還時不時問一句：「暖了沒有？」

「還沒。」

「我看你身上已經很暖和了，滾回去吧。」米樂再次催促。

「你這裡好暖和，我都躺睏了，晚安。」

「晚安？」米樂再次被童逸震驚了。

「你放心，我就在這裡睡一下，其他的什麼也不幹。」

「剛才是誰說只要暖過來就走？」

童逸彷彿失憶了，躺在床上沒一會兒真的睡著了。米樂扭頭就能看到童逸的睡顏，氣得咬牙切齒。

他們都是男人，他怎麼還能上這種當呢？

有一句話說：同床異夢。然而米樂跟童逸不會，他們同床同夢。

米樂發現自己回到了家裡。

§

依舊是間大房子，冷冰冰的，沒有任何值得他留戀的地方。米樂的家並不是什麼高檔的別墅，而是在市內比較繁華的地段直接買下了一棟大廈的兩層樓。

兩層房子被打通，在房子兩邊各有兩個電梯。從樓下的一個電梯上去後，只通往米樂一個人的區域。走出電梯就是單獨的客廳，裡面有他的練歌房、工作室及臥室，臥室裡還有大大的衣帽間跟浴室。

通常來說，這個電梯只有米樂會搭，然而米樂在家裡沒有隱私可言，他的母親控制欲很強，很多次都藉著幫米樂收拾房間為由，去看米樂的房間。

米樂自從有了不好的回憶，就很少在自己的房間留下會被發現祕密的東西。米樂去各地甚至不會買紀念品，因為會暴露自己的行蹤，偷偷去的地方也會被發現。

說那裡是他的家，不如說是一家比較固定的賓館。米樂只偶爾回去一次，裡面的衣物都很少。

米樂在自己的房間裡逛了逛，打開衣櫃選擇了一件衣服，換好後照著鏡子，確定自己的儀容沒有問題了，才乘坐電梯下樓。

他的電梯旁邊就是通往父母房間的電梯，米樂從來沒去過父母居住的區域。

這種有私人領域卻進入其他人地盤的感覺讓米樂覺得噁心，他就算在家裡有事找父母，都會打電話。正好，他走出來時陶曼玲也從電梯裡出來，看到他之後走過來幫他整理衣領。

「還是你讓我們省心。」陶曼玲說，「那丫頭才多大，我記得今年是高三吧，不好好準備高考，就把男朋友帶回家了。」

米樂有點疑惑，跟著陶曼玲走到樓下的大客廳，就看到甯薰兒也在。更讓米樂意外的是，甯薰兒身邊坐著童逸。

米樂想起陶曼玲的話，頓時覺得這個夢有點扯。

首先，陶曼玲每次看到甯薰兒都會像瘋子一樣崩潰，會吵鬧，會罵人，會面目猙獰，簡直就是個鄉野潑婦的樣子，現在的陶曼玲卻十分平靜。

還有甯薰兒跟童逸，兩個人坐在一起就像鬧著玩一樣，白色的小雞身邊坐了一個大雕，毫無CP感。尤其是童逸，坐在那裡，眼睛滴溜溜地亂轉，最後看向米樂，眼睛裡都是疑惑。

童逸是一個很好懂的人，米樂看一眼就明白童逸此時的想法。

童逸在用眼神問他：這是什麼劇情安排？

「我跟他相愛了！」甯薰兒看到米樂後，立刻說了這句話，彷彿是在炫耀，顯得十分急切。

米樂就覺得自己頭頂變成了大草原，他跟他的對象還沒正式啪啪啪呢，結果就被自己同父異母的妹妹橫刀奪愛了？

童逸坐在甯薰兒身邊跟著點頭，然而眼神卻不是這樣，表情明明是大寫的：我靠？

「喔。」米樂回應了一句。

他甚至在思考，如果童逸碰上甯薰兒會不會看上甯薰兒，畢竟甯薰兒也是長得不錯的女孩。

「我說過，我今年就會考上H大，你別想甩開我，到時候我就會一直跟童逸在一起。」甯薰兒繼續

說道。

米樂抬手揉了揉自己的眉頭，覺得有點頭疼：「放過H大吧。」

「我就是要證明，你能得到的我也能得到，現在童逸更愛我。」甯薰兒繼續對米樂示威。

陶曼玲則是坐在米樂的身邊，冷笑了一聲說：「妳都不如我們家米樂的一根手指頭。」

「可是妳兒子最喜歡的人，現在喜歡我！」甯薰兒不甘示弱，對陶曼玲說得底氣十足。

童逸憋壞了，愣是提前衝破限制，對甯薰兒說了一句：「妳放屁！」扭頭看向米樂問：「這什麼情況啊？她是誰啊？」

米樂還沒回答，甯薰兒卻首先說道：「童逸，你明明說會對我負責的。」

童逸特別不解，側移了一下問甯薰兒：「我為什麼要對妳負責啊？」

「那天你喝多了酒，我們一起過夜，現在我已經懷了你的孩子。」

「怎麼還有這種劇情？」童逸都崩潰了。

陶曼玲竟然還沒察覺到不對勁，大笑著罵甯薰兒：「果然是賤人的女兒，做的事情也這麼不知廉恥。」

「這有什麼，結果令人滿意就可以了。」甯薰兒說完就扭頭問童逸，「童逸，你忘了嗎？你說你叫『童一』，以後生個孩子就叫童二，我們的孩子名字都訂好了。」

米樂原本覺得頭疼，畢竟一下子看到兩個讓他覺得渾身難受的人。結果聽到童二這個名字，竟然噗哧一聲笑了出來。

這麼嚴肅的橫刀奪愛，「情敵」宣布懷孕的場合，米樂竟然笑場了。

「我……」童逸被氣到不行，直揉腦袋，「米樂，你不要臉，我還是處男呢！你先是讓我生個米童Kitty，這回又讓我有了個童二，你還能給我安排什麼！」

身邊的甯薰兒摟住了童逸的手臂，問童逸：「童逸，你是不是還對米樂有感情呢？」

童逸立刻將手抽回來了，嫌棄得不行。

「對米樂有感情？妳男朋友跟我兒子能有什麼感情？」陶曼玲終於反應過來了。

甯薰兒冷笑：「老妖婆，沒想到吧，妳兒子是個GAY！童逸是他前男友。」

強行前男友？童逸頓時就變臉了，分手這件事情他不同意！

「阿姨，妳誤會了，我還是米樂的現任男友，至於身邊這位小姐是誰我都不認識。」童逸急切地跟自己的岳母解釋。

「開什麼玩笑，我兒子是完美的！他怎麼可能是GAY，你們別汙蔑我的兒子，也別妄想往他的身上增加汙點！我告訴你們，我時時刻刻盯著呢，只要有一點不好的消息，我一定會第一時間幫我兒子擺平！他的一生都不會有一條負面新聞！」

陶曼玲最懼怕這個，她自己就是被那些新聞毀了，所以陶曼玲一直用最極致的方法控制米樂，連米樂交朋友都會控制，畢竟當年陶曼玲就是被自己曾經的好友出賣了，才會出現一堆負面新聞。

提起這些事情，陶曼玲一定會爆炸。

米樂身邊唯一能通過陶曼玲審核的朋友，就只有左丘明煦一個人。

童逸被陶曼玲猙獰的樣子嚇到了，目瞪口呆地看著。米樂則是垂著眼眸，抿著嘴唇沒說話。

這裡是米樂的夢境，夢境裡的陶曼玲，是米樂記憶中的陶曼玲。

童逸會被嚇到也正常，陶曼玲在外界都是知性、成熟、美麗的存在，這麼發狂的樣子，外人自然沒見過。

「媽。」米樂終於開口了，「我不是GAY，這個男人糾纏過我，我拒絕了。妳回去休息吧，總是這樣發脾氣會影響到皮膚。」

陶曼玲終於冷靜下來，怒視坐在對面的兩個人：「聽到沒有，你們說的事情是不可能發生的！我絕對不允許這樣的事情發生！」說完，陶曼玲甩袖離去。

等陶曼玲離開了，米樂才有勇氣抬頭看向童逸。

米樂已經做好心理準備，或許童逸會覺得失望，因為他沒有鼓起勇氣一起對抗，還說了這樣的謊，或者他剛才的話會讓童逸覺得心裡難受。

然而跟童逸對視的瞬間，就看到童逸在笑，接著對他說：「喂，別露出那麼難過的表情啊，我看到怪心疼的。」

米樂錯愕了一瞬間，忍不住問：「你是傻子嗎？我為了能夠安穩，否認了跟你的關係。如果哪天我們的關係曝光了，我估計也會為了自保否認一切。」

「我能理解啊，你是藝人。」

「但你以後也會是運動員，你也會出現在公眾的面前，你那麼厲害，肯定會成功的。」

說完之後，童逸居然高興起來：「你終於承認我厲害了。」

「我的重點不是這個！」

「米樂。」童逸突然叫他的名字，繼續微笑，「沒事的，無論發生什麼都沒事的，我不會怪你。只要我喜歡你一天，你就可以放肆一天，你做什麼我都會原諒你。」

「你是傻子嗎？」米樂問他。

「這個問題我問過我爸很多次，我爸都是苦笑不說話，可能我們童家的基因就是這樣。但是米樂，你跟那個女人不一樣，我相信你，你做什麼都有你自己的理由，你別有心理壓力行嗎？我不想成為你的負擔，我想成為你的依靠。」

甯薰兒在這個時候說：「童逸，你果然還喜歡米樂！」

童逸扭頭看向甯薰兒：「呃，都快忘記妳的存在了。」

「你一點都不在意我！」

童逸指著甯薰兒問米樂：「她是誰啊？跟個吸血鬼一樣。」

甯薰兒有白化症，並不算嚴重的那種。她的膚色很白，臉上塗了妝之後就會變得膚色均勻，看不出什麼，只是白得有點離譜而已。她的頭髮顏色也有點淺，瞳孔也不是正常的黑色，頭髮還有著天生的自然捲。好在甯薰兒的五官很精緻，白化症反而讓她有點混血兒的感覺。

然而甯薰兒很瘦，還有休息不好留下的黑眼圈，這樣的形象讓童逸覺得有點可怕，真的有點像吸血鬼。

這還是好聽的。要是拍鬼片，讓甯薰兒去穿條白裙子，就自帶恐怖色彩。

「她是我妹妹甯薰兒，那個私生女。」米樂回答。

「你為什麼會夢到我跟她在一起？」

「她曾經說過，會搶走我最愛的一切，讓我嘗試一把她的感覺。」

「她的一切被搶走，關你什麼事？」童逸特別不解。

「就是嫉妒吧。」米樂嘆氣回答。

童逸靜坐了一會兒，突然好奇地問：「米樂，看到我跟其他女孩子坐在一起，你有沒有那麼一丁點吃醋的感覺？」

「有。」

「所以你現在吃醋了嗎？」

米樂點了點頭。

童逸立刻開心了，張開手臂對米樂說：「來，老公抱抱。」

米樂也不再管甯薰兒了，撲到童逸的懷裡，抱著童逸不放手。果然童逸的懷裡最舒服。

甯薰兒看到這一幕氣得不行，起身對他們兩個說道：「我是不會放棄的！」說完就跑走了。

「這孩子怎麼跟灰太狼一樣？」童逸納悶地問。

「我的夢比較低級？」

兩個人又抱了一會兒，童逸突然接到電話，看到來電顯示是爸爸，不由得驚訝：「喲，還有我爸的戲分呢？」

接通後，童逸就聽到童爸爸說：『兒子啊，你回來一趟，我幫你找了一個繼母。』

童逸跟米樂頓時感覺有點不妙，童逸顫顫巍巍地問：「我繼母叫什麼？」

『甯薰兒。』

童逸跟米樂對視，都在對方的眼眸裡看到了些許崩潰的樣子。

「這小ㄚ頭動手真快啊。」童逸感嘆。

「神奇……」米樂跟著感嘆。

接著，話筒裡傳來甯薰兒得意的聲音：『米樂，搶不走你的男朋友，我以後就要你做我的兒子，叫我媽媽！』說完就掛斷了電話。

兩個人對視了良久後，童逸擦了擦額頭的冷汗：「你終於開始禍害我爸了，最讓我崩潰的還是安排了一個愛情的劇情。我作夢都不敢想像我爸幫我找了個繼母，但是你膽子大，敢作啊！」

「懷著你的孩子，當了你的繼母？以後你們家的關係有點混亂啊。」米樂也開始覺得崩潰。

「米樂，你作夢怎麼這麼缺德呢？」

米樂開車帶著童逸往自己家走，途中童逸忍不住問：「我們好像不住在同個城市？」

「你住H市？」米樂問。

「對啊，我也是後來搬過去的。」

米樂點了點頭。

從米樂家開車去童逸的城市，不停不歇也得走二十多個小時。不過夢裡就是這麼神奇，兩個人聊天時就到了童逸的別墅。

童逸開始心虛，應該不會出現許哆哆吧？

不過這裡是米樂的夢境，米樂開車進入別墅區，童逸就覺得環境不對勁。

這地方，就跟電視劇裡的那種大城堡一樣。最主要的是一開車進來天就黑了，路邊的路燈一閃一閃的，旁邊還有貓頭鷹咕咕的叫聲。

園區欄杆邊還有薔薇花的藤蔓，豔紅色的薔薇花盛開，透著一股詭譎的美感。

「在你想像裡，我家就是這樣的？」童逸看著車窗外問道，明明是去他家，他卻跟觀光旅遊一樣。

「你不是說你身邊總是出現靈異事件嗎？」

「所以等等夢裡會鬧鬼嗎？」

「我……也不清楚。」米樂已經開始虛了。

話音剛落，車前面就快速出現了一個人影，對他們睜大眼睛還吐出長長的舌頭，臉上全是血，又快速消失了。

米樂嚇了一跳，趕緊踩了一下剎車，將車停在半路。

童逸快速解開安全帶安慰米樂：「來，老公抱抱，沒事啊，都是夢，沒有鬼的。」

米樂怕得嘴唇都發白了，靠在童逸的懷裡緩了一會兒。

「其實我不怕鬼。」米樂解釋。

「嗯嗯，我們不怕的。」

「就是剛才突然出現，我才有點慌。」米樂解釋二連。

「對，我都懂，我也被嚇了一跳。」童逸抱著米樂的同時還在幫米樂一下一下地順後背。

「怎麼辦？」米樂問。

「什麼怎麼辦？」

「我們怎麼去你家裡？」

「要不然換我開車？我開車就是慢了點。」

「豈不是要下車然後繞下去？」

「肯定的啊。」

米樂立刻猶豫了，抱著童逸不放手：「我不想下車。」

顯然，連這片刻米樂都不敢單獨行動。

「那你繼續開車？」童逸問。

「再突然出現東西怎麼辦？」

「那……那……怎麼辦？」童逸也沒轍了。

這個時候車子再次啟動了，童逸一回頭，就看到車後面有三個鬼在幫忙努力地推車。

「你夢裡的鬼還滿樂於助人的。」童逸看完忍不住感嘆了一句。

米樂完全不想回頭看，把臉埋在童逸的懷裡不肯出來，還小聲嘟囔：「你別說這些事情。」

「行，我不說。」

「別放開我。」

「我一直抱著你，不放開。」

童逸再傻也看出來了，米樂怕鬼。

這個時候就是體現男友力的時候了，童逸壞笑了一聲，說：「從你身後伸進了一條手臂。」

米樂的身體立刻一僵，完全不敢動。

童逸趕緊說：「沒事，我幫你解開安全帶，你再往我懷裡靠近點他就碰不到你了。」

「嗯。」

童逸把米樂的安全帶解開，繼續抱著米樂，享受著三鬼推車的待遇，一直往「他家」走。到了樓下，車子停了，推車的鬼已經不見了，兩個人面臨要分開下車的難題。

米樂一直拽著童逸的衣角不肯放手，童逸只能自己這麼大的體格，鑽到駕駛座，跟米樂拉著手從同一個車門下車。

站在「童逸家」的家門口，童逸都忍不住感嘆了一句：「我家可真大啊，你說我們進去會不會是美女與野獸的劇情？」

「我們爸爸是美女，甯薰兒是野獸嗎？」

「那就是我爸被吸血鬼抓了，最後我們要過關斬將才能把我爸這個小公主救出來。」

兩個人壯著膽子推開門，就看到了古堡裡的情況。

裡面金碧輝煌的，牆壁都是黃金做的，大吊燈上面的掛墜全部都是一克拉以上的鑽石。

在童家，鑽石只配做吊燈裝飾！

在童家，地面上是金磚鋪成的，牆壁是金子砌成的。

在童家，古堡的外貌裡面是大大的炕，整個客廳裡有一百多坪的炕。炕上還有炕桌，上面鋪著繡著龍鳳的桌布，桌面上擺滿了……錢！

「哇！厲害！」童逸看到「自己家」都笑出聲來了。

米樂看著這個場面，也有點被震驚了。

童爸爸在這個時候跟甯馨兒拉著手走出來了，笑呵呵地招呼他們。

童逸居然還有心情跟米樂說悄悄話：「怎麼覺得這兩個站在一起更像父女呢？」

「如果有一天，你爸真的幫你找了一個比你還小的繼母，你會怎麼做？」

「誇我爸厲害啊。」

童逸跟米樂在炕頭坐下，米樂還摸了摸用金子做的炕熱不熱。

這個時候就有幾個鬼端著食物送了上來，嚇得米樂一下子躥進了童逸懷裡。

「看起來那麼厲害的一個人，怎麼會怕鬼呢？」童逸抱著米樂安慰。

「我不是怕，我就是嫌他們醜。」

「你這算不算鬼身攻擊？」

「小老弟，我們喝一杯啊？」童爸爸笑呵呵地招待米樂，根本沒看出來米樂的害怕。

「不會喝著喝著變成血吧？」米樂問。

「不會不會，我們喝的是二鍋頭！」

「不應該喝茅臺什麼的嗎？」米樂奇怪地繼續問。

「為什麼呢？」

「茅臺貴啊。」

童逸搖了搖頭，說道：「其實都不是，我爸愛喝老雪。」

「老血？」米樂納悶地問。

「算了，說了你也不懂，反正就是一種酒。」

甯薰兒像示威一樣對米樂說：「叫媽媽！」

米樂忍不住蹙眉：「妳沒聽到他剛才叫我小老弟嗎？」

「那你應該叫我什麼？」

「嫂子？」米樂問。

「也行，是長輩就行。」甯薰兒倒也不挑。

童逸則是納悶了：「那我該叫她什麼呢？」

「叫妹妹。」

「好啊。」

甯薰兒：「……」

童爸爸：「……」

過了一會兒，童爸爸喝開心了，開始跟他們話家常：「我啊，很早就期待有一天，可以一家四口坐在一起吃飯。」

「一家五口。」米樂提醒童爸爸，「你媳婦的肚子裡還有你兒子的孩子呢，叫童二。」

童逸：「……」

童爸爸：「……」

甯薰兒：「……」

這飯吃不下去了。

這個時候，童爸爸的話讓這頓飯錦上添花。

「其實有一件事情，我一直瞞著你們。」童爸爸意味深長地開口。

「我有種不好的預感。」童逸嘟囔道。

「你的預感說不定是準的。」米樂已經做好心理準備了。

「其實當年我們抱錯了孩子，童緒不是我的親生女兒，米樂才是，其實你們是雙胞胎兄弟。」童爸爸說道。

結果兩人聽完，全笑場了。

米樂用腳踢了踢童逸的腳：「我能跟這玩意兒是雙胞胎？」

「基因變異了？」童逸扭頭去看米樂，「我們除了都有小雞雞，還有哪裡像？」

「沒想到我們還是骨科？」

「骨科是什麼意思？」

「跟你解釋不清楚，反正就是兄弟姊妹的意思。」米樂學著童逸的語氣回答。

兩個人對視了一眼後，米樂淡定地回答童爸爸：「沒事的，我們是GAY，就算是兄弟也沒事。」

「對啊！」童爸爸豁然開朗。

「嗯嗯。」米樂點頭。

「正好你跟甯薰兒也是一家人，我們真的是親上加親。」

「我跟童逸是雙胞胎，那跟甯馨兒就不算是一家人了吧？」米樂疑惑地問。

「也對啊！」童爸爸再次豁然開朗。

甯馨兒一聽就不幹了：「什麼？米樂居然是你的親生兒子？」

「對啊。」童爸爸回答。

甯薰兒立刻不幹了，站起身來變臉說道：「我不幹了！你們自己一家人過吧！」

「那妳肚子裡的我孫子怎麼辦？」童爸爸急切地問。

「我根本沒懷孕，我騙人的。」說完，甯薰兒就真的離開了。

等甯薰兒離開了，只留下一屋子三個老爺們面面相覷。

童爸爸心理素質特別好，「媳婦」跑了，「孫子」沒了，還有心情跟米樂說：「小老弟，我們繼續喝。」

「我不是您的親兒子嗎？」米樂問。

「我騙人的，我不喜歡甯薰兒。」

「劇情真是一波三折啊。」童逸看得大開眼界。

米樂抱著童逸笑了半天，他自己都佩服自己的夢了。

童逸也覺得有意思，抱著米樂不放手，在米樂的額頭親了一下。

米樂都笑出眼淚來了，還有心情問童逸：「你能帶我去參觀你的房間嗎？」

「其實我也有點好奇我的房間是什麼樣子。」

兩個人拉著手上樓，到了童逸的房間。

打開門，居然看到了雕窩，還是上次米樂踹童逸出去的雕窩。兩個人走到窩的邊緣往下看，就看到了童話夢境裡美麗的景色。

米樂喜歡死這裡了，到處都是綠色，周圍十分安靜，彷彿只有他們兩人。米樂乾脆躺在窩裡，仰面看天空。

童逸跟著躺在米樂的身邊，還把自己的手臂墊在米樂的頭底下。

「我們就一直這麼在一起吧。」米樂靠在童逸懷裡說道。

「只要你喜歡，鳥窩也是天堂。」

「這是你的房間！」

「行吧。」

這勉為其難的語氣讓米樂重新看向童逸，趴在童逸胸口捏童逸的臉：「捏捏我們家雕雕的臉。」

「米老婆。」

「嗯。」雖然一直覺得這個稱呼很難聽，但是米樂心情好，還是答應了。

「你幫我下個蛋吧！」

「啊？」

「下個蛋，孵出來就叫童二，這名字我喜歡。你說兔子跟雕雜交，能生出個什麼玩意兒來？」

米樂居然也跟著思考起了這個問題，半晌才反應過來：「我不會下蛋的！」

童逸開始蹙眉，說道：「其實從之前開始我就覺得胸悶了，有種喘不過氣的感覺。」

「身體不舒服？」

童逸看了看米樂，還沒回答就消失不見了。

童逸睜開眼，就看到米樂死死地抱著自己，抱得他要窒息了。

作夢夢到鬼，讓米樂下意識地往童逸的懷裡鑽，拚盡全身力氣抱著童逸，愣是把童逸抱醒了。

能怎麼辦？童逸還很高興，抱就抱吧。

趁著米樂還沒醒，童逸飛快地在米樂的額頭親了一下。

§

童逸感覺到米樂醒過來還滿清醒的，因為米樂依舊偽裝得很淡定，然後抱著童逸的手一點一點地往回抽，中間還停頓了幾下，好似十分不經意一樣。最後終於完全抽回了手，結果一翻身就壓到了什麼東西，倒吸了一口涼氣。伸手將罪魁禍首拿出來，就發現他的暖手寶還在被窩裡。

他拿著這個像大大的蛋一樣的暖手寶，表情複雜了一瞬間。

現在米樂看這個蛋，總覺得怪怪的。

米樂扭頭看了看童逸，也不知道童逸醒了沒，隨口說了一句：「你頂到我了。」

童逸居然非常不知羞恥地說了一句：「這證明我年輕，充滿了活力。」

「滾。」

「好！」

以前一被米樂說滾，童逸就不高興，現在聽到米樂說滾，童逸屁顛屁顛地滾了。

俐落地下了床，童逸關上了浴室的門。

米樂坐在床上看手機，同時收到了童逸的訊息，打開就看到一排紅包。

『看在你被窩暖和的份上。』

『賞你今日份的紅包。』

『早上想吃什麼？』

『我去買給你。』

米樂隨手收了紅包，接著打字回覆：還是原來的那些。

童逸：好。

米樂：你不應該在努力DIY嗎？解決掉你年輕的活力嗎？

童逸：我在拉屎。

米樂：你一般會在拉屎時想吃什麼嗎？

童逸：今天拉屎時想的是給你吃什麼。

米樂：閉嘴吧你。

沒一會兒，童逸就從廁所裡出來了，隨便拿毛巾擦了擦臉就要出門。

「你的臉都不塗東西嗎？」米樂看著童逸問道。

「我皮膚好，抗乾燥。」

「過來。」米樂招呼童逸過去。

童逸立刻乖乖過去，見到米樂要幫他塗東西的架勢，還順從地俯下身。

米樂拿出自己的保養品幫童逸塗，先是水，接著是乳液。

他的手比一般男生嫩很多，揉在童逸的臉上帶著溫暖的感覺，觸感很棒。童逸甚至想起米樂在夢裡幫他安撫小雕時，動作輕柔，甚至還滿溫柔的。

「還沒好？」童逸問。

「等等，還有面霜。」米樂說時，還跟童逸介紹，「每種保養品都有專有的作用，滲透的程度、保濕的作用都是不一樣的。尤其是面霜，保濕的作用是最大的，我一般建議面霜要用好的。」

「……」童逸沒聽懂，不都是塗臉的嗎？分那麼多幹什麼？綜合成一個不行嗎？

米樂幫童逸塗面霜，還分成了好多個點點，點在臉不同的地方，最後再塗勻。

塗勻後又拍了拍童逸的臉。

「你是幫我塗臉，還是趁機抽我巴掌？」童逸問他。

「我要是想抽，不會這麼輕。」

「這次好了吧？」童逸準備去買早餐了。

米樂回頭看了看，說道：「等等，還有防曬跟頸霜，我這裡還有護手霜，你自己塗。」

童逸盯著米樂的保險箱，看著裡面的東西，根本認不出來哪個是什麼。

「我只去買個早餐。」童逸有點想溜。

「很快就塗完。」

童逸又乖乖地站好了。

童逸自己找到了護手霜，一下子擠出一堆，他慌張地回頭看米樂，見到米樂沒罵他才鬆了一口氣。

然而這麼多，童逸塗手臂都用不完，於是拉著米樂的手一起塗。

偏偏他一邊握著米樂的手塗，還嘴賤：「這玩意兒是乳白色的，跟射的一樣。」

「你還非要跟我一起塗勻？」

童逸拉著米樂的手來回捏手心，又握在手裡，擺弄了好一會兒笑嘻嘻地說：「沒事，都是男人，都懂。」

「你平時會把那玩意兒塗勻當護手霜嗎？」

「我自己的會洗手。」

「不是自己的呢？」米樂順口就問了出來，問完才覺得怪怪的。

童逸看著米樂沒說話，他上次直接吞了。

米樂被童逸看得有點不自在，抽回手嫌棄地說：「我還沒洗漱呢，我塗護手霜幹什麼？」

「滋潤！一會兒你DIY時不會傷到你自己嬌嫩的皮膚。」

「趕緊滾吧。」

「行，等我回來一起吃早飯。」

米樂站在寢室裡整理自己的東西，等門關上才忍不住笑了起來，心情意外地不錯。

童逸到了食堂裡，派幾個人幫他打飯，自己則是跑去幫米樂買水煮花椰菜跟薏仁粥，生怕別人買錯了，米樂不愛吃。

等買完這些東西，就風風火火地跑了。

司黎坐在食堂裡吃早飯，忍不住罵：「這傻子太沒出息，現在跟米樂身邊的狗一樣，那叫一個忠心耿耿。」

隊友也跟著笑：「真看不出來，童逸還跟大明星相處得滿好的。」

司黎打算再去買杯豆漿，到了櫃檯就聽到附近有人在罵米樂。

「水煮花椰菜居然也算一道菜，藝術系真厲害，單獨占了一個櫃檯。」

「就是那個米樂帶起來的風潮，現在不少人跟著米樂一起吃這玩意兒。」

「我怎麼看米樂那麼不順眼呢？長得也沒多好看，瘦得跟個要飯的一樣。」

「我也沒覺得有多帥，娘兮兮的。」

司黎聽完就有點不爽了，豆漿也不買了，站在旁邊扠著腰直截了當地說道：「我最討厭別人在別人背後罵人，你們這麼厲害當面去罵啊。」

那幾個人看司黎也覺得眼熟，畢竟都是體育系的，忍不住反駁：「你不也看米樂很不順眼嗎？怎麼還幫他說話了？」

「我當面罵過他啊，我沒罵贏。你們可以去試試看，你們要是能罵過他，我是你們孫子。」

這幾個人看司黎的眼神就好像在看神經病，也看不出司黎是什麼立場。想了想後，灰溜溜地走了。

實在是排球隊這群人在H大都出名，個子高，人也張揚，一群人說著東北話，就跟H大的一股黑勢力軍團一樣。

等這些人走了，司黎繼續去買豆漿，突然聽到有個女孩子弱弱地跟他搭訕：「你好……請問，你認識米樂是嗎？」

司黎很少被女孩子主動搭話，難得一次還很激動，扭頭就看到一個非常漂亮的女孩子站在他身邊，不由得心情一蕩。

面前的這個女孩子皮膚極白，白得幾乎透明，外加五官精緻、臉也很小，看起來就像一個混血兒。

女孩子看到司黎之後羞答答的，有點不好意思地問：「你認識嗎？」

輕小說新星
碰碰俺爺
韓國知名手遊繪師
woonak
華麗奇幻腐系力作
12冊好評熱銷中
MISFORTUNE † SEVEN
夜鴉事典

「喔、喔，認識認識，關係還行，怎麼了？」司黎終於回過神來回答。

「我想見見米樂，但是不知道怎麼才能見到他，剛才聽到你幫米樂說話，所以心想你應該跟米樂關係不錯，想問問你。」

司黎買完了豆漿，拿著豆漿有點發愁，最後還是搖搖頭拒絕了：「恐怕不行，我不敢帶人去他那裡，不然他老人家會收拾我。」

畢竟，現在司黎還在叫米樂爸爸。

女孩子有點為難，特別誠懇地請求：「你就幫幫我吧，我有急事，馬上就要回去了。我在這邊的櫃檯等了好久，都沒看到米樂來這裡吃飯，真的沒辦法了。」

「這……不太好。」司黎真的有點不好意思拒絕漂亮女孩子的要求，「我還得吃早飯。」

「我等你吃完。」

司黎完全沒話說了。

女孩子真的就規規矩矩地坐在司黎身邊，等司黎吃完了早飯。

司黎沒轍，傳訊息給童逸，詢問：**爸爸還在寢室嗎？**

童逸：剛跟我打了一架，出去了。

司黎：你又怎麼招惹他老人家了？

童逸：就強行餵了他一塊肉，他吃了，吃完覺得很好吃，然後揍了我一頓就走了。

司黎不用仔細問就知道，童逸肯定又說了什麼討人厭的話惹火了米樂。

「我也只能帶妳到戲劇社門口，他們最近都有演出，估計他有空就會去盯著別人排練。之後妳就自己找吧，我不管了。」司黎對女孩子說。

「好，非常感謝。」

司黎帶著女孩子往戲劇社走，途中有隊友招呼他，他剛回頭，朋友就幫他拍了一張相片。司黎居然跟女孩子單獨走了，十分罕見。

這張相片被傳到了排球隊的群組裡，童逸還在寢室裡吃早餐，看到相片就覺得有點不對勁。

相片裡的女孩子只有一個側臉，雖然比昨天夢裡的女孩子稍微胖了一點，沒有那麼嚇人了，但是還是能看出來，這個女孩子非常像甯薰兒。

童逸立刻打電話給司黎，詢問：「那個女的是誰啊？」

『不知道，突然出現的，說是要找米樂，想要讓我帶路。』

「你站在原處別動，我馬上過去。」

『你來幹什麼？』

「你待著就對了。」

掛斷電話，童逸扔下筷子就跑了出去。

甯薰兒，上次見到米樂時帶了刀，要劃花米樂的臉，還曾經說過要奪走米樂在意的東西。現在甯薰兒突然來H大找米樂了，讓童逸覺得十分不安。

童逸全程狂奔，找到了司黎，到司黎的旁邊時喘得不行。

司黎覺得莫名其妙，奇怪地看著童逸，問：「你怎麼了？」

甯薰兒還停在他們身邊，看著他們兩個人，也有些疑惑。

童逸則是看向甯薰兒，看到甯薰兒穿的是一條連身裙，看起來沒有什麼地方能放凶器，最後把注意力放在甯薰兒的雙肩背包上面。

「我幫妳拿包包吧，妹妹。」童逸說著，直接伸手去拿甯薰兒的包包。

「不用！」甯薰兒立刻拒絕了。

童逸冷笑了一聲，直接將她的包包拉了下來。

司黎還以為童逸在搶劫，無腦護人的本性露了出來，立刻問童逸：「得手了，我們要跑嗎？」

甯薰兒慌得不行，立刻去搶自己的包包。

「你們在幹什麼？」米樂突然在這個時候出現，站在不遠處看著他們三個，最後將目光落在了甯薰兒身上。

最後一搏

「我是來找你的。」甯薰兒的手還拉著自己背包的帶子，看著童逸的眼神充滿了警惕，回答米樂都顯得有些漫不經心。

昨天在夢裡，他們可不是這種狀態。

「你找我幹什麼？」米樂態度冰冷地問。

「有事找你。」

「有事就說。」

「我們能單獨談談嗎？」甯薰兒終於回頭看向米樂。

米樂十分不想跟甯薰兒單獨說話，抿著嘴唇，有點不耐煩地看向一側沒回答。

童逸就一直抱著甯薰兒的包包不放手，儼然一副打劫的樣子，這倒是跟他的形象很配。長了一張打家劫舍的臉，今天真的就幹了「傷天害理」的事。

「包包裡有什麼東西嗎？」米樂注意到甯薰兒似乎很在意自己的包包，所以問了一句。

他也怕甯薰兒突然發瘋，從包包裡拿出硫酸之類的東西。他跟甯薰兒的接觸不多，記憶深刻的就是被襲擊的那次，根本沒有什麼好印象。

甯薰兒扯著自己的包包，發現搶不回來後終於承認了：「有。」

米樂伸手對童逸說：「給我。」

童逸立刻把包包乖乖地給了米樂。

包包到了米樂的手裡，甯薰兒就沒之前那麼抗拒了，反而冷靜下來，似乎包包裡的東西本來就準備要給米樂。

米樂打開包包，從裡面拿出一個隨身碟來。再翻翻，沒有其他東西了。

「這麼一個東西，需要揹這麼大一個包包？」米樂疑惑地問。

「其實之前還放了一條圍巾想送給你，後來實在是太冷了，我就拿出來自己戴上了。」甯薰兒委屈巴巴地回答。

米樂：「……」

米樂看著隨身碟，懷疑甯薰兒是不是要對他的電腦裡下病毒，不過還是嘆了一口氣，對甯薰兒說：「妳跟我過來吧。」

雖然抗拒，但是又實在好奇甯薰兒要搞什麼。

童逸立刻跟著他們，準備一起去戲劇社。

「你就不用過來了。」米樂對童逸說。

「我保護你啊。」童逸回答得理直氣壯。

米樂依舊倔強地搖了搖頭：「我怕你進劇場後會被我們社員打跑，萬一我保護不了你呢？」

「好的，拜拜，再見，莎喲娜啦！」童逸扭頭就走了。

童逸也是靠實力在戲劇社那邊將自己的友好度刷到了負數。每次去戲劇社找米樂，都得偷偷摸摸的，生怕哪裡殺出幾個人來拿著掃把轟他。

米樂看著童逸離開覺得好笑，拎著包包，帶著甯薰兒往劇場的方向走。甯薰兒則是時不時回頭看向童逸，覺得很奇怪，問道：「你不是沒幾個朋友嗎？」

「怎麼？」米樂問她。

「就是感覺……你好像沒以前那麼形單影隻了，現在還有人擔心你。」

「所以妳看到很不開心是嗎？」

甯薰兒沒回答，沉默地跟在米樂後面一直走。米樂也不再說什麼了，畢竟他跟甯薰兒真的沒有什麼話可說。

甯薰兒嚮往的是米樂的生活，米樂嚮往的反而是能夠不被注意到的平靜生活。

另外一邊，童逸跟司黎離開時，司黎還忍不住問童逸：「什麼情況啊？他們好像認識，不會是前女友之類的關係吧？我彷彿知道了一個大八卦。」

「我警告你啊，最好別亂說，不然收拾你。」

「我懂，我都懂！」

到了戲劇社，不少人都對甯薰兒有點好奇，畢竟米樂很少帶人進來。

甯薰兒本身也是一個美女，沒有上一次見到米樂時的頹態。胖了一些，不再瘦骨嶙峋，臉上的黑眼圈也沒了。這樣一看，兩個人倒是滿……配的？

進入了有電腦的房間，米樂讓其他人先出去，自己坐在電腦前插進隨身碟，對甯薰兒說：「妳坐在窗口的位置，讓狗仔隊能拍到妳。」

「喔，你怕有緋聞啊？」

「對。」米樂回答得直截了當，畢竟他現在也是有「家室」的人了。

打開隨身碟，就看到裡面有一些短片跟相片。

相片是偷拍的，裡面是米唐跟甯薰兒媽媽在一起的相片，模樣親密。短片也是兩個人在家裡親密的狀態，顯然是偷偷安裝了攝影機。

「妳拍這些做什麼？」米樂看著這些東西問甯馨兒。

他單手托著下巴，看著這些陷入了沉思。

「我覺得你應該會需要，或者你交給陶曼玲，她會用的，曝光這件事後我就不用這麼難受了。」

「曝光後，妳也會被推到風口浪尖上，這一點妳有想過嗎？」

「我馬上要高考了，之後我就出國留學，所以我不怕。」

米樂刪除了痕跡，接著將隨身碟收起來，放進了自己的口袋裡。

他看著甯薰兒，似乎是在觀察，半晌才說道：「說說看妳的想法吧，我這個人比較多疑，妳如果不說清楚，我就會認為這是一個陰謀。」

「其實上次去找過你之後，我也想過，恐怕我的仇恨放錯了位置。我該恨的是米唐，不是你。我媽媽做小三，你跟陶曼玲才是受害者才對，我卻以自己為中心，太把自己當成一回事了，覺得所有人都對不起我。」

「嗯，然後呢？」

「我覺得我應該跟你正式道個歉，但是又覺得僅僅是道歉，你估計不會原諒我，我就想到了這個方法。我知道你一直想要報復米唐，所以我給你籌碼。」

「我原諒妳又能怎麼樣，我們注定沒辦法和睦相處。」米樂依舊無法理解，甯薰兒為什麼希望他能夠原諒。

無事獻殷勤，非奸即盜。

「我也就是讓我的心裡舒服一點。」甯薰兒說得十分認真，她經常會想起那天的事情，然後後悔自己的荒唐。

「看過心理醫生了嗎？」

這個問題讓甯薰兒一愣，詫異地看向米樂。

「我覺得妳不太正常。」米樂這樣補充。

「你覺得你自己正常嗎？」

「……」

「因為一個人出軌，搞得一家人都有抑鬱症的傾向，這也是米唐的能耐。」甯薰兒說完，握緊了拳頭。

「雖然我了解得不多，但是我覺得就算抑鬱症，也不會產生去加害別人的心理，妳應該去看一看，妳是一種病態。」

甯薰兒不再說話了。

「這些東西我會留著，既然妳願意幫我，我也願意放緩速度，至少讓妳能夠安安靜靜地高考結束。妳留學的錢存夠了嗎？」

甯薰兒點了點頭：「我存了點錢，而且我可以自己打工。」

「也就是沒存夠。」米樂知道出國留學的開銷，先不說打工難不難，僅僅靠自己打工根本不夠她生活。

「嗯。」

「這些爆料估計也能賣個好價錢，到時候這些錢我都轉給妳，夠妳在國外過幾年。如果妳還想正常生活，這幾年就不要回來；如果妳不想，想趁機紅一把就可以回來刷個臉。」

「我不會回來的。」甯薰兒回答得斬釘截鐵，她並不想紅，至少不想用這種方法。

「嗯，以後妳也不要跟我打什麼感情牌，說妳是我的妹妹之類的事情，我對妳沒有感情。我們的關係擺在這裡，我對妳也沒有什麼撫養義務。」

「我明白，你不用這麼著急地跟我撇清關係，我不會再糾纏你的。」

米樂只是習慣性將所有事情都事先交代清楚，提前約法三章。如果都說清楚了對方還是不聽，那麼就別怪米樂不客氣。這就是他的做事風格。

這個時候，米樂傳訊息叫來宮陌南。

宮陌南進來後看了看甯薰兒，接著問米樂：「有什麼事情嗎？」

「妳賣我一件外套。」

「啊？」

「隨便賣我一件，暖和點的。」

宮陌南看了看甯薰兒身上穿的衣服算是懂了，點點頭回答：「等等，我社團的櫃子裡就有，我去拿過來。」

甯薰兒坐在椅子上等了一會兒，宮陌南就回來了，遞了外套給她：「我們這裡很冷的，穿上吧。」

「謝謝。」

甯薰兒穿上外套打算離開時，突然站在門口問米樂：「圍巾你還要嗎？」

米樂拒絕得乾脆俐落：「不要。」

「喔。」

宮陌南忍不住笑：「我滿喜歡的，給我吧。」

甯薰兒立刻取下圍巾給了宮陌南，戴上外套的帽子離開了。

宮陌南將圍巾給了米樂，笑著說道：「別那麼彆扭行不行？」

米樂拿著圍巾，又握著隨身碟，遲疑了一會兒才忍不住蹙眉：「真的沒有什麼陰謀？」

宮陌南聳肩：「我怎麼知道？」

「小三上位的新手段嗎？」米樂又問。

「雖然不懂，但是你可以想想，如果你是小三，你會想用這種方法上位嗎？」

米樂搖了搖頭。

「行啦，我不跟你聊這個，我可不想知道你的太多祕密。」宮陌南轉身離開了，留下米樂一個人冥思苦想。

是他把其他人都想得太壞了嗎？昨天在夢裡，他還把甯薰兒定義為無腦女配的形象，今天甯薰兒就出現了。

正發呆時，收到了童逸傳來的訊息。

童逸：祖宗，罵我一句。

米樂：傻子。

童逸：看到你依舊生龍活虎，我就放心了。

米樂正看著螢幕笑著，突然就接到了一通電話。

他接聽後，是童爸爸爽朗的聲音：『小老弟，忙不忙啊？』

「不忙，怎麼了，童叔叔？」

『聽出來是我了？』

「嗯，就您一個人這麼叫我。」

『是這樣的，有人叫我為電影投資，我看了幾個劇本挑選不出來，我把資料傳給你，你幫我看看行嗎？畢竟你是圈內人，懂得比我多。』

「這個……恐怕有點不好吧叔叔，萬一我看不好怎麼辦？」

『沒事的，大家都是一家人嘛，有錢一起花，賺了我分你一半，賠了算我的。』童爸爸說得一點都不在意，畢竟他投這麼多電影根本就沒賺過。

米樂想了想後，同意了：「好，您傳給我吧。」

米樂回到寢室裡，打開筆記型電腦後就跟童爸爸視訊。

「首先這個科幻電影別投，小公司投了都容易倒閉。」米樂拿起了自己的平板電腦，左右滑給童爸爸看。

『嗯嗯，行，不投這個。』童爸爸在那邊還在嗑瓜子，顯得漫不經心的。

米樂拿著平板電腦繼續看，同時問道：「叔叔，你們家有什麼產業需要打廣告嗎？」

『除了礦，都賠得差不多了。』童爸爸也是個人才，這種話居然說得毫不在意。

「你的礦也沒辦法打什麼廣告吧，你為什麼要投資電影？」

『就是進入演藝圈了，說出去特別有面子。別人問我你跟那個誰誰誰認識嗎？我就說認識，我們喝過酒，聽起來多厲害！』

人間真實，虛榮的大人。

米樂看著這些備選突然迷茫了，這怎麼選啊？

翻著翻著就看到米唐的新電影也在備選裡面，他還是在這些資料裡才看到他爸下一部戲要拍什麼，檔期跟演員是誰。

正看著，童逸回到了寢室，手裡還抱著一個大袋子。

童逸進來後探頭看了看，看到自己的爸爸在視訊另一邊還很詫異：

「你看著那張老臉，不會吐嗎？」

童爸爸聽到了之後立刻罵道：『小兔崽子說什麼呢？』

童逸沒搭理他爸，扭頭跟米樂解釋：「我爸突然跟我要你的電話，我覺得你應該懂，就把你電話給我爸了。」

「嗯。」米樂隨口回答了一句，還在繼續看劇本。

「我買了個電毯，還買了一個延長線，這就解決了床鋪那裡沒有插座的問題了。」童逸說著，就開始搬米樂床鋪上的東西。

米樂抬頭看了看，立刻蹙眉：「你搬我的床鋪幹什麼？」

「幫你鋪電毯啊！」

「你只買了一個？」

「對啊。」

米樂立刻就猜到童逸的心思了，這是打算繼續睡他的床，立刻起身去攔著：「我不用，你鋪你那裡吧。」

「別啊，我也是一番好意，買多了浪費，我過幾天就搬走了。」

「你還會在意這點錢？」

「在意啊！怎麼不在意，我家的錢也不是大風刮來的。」他們家的錢是辛辛苦苦挖出來的。

童逸從來沒這麼動作俐落過，愣是在米樂的阻擋下把電毯鋪好了，又把被子挪回去。

米樂氣得直吹自己的劉海，接著踹了童逸好幾腳。童逸也不在意，還搬來椅子坐在米樂的書桌前，拿出自己的書來看，還真的像是要複習一樣。

米樂重新坐下看劇本，正在翻，就聽到童爸在電腦那邊「嘿嘿」直笑。

「你笑什麼？」童逸問。

『你們感情滿好的。』

「我挨揍時你看出來我們感情好了？」童逸沒好氣地問。

『你活該。』

「你胳膊怎麼往外彎呢？」

『都是自家人，有什麼彎不彎的？』

童逸低下頭偷笑，讓米樂有點懷疑童逸是不是跟童爸爸說過什麼了，不然童爸爸怎麼會這樣對他？

扭頭就看到童逸在笑，再看螢幕，童爸爸也在笑。

不過很快，米樂自己就否定了。

應該不能吧？是GAY這種事情，上一輩大多不能接受，就算米唐跟陶曼玲是圈子裡的人，圈子裡GAY也屢見不鮮，他們都不一定能夠接受。所以他的想法就是，童逸就算真的是GAY，他爸也不至於開放成這樣，應該是他多想了。

又看了一會兒劇本，米樂開始愁了：「你們也不打廣告、光投資的話，確實不好選擇。」

『童逸，你想想看我們家還有什麼買賣？』童爸爸拋球給童逸。

童逸也滿為難的，想了想後嘟囔：「我們家有副產業，我爸也很少去管理，然後安排的人動不動就貪錢，搞得亂七八糟的，沒幾年就沒了。」

「一直是這樣？」米樂都無語了。

「差不多吧，每年都在倒閉，多了我們就習慣了。」

這把米樂氣的，這是兩個敗家子湊在一起了，居然還能有錢到今天，立刻對童逸說：「把你們家的清單整理給我，我看看怎麼管理。」

「你還會這個？」童逸十分詫異。

「肯定比你們強！」

『行，我找人整理一份啊！』童爸爸說著就拿出手機來，傳訊息給人安排這些事情。

安排完了，童爸爸繼續說：『小老弟，你要是幫我們弄清楚了，我們也不會虧待你，依舊是賺錢了叔叔就分給你一半。』

這絕對是一本萬利的買賣，米樂一點投資都沒有，就是幫忙管理一下，讓這些店不會倒，米樂說不定就能淨賺不少。

這條件說得米樂的小心臟蠢蠢欲動，心臟在胸腔裡盪鞦韆，忽上忽下的，特別刺激。

結果童逸還坐在旁邊嫌棄地說了一句：「爸，你什麼時候這麼摳的？」

『年底分紅！順便送你幾套房子。』童爸爸立刻補充。

米樂的眼睛都亮了一下，立刻含蓄地客氣：「不需要的，隨手幫忙而已。」

『喔。』童爸爸回應了一聲，繼續嗑瓜子。

童逸湊到米樂身邊，對米樂說：「你別跟我爸假客氣，你這麼客氣完他就真的不給了。」

米樂也不好意思要了，低頭繼續看劇本。

童逸看著書時，偷偷去摳米樂的手心，想繼續牽手，結果就被米樂砸了一個蛋到懷裡，仔細看發現是暖手寶。

「來，你也摸摸蛋。」童逸將暖手寶遞到了中間的位置。

視訊另一邊的童爸爸直接嗆到了。

米樂煩得不行，還有點不好意思，對童逸罵道：「你給我滾蛋。」

童逸拿著暖手寶在米樂的腿上滾了一圈。

就在米樂要動手揍童逸時，童爸爸在那邊說：『小老弟，我把我們家產業的大致情況表傳過去給你了。』

「嗯，好。」米樂接收了之後，就發現這份表格往下拉，半天都拉不完。

表格還滿清楚的，產業名稱、分店數量、店鋪工作人員數量，工作人員的工資、盈利情況。最讓米樂震驚的是行業很雜，從菜市場到微奈米科技有限公司，從熟食加工到品牌女裝，再從美甲美睫到一家即將倒閉的模特兒包裝公司。

酒店就有八家，不同的名字，不同的城市。連鎖飯店有四十九家，然而依舊是不同的名字，涵蓋烤肉、火鍋、壽司跟蘭州拉麵，米樂看到後來都覺得頭痛了。

正發愁時，童逸又來扣他手心了。

他知道他要是一直拒絕，童逸肯定沒完沒了，乾脆直接拉住了童逸的手，十指相扣後童逸終於老實了。

「童叔叔，你把酒店改成統一的名字，成為連鎖酒店。既然是連鎖酒店，裝修跟店內的一切東西都要統一進行更換，重新設計。」米樂終於開口了。

『行。』童爸爸立刻同意了。

「這個恐怕需要一筆不小的費用，不過……」米樂的話還沒說話，就被童爸爸打斷了。

『小老弟，你不用擔心錢，放心玩吧。』

這是玩嗎？就這種漫不經心的態度，到現在還有錢揮霍真是一種奇跡。

米樂繼續低頭看，接著說道：「女裝可以在電影裡打廣告，不過你們的女裝是什麼風格的？」

童逸就坐在米樂的身邊，隨手打開了一個淘寶店家給米樂看：「這家。」

「這些款式都是很久之前的吧？銷量看起來很……淒涼。」

「之前的設計師跑了，我們也沒太在意，就在別的地方隨便進一點衣服賣，講究薄利多銷。」

米樂無奈地看著網頁，揉了揉眉頭。

「這家女裝店交給我來管理吧，設計師什麼的我來張羅。」米樂主動請纓。

「對，正好你喜歡設計。」童逸點了點頭。

「你怎麼知道我喜歡？」

「你……你……你不是幫李昕改過褲子，還幫我做了秋褲嗎？」童逸心虛地說道。

米樂笑了笑沒再說什麼。

「這個微奈米科技有限公司就讓它倒閉吧。」米樂說道。

裝！你就繼續裝！既然你想裝，我也不著急。

這個公司每年都在虧損，然後公司裡的人還在各種申請科研基金，估計真的撥款下去，也會被這家公司的人層層剝削，剩下不了什麼。還有就是米樂跟童家人都不懂這個領域，就算以後這個領域真的很厲害，他們不懂，搞一個公司也是瞎搞。

『行，那就倒閉吧。』童爸爸繼續嗑瓜子。

童逸完全沒意見，拉著米樂的手就很開心了。

米樂看著這對父子，突然覺得自己肩膀上的擔子特別重。

之前他頂多是工作比較忙，不過也是看看劇本、參加綜藝、拍拍廣告。現在呢，看著這些投資意向書，再看看這些產業的爛攤子。雖然一個表格上顯示的都是他未來能從中賺多少錢，他還是覺得壓力特別大。

米樂第一次覺得錢多了滿不好的，因為錢多了，他就得煩惱這個錢該怎麼運用，錢該怎麼花，外加

錢該怎麼管理。

米樂正在看時，童爸爸突然意識到一個問題，問米樂：『小老弟，你這麼幫我，我是不是也得發薪資給你啊？』

「這個……不是有分紅嗎？」

『分紅是分紅，薪資是薪資，這是兩碼子事。按照你說的，你得幫我不少呢，我也不知道具體該發給你多少。要不然這樣吧，我明天讓人送張黑卡過去給你，你想花錢就從裡面刷，我幫你還，就當是薪資了，行嗎？』

黑卡，無限透支信用卡，就算是國內的最高額度也到了一千萬，只有財力到達一定程度，通過了銀行的審核才能發的卡。這種卡，米唐跟陶曼玲都沒有呢，童爸爸說送就送了米樂一張。

米樂還是覺得不妥，剛要開口拒絕，童爸爸居然生氣了：『房子不要，黑卡不要，你非得惹我生氣是不是？』

米樂終於同意了：「那好，我要。」

臨睡覺前，米樂一直在埋頭研究，頸椎都有點不舒服了。

童爸爸視訊了一會兒就睏了，關掉視訊去睡覺，甩手掌櫃的一面體現得淋漓盡致。

童逸則全程握著米樂的手，手心裡的汗都可以養魚了也不放開，開心地繼續拉著。至於書有沒有看進去，就只有他自己知道了。

米樂甩開童逸的手活動了一下肩膀，童逸立刻站起身來到他身後：「我幫你放鬆一下。」

「怎麼放鬆？」米樂警惕地看著童逸。

「我們隊裡經常做高強度的訓練，就互相幫隊友放鬆，放心吧，我也有十幾年的經驗了。」

米樂這才不再堅持，讓童逸幫自己晃肩膀，用手肘揉頸椎。真別說，還做得像模像樣的。

米樂覺得好多了，回頭誇了童逸一句：「是滿厲害的，感覺好一點了。」

「那好，你休息，我去洗漱。」童逸說完就快速衝進了浴室，打開水洗澡，沒一會兒又出來，「我洗完了，裡面還有熱氣不冷了，你去洗吧。」

「喔。」米樂站起身，伸著懶腰進入浴室。

等米樂從浴室出來，就發現童逸這次沒等他，直接趴在了他的被窩裡，看到他出來還拍了拍枕頭：「快上來，電毯果然好暖和。」

「你給我下來！」米樂吼了一聲。

「我不想回去睡，我會腳抽筋的，我是運動員，不能這樣禍害自己的身體！」

米樂爬上梯子拉童逸下來，結果被童逸提著腋下，直接拎上床，把他按進被窩裡躺好了。

童逸在米樂身邊躺好，嘟囔：「等你回來以後，我就買大一點的床回來，學校的床太窄了。」

「你一個人睡的話綽綽有餘。」

「晚安。」

「別逃避話題。」

童逸沒回答，竟然沒一會兒就睡著了。

然而米樂失眠了。

白天甯薰兒突然過來送了一些東西，讓米樂想了很多很多，開始計畫以後的事情。然後今天童爸爸送來了這些資料，也讓米樂冥思苦想許多。

白天的爆料、童爸爸的電影投資，是不是都可以利用一下？

但是童爸爸這麼信任他，他卻利用童爸爸是不是有點過分？這樣的話，事先跟童爸爸說清楚應該可以吧，童爸爸似乎很好說話的樣子。

想著這些，米樂失眠到了凌晨三點多，翻來覆去睡不著。

身邊的童逸被米樂這個架勢吵醒了，迷迷糊糊地嘟囔：「怎麼了？」

「睡不著。」米樂回答。

「沒事，過來抱抱。」童逸說著翻過身，將米樂抱進自己的懷裡，手還在安撫米樂，沒一會兒就又睡著了。

電毯是滿暖和的。

米樂將臉埋在童逸的懷裡，感受著童逸的擁抱。在一個冷到令人髮指的寢室裡，有這麼溫暖的被窩讓人覺得感動。就好像一個被折磨許久的賤受，他的渣攻難得給他一點溫暖，賤受也能被感動得一塌糊塗。

竟然這樣就滿足了。

米樂聽著耳邊均勻的呼吸聲，確定童逸睡著了，才伸手抱住了童逸的腰。

嘴裡說著不要，其實心裡對一起睡這種事情倒是沒有多抗拒。

抱了一會兒，米樂的手開始不老實，不再是隔著衣服，而是直接用手掌心描繪童逸的側腰線，接著是結實的後背。

童逸的皮膚滿好的，外加常年鍛煉，身上的肉很緊實，肌肉線條分明且流暢，是最讓人喜歡的男生身材。不胖不瘦，一身肌肉，剛剛好。

睡夢中的童逸根本不知道自己被人占便宜了，還睡得很香。

米樂抬頭看向童逸，意外地發現童逸的睫毛滿長的，睡覺時搭下來，遮住了眼睛那條閉合的線。

他慢慢湊近童逸，在童逸的嘴唇上輕輕親了一下，見童逸一點反應都沒有，於是又親了一下。比第一次久了一點，不過依舊是嘴唇碰到而已。

親完米樂舔了舔嘴唇，終於覺得解渴了。

喜歡的人一直壓抑著不敢坦白，他也就一直等著，然而這個蠢貨天天撩他，他也會心癢。

米樂也是一個男人，看到自己喜歡的人心裡也會產生一些想法。童逸是自己送上門的，有便宜不占王八蛋。

初吻。

至少是米樂現實裡的初吻。

他閉上眼睛，心裡那種歡喜的感覺一點點地漾開，就好似花瓣落在平靜的水面上，漣漪一圈接著一圈。

水中透著花瓣的粉紅，水意外地變成了甘甜的糖水，讓人心裡暖洋洋的。

跟傻子戀愛也不錯，一眼就能懂對方的意思，他怎麼放肆都不怕對方生氣。最重要的是，不費腦力，沒有負擔，每天都很開心。

§

轉眼就到了米樂進劇組的時間，童逸就這樣臭不要臉地賴著米樂，一起睡了幾天。

米樂要離開的那天早上，童逸在寢室裡轉了幾圈，就跟在米樂的屁股後面轉。

米樂收拾行李箱，來回看看有沒有什麼東西落下，童逸就像尾巴一樣，跟得米樂厭煩。

「不買早飯嗎？」米樂都快習慣童逸去幫他買早飯了。

「你馬上就要走了，我離開一秒，就少一秒的相處時間，我不捨得走。」童逸委屈巴巴地回答，「我讓司黎幫我們帶了，他得吃完早飯才能帶過來。」

「呵。」米樂將行李箱整理好後，走進了浴室，從保險箱裡取出自己的洗漱用品。

童逸又跟了過來，在米樂洗漱時就站在米樂的身邊。

米樂刷牙時，童逸突然抬起手環住了米樂的肩膀。米樂還以為這個時候童逸開竅了，準備從他的身後深情地抱住他，結果畫風突變：「鎖喉！」

米樂還在刷牙，被鎖喉的一瞬間被嚇了一跳，吞了好多牙膏泡沫進去。

被童逸鎖喉不是開玩笑的，米樂被憋得夠嗆，半天才掙脫，氣得不輕還得顧形象，先去漱口，放下刷牙就開始整間寢室追著童逸打。

童逸終於開始道歉了：「我錯了，祖宗，別打了，怪痛的。」

米樂真懷疑自己是不是眼瞎，不然怎麼能看上這種玩意兒？

被米樂揍得有點扛不住了，童逸抓住米樂的手腕抵擋：「好了好了，不打了行不行？」

米樂不同意，還準備繼續揍童逸，推搡間，童逸將米樂按在衣櫃的櫃門上。他雙手的手腕被童逸握著，按在櫃子上，居高臨下地看著他。

「怎麼，你還打算造反了？」米樂問童逸。

「沒有，就是怕你累壞了。」

「那你別惹我啊。」

結果童逸突然笑了起來：「其實你剛才特別有意思，明明都氣死了，還得先漱口。」

米樂抬腿想踢童逸，結果童逸也抬腿擋，兩個人再抬頭時發現距離還滿近的。

童逸特別明顯地吞了一口唾沫，心中突然產生了一絲邪念，低下頭想吻米樂。米樂則被童逸弄得有點慌，想到自己馬上要進劇組了，也沒繼續反抗。

然而即將要親到時，外面有人敲門：「爸爸！我來給你送行了。」

童逸翻了一個白眼，放開了米樂，轉身去開門。

在童逸的概念裡，他還是一個初吻都沒有過的人，米樂離開寢室的三個月他可怎麼辦？他不就會相思成疾？

司黎進入寢室時還在邀功：「我特意買了早餐過來跟你們一起吃，怕你們餓了，我好不好？」

結果這兩個人都沒回答，氣氛一時間有點尷尬。

吃早飯時，他們三個人全程沉默，弄得司黎有點慌張，還以為是自己的早飯帶的不對。

在寢室等到米樂正式要離開時，兩個體育系的男生看著米樂來回換了幾件外套。

「我看哪件都不太暖和。」童逸注意溫度問題。

「有機場拍攝，所以服裝不能含糊。」米樂回答。

「不會冷嗎？」

「在室外的時間很少。」

司黎拉著米樂的行李箱往外走，還在問米樂：「幾點的飛機啊？」

一回頭，寢室的門關上了，兩人都沒出來。

米樂剛準備出門，就突然被童逸拉著手腕，拉回了寢室。

轉過身，就是一個突如其來的吻。跟夢裡一樣，急切又不講道理，胡攪蠻纏，沒有任何技術性，還帶著十足的慌張。

他感覺到，童逸扶著他肩膀的手都在發顫，顯然慌得不行。然而童逸依舊是豁出去的架勢，就是要在米樂離開前親到他。

米樂抬起手來，讓童逸以為他要推開自己，立刻又靠得近了一些，並且更加用力。

他有點無奈，扶著童逸纖長的脖頸並未拒絕，童逸這才沒有剛才那麼緊繃。

感覺到米樂的順從，童逸漸漸安穩下來。試探的舌尖沒有被驅趕，一個濃烈的吻，帶著依依不捨的情緒，童逸微微轉了一下頭，繼續親吻，不肯鬆開這個人。

初遇時，兩看生厭。

入夢後，荒唐連連。

而現在，竟然有點喜歡，有點不捨。

看到第一眼時，他們都沒有料到以後的事情。

米樂從未想過自己會跟一個傻子一直糾纏，一個傻到讓他每天都在生氣的人，居然能走進他的心裡。就連童逸也是，明明喜歡小鳥依人的類型，偏偏碰到了一個冤家，還被冤家收拾得服服貼貼的。

早點認識就好了。童逸會保護他，不會讓他受到那些傷害，他也會管著童逸，至少不會讓童逸像現在這麼傻。

不過幸好遇到了。

兩個討厭鬼像在鬼扯的感情即將開始了。

送走米樂的車，童逸把雙手插進外套的口袋裡，看著車離開，突然覺得心裡不太舒服。

從父母離婚後，他還是第一次嘗到悵然若失的感覺。

他扭頭對司黎說：「完了，現在我就想去追車了。」

「在他離開之前揍回來？」司黎奇怪地問，完全沒有理解童逸的心情。

不過旁邊的左丘明煦懂了，走過來拍了拍童逸的肩膀：「沒事，時不時打一個電話、傳個訊息。我寒假會去劇組探班學習，你要是感興趣可以跟我一起去。」

「我們只有春節幾天假期，之後就要封閉訓練了。」童逸無精打采地回答。

「幾天就夠了，我們也去不了幾天，劇組也滿忙的。」

「你春節不回家的嗎？」

左丘明煦笑了笑，接著說道：「這一點，我跟米樂家裡的情況差不多，不過我心態比較好。」

跟童逸說話就不能拐彎抹角的，果然，童逸沒聽懂。

不過童逸還是打算春節假期時去看看米樂，不然他真的容易得了相思病。

到了訓練館裡，童逸就陷入了沉思。

突然跟一個人接吻，對方沒有拒絕，是不是就證明他如果追求對方，對方也不會拒絕？他是不是表白了之後，他就跟米樂一起脫單了？好像比想像的容易很多。

想到這裡，童逸就忍不住笑了起來。

跟米樂談戀愛耶，光想想就覺得特別美好。是不是就可以理直氣壯地拉米樂的手，抱著米樂睡覺，還能接吻，然後……為愛鼓掌？

童逸抬手抓了抓後腦勺，陷入了對戀愛的幻想之中。

這個時候，訓練館裡其他人突然聚在一起，一群大個子看一個人的手機，後來乾脆拿出自己的手機看，全部都在關注一個影片。

葉熙雅走過來拍了童逸的後背，感嘆：「厲害啊，童五億。」

童逸覺得莫名其妙地問：「什麼玩意兒？」

葉熙雅拿出影片給童逸看。

原來是米樂參加的綜藝節目終於播出了，製作完畢之後，加了後期效果，能夠看到米樂打電話給他時的所有過程，甚至還有表情。

被問是不是推銷時，米樂的表情相當精彩，就是想生氣又不能在鏡頭前生氣的樣子。

童逸看的是有彈幕的版本，還能看到螢幕上飛過的彈幕。

『小哥哥的聲音有點好聽。』

『好尷尬啊，明顯跟米樂不熟的樣子。』

『推銷什麼的？哈哈哈哈哈。』

『哈哈哈哈哈哈哈哈。』

『傳說中米樂的朋友很少，現在看來果然是這樣。』

『什麼情況，畫風突變？突然有點曖昧？』

這個時候，已經到了童逸要求加米樂微信，視訊通話的片段。

當時為了不被發現，並沒有拍攝米樂的手機螢幕，依舊只能聽到童逸的聲音。當五億這個數字出現之後，彈幕簡直炸了。

『五億！』

『我真是飄了，居然敢看一個五億的節目。』

『五億加微信就值得了？我不用五億，五千就行！』

『好有錢！』

『果然米樂主動去交往的朋友，都是非常有錢的。』

『說米樂主動的人，別忘記了米樂一直沒加小哥哥微信好嗎？』

『什麼情況？五億？小哥哥缺女朋友嗎？會花錢的那種。』

接著鏡頭一轉，看到了童逸在鏡頭裡的樣子。

『排球小哥哥！』

『是跟米樂一起逛商場扣殺娃娃的小哥！』

『他跟米樂關係很好，有種相愛相殺的感覺。』

『原來是他。』

『為什麼我不知道他，他是誰？』

『好帥啊，笑得我都跟著姨母笑了。』

『完蛋，我覺得我戀愛了。』

童逸看完，忍不住問葉熙雅：「我是不是要紅了？」

「你之前就紅了啊。」

「我怎麼到現在都沒有紅了的感覺呢？」

「我們這窮鄉僻壤的破地方，時不時有粉絲來追星已經非常有誠意了。我們嶺山校區第一紅的是米樂，第二就是你了，你的人氣，藝術系的那群人都羨慕哭了。」

童逸繼續看，過一會兒技術分析的微博都來了：「你看看這個微博，分析得跟真的一樣。」

童逸拿來手機看微博，就發現有人在分析他跟米樂的關係。

他們短短幾分鐘的對話，被他們翻來覆去地看，就好像高考閱讀理解題一樣，被他們分析得很有內容。

【（截圖）×7。

從幾句話裡可以分析出：

1、米樂一直有儲存童逸的手機號碼，還是從寢務老師那裡找到的。

2、童逸一直有申請成為米樂的好友，但是米樂沒有接受。
3、童逸說原來還有這招，就證明童逸也想要米樂的手機號碼。
（截圖）×4。
從這些對話可以看出：
1、童逸不但願意借米樂錢，還願意賣掉自己的房產，變現給米樂。
2、五億加米樂的微信，童逸覺得很值得的。
3、米樂的話證實，童逸是真的能夠拿出五億來借他。
合理猜測：
1、兩個人其實是互相暗戀，或者彼此有好感。
2、有可能童逸已經表白了，不過米樂拒絕了。正巧，這個機會讓兩個人的關係破冰了。
3、米樂其實不抗拒，反而很開心。】

評論也是各種說法不一。

墨鳶未晚：看到時就覺得好甜啊，全程姨母笑。
舒玖：我不是米樂的粉，然而我突然成了CP粉是什麼鬼？
Dian_點：之前看到米樂突然多了一個好朋友，就覺得好奇怪，後來一看，喔，果然很有錢……沒有黑的意思，只是單純覺得米樂身邊能被米唐、陶曼玲認可的朋友，肯定有一種原因在其中。

波浪浪不浪：米家的人給我的感覺就是誰紅跟誰玩，交往的朋友也大多是很有錢的。所以在借錢這個環節出來的一瞬間，我就已經確定米樂肯定是第一了。

小平板：米家全家人給我的感覺就是不舒服，看到他的朋友有錢，當時的第一感想就是果然。

黃雞咯咯噠：最噁心的還是這對夫妻瘋狂蹭兒子的熱度吧？每次出點什麼事就開始刷育兒經，發全家福出來炒熱度，看得眼睛都要生瘡了好嗎？

超氣的：米樂可能是演藝圈最勢利眼的小鮮肉了，人品也不敢恭維，而且臉很酸，一看就是嬌生慣養大的，估計私底下更大牌。

童逸看了一會兒就把手機扔到一旁：「我怎麼這麼生氣呢？」

「大家都分析，米樂是因為你家裡有錢才跟你做朋友的，後面好多人還說心疼你什麼的，說你是被米樂騙了。」葉熙雅也拿著手機在刷評論。

或許是因為女孩子更喜歡八卦，葉熙雅已經看到很下面了，許多回覆的回覆都會打開看一眼。

「米樂是什麼樣子，我比他們更清楚！他們都懂個屁啊！」童逸沒接觸過這些事情，光看到這些評論就覺得特別生氣。

米樂是無辜的，明明什麼都沒做，自己還特別痛苦，卻要被一群人惡意揣測加謾罵。

去看葉熙雅的螢幕，上面還有罵得更難聽的。

「沒辦法，現在藝人都這樣，越紅關注他們的人越多。這樣奇葩就會出現了，把藝人罵到抑鬱症自殺的情況都有呢。米樂這麼紅，會這樣也不奇怪。」

「我是受不了這個氣，我想一一罵回去。」

「你現在也是被關注的人之一，太衝動還容易幫米樂招黑。而且黑粉越罵越起勁，你都不如不搭理他，免得他自我高潮。」

童逸氣悶地拿著手機又看了一會兒，他沒想到什麼事情都能引得一群黑粉去罵米樂一頓。但是看到米樂的微博又特別和諧的樣子，有粉絲控場，又想一一摸摸米樂粉絲的頭，誇他們幾句。

米樂下了飛機，乘車到劇組時，就看到了童逸的紅包轟炸。

『沒事。』

『我們別跟他們一般見識。』

『你什麼樣子我都知道。』

『我就喜歡給你錢花。』

『看你花我錢，我還高興呢。』

接著是十筆轉帳，金額全部都是一三一四。

米樂看著這些紅包跟轉帳有點疑惑，點開紅包金額慢慢加，發現童逸每天發來的紅包總數都是五二一。

估計之前都是按著計算機發的紅包，童逸這陣子真的是每天都會發佔滿螢幕的紅包給他，只有今天加了十筆，轉帳成了一三一四元。

米樂抿著嘴唇忍不住笑，扭頭問自己的助理：「有什麼新消息嗎？」

「綜藝在我們在飛機上時播了。」

「喔……」米樂回應了一句，接著打開手機看了看訊息，接著發現自己好像還沒關注童逸的微博。找到了童逸的微博，看到童逸發了一條新的動態。

『童逸：有錢真好。』

米樂知道童逸是想幫他說點什麼，卻說不出什麼，於是發了這個，證明自己不傻。他為這條微博點了一個讚，接著關注了童逸的微博。看著「互相關注」這四個字，米樂的心口還顫抖了一下。

這是他丟掉一切負擔，做出破格事情的第一步。

米樂回紅包給童逸，每個紅包六十六元。

『放心吧。』

『我早就習慣了。』

『這一次還不算什麼。』

『乖。』

轉帳米樂並沒有收，不過紅包倒是全部都收了。

童逸：轉帳為什麼不收？

米樂：我又不缺錢。

童逸：我生氣就想給你錢，你不收我就更生氣了。

米樂：你的錢是你爸爸的錢，你怎麼花得理直氣壯的？

童逸：我用我生死相隨換來的財富不可以嗎？我爸也說，當時要不是為了讓我過上好日子，他就放

棄了，所以我也是功臣一位好嗎？

米樂：放棄？當時是什麼情況？你家裡出現過什麼事情嗎？嗯？

童逸：呃……

一個只在夢裡說過的事情，童逸又順口說了出來。

童逸：我要去訓練了。

米樂：好，我也馬上要到劇組了。

童逸：我想你了。

米樂遲疑了一下收下了轉帳，然後轉了二十個五二一回去。

§

米樂進入工作狀態後，其實沒什麼時間理會童逸。

這部戲是古裝劇，每天早上六點他就已經坐在化妝間裡化妝了，拍攝到晚上十一點左右是他合約上寫的時間，不過當天如果出現什麼意外，估計就會拍攝到淩晨，米樂也從來不會多說什麼，一直配合拍攝。

米樂無論多晚回去都會仔仔細細地洗漱外加晚間護膚，整套下來後他已經睏到幾乎昏迷了。躺在床上，他就會看到童逸留了滿螢幕的紅包給他。

12：00

『中午吃飯時可以聊天吧？』

『都不午休嗎？』

『我今天吃了好多。』

『一個魚肉漢堡一個雞腿堡。』

『還點了一個大雞排。』

17：45

『吃晚飯了，你吃了沒？』

23：57

『還沒收工嗎？』

『這麼辛苦啊。』

『你是沒停下來呢還是不理我？』

『我好睏，最近不玩遊戲了。』

『沒事做就容易睏。』

米樂拿著手機，瞇著眼睛回訊息：『剛剛結束，我也要睡覺了。』

拿著手機等了一會兒童逸也沒回覆，他閉上眼睛就睡著了。

夜裡迷迷糊糊地彷彿聽到手機震動，心裡一直惦記著童逸的訊息，讓他睡得很不踏實。

米樂掙扎著摸到手機，打開螢幕看了一眼，並沒有未讀訊息，就又將手機放了回去。

第二天早上醒來，他坐在馬桶上，終於能跟童逸聊一會兒了。

童逸：昨天晚上睡著了，你醒了嗎？

米樂：嗯，已經醒了。

童逸：你都沒有想我。

米樂：我為什麼要想你？

童逸：你得想我，你讓我神魂顛倒的，你得負責。

米樂看著這個亂撩的人有點無語，笑了笑打字回覆：你怎麼知道我沒想？

童逸：你肯定沒想，我打賭你都沒夢到我。

米樂：哦？

童逸：唉，等我去探班時跟你坦白一件事，估計你會覺得十分靈異且玄幻，但是我發誓我沒說謊。

米樂：為什麼非得等你來再說？

童逸：我怕你聽完生氣，還打不到我，自己乾生氣，那我不就得心疼了？

米樂：我走之前為什麼不說？

童逸的回答特別簡單明瞭：怕。

米樂：行了，我要洗漱了，等等又要化妝了。

童逸：化妝時不能聊天嗎？

米樂：化妝間時不時會有人進來，看到我的手機不太好，那群人的眼睛都帶著鉤子的。就算沒聊什麼，之後也會被亂傳。

童逸：好吧。

米樂：嗯。

放下手機，米樂開始洗漱，洗漱完看到童逸都沒再說什麼，似乎沒見到童逸本人，都能想像到這個大個子不太高興了。

童逸放下手機，就覺得心裡特別不舒服，剛開始有那麼一點眉目，就突然像失聯了一樣。他心裡煩悶得不行，氣鼓鼓地去找左丘明煦。

「你有沒有考慮過提前去探班？」童逸站在左丘明煦的寢室門口問。

童逸帶著怒氣過來，將近兩公尺的個子穿上鞋子都超過兩公尺了，進門都得先低頭。進來先是氣勢上壓迫，外加這張不爽的臉，讓左丘明煦的室友都戰戰兢兢的。

左丘明煦看著童逸，彷彿在看一個神經病：「米樂剛進組三天，我們就去探班？」

「探班還講究時間？」

「剛開機，各部門需要磨合是最忙的時候，後期會好一點。而且我們最近得期末考試吧？那麼多作業跟考試要準備，你這個時候跑去探班？」

童逸特別不高興，看到左丘明煦的室友都走了，氣呼呼地走進去，自己就坐下說道：「我傳訊息給他，他都幾個小時後才理我！這也不是辦法啊。」

「他需要拍攝，回覆晚很正常，你需要習慣這一點。」

「我就不會這樣，我訓練一會兒就去看一眼手機。」

左丘明煦整理著自己的床鋪，繼續說道：「你以後會是運動員吧？」

「對啊。」

「運動員需要封閉訓練，一年頂多放假兩次，一年只放假一次才是常態。這期間別人進不去，你也出不來，你到那個時候估計還不如米樂呢。我估計米樂不會像你這樣沉不住氣，也理解你訓練辛苦。」

童逸被說服了，不過他還是嘟囔：「我也不是胡攪蠻纏，我就是……心裡老是惦記著。」

「嗯，然後他卻幾個小時後回覆，讓你覺得他沒有你這麼在意，所以心裡不平衡了？」

「嗯。」

「你以前沒談過戀愛？」

「嗯。」

「喔，初戀啊。」左丘明煦理解地點頭。

「不不不，我跟米樂是友誼。」童逸立刻否認了。

左丘明煦笑了笑：「我初戀時也滿黏人的，恨不得跟我女朋友一直黏在一起，還特別愛吃醋。」

「後來呢？」童逸伸長脖子問。

「在一起久了，慢慢就理解她了，知道她是什麼樣的性格。本來就不是很願意撒嬌的性格，逼著她跟我撒嬌，會讓她覺得不舒服。如果跟一個人在一起不舒服，這場戀愛就談得沒有必要了，為什麼要讓她為難呢？」

童逸聽完打了一個響指，特別捧場地說：「我覺得你說得很有道理。」

「米樂這個人吧，其實很拚。你看看他平常那麼在意自己的形象，來學校學習也很認真，看劇本本來就很忙，還要處理學生會跟戲劇社的事。他到了劇組裡也是這樣，是一個非常努力的藝人。」

「嗯，感覺到了。」

「他給人的感覺就是性格不好親近，但特別可靠，戲劇社的成員都怕他，但是對他的印象卻很好。戲劇社不少成員都像米樂的學生一樣，很多人都叫他米老師。」

童逸繼續坐著，點了點頭。

「你什麼都懂，為什麼還要生悶氣呢？」左丘明煦再次問童逸。

「我就是想他了……」

想了，真的想了，從車開走的那一瞬間就想了。

這幾天，米樂不但訊息回覆得晚，連夢都沒夢過他。

他滿腦子都是米樂，睜開眼睛想，閉上眼睛還是想。當把一個人當成自己世界的中心，結果空等的一分一秒都堆積起來，膨脹到最大化，就會顯得特別寂寞。

單戀，就彷彿一個人打了一場漂亮的戰役，卻無人知曉。他在這場戰爭中打敗了很多敵人，又被一次次被困境擊倒，最後又自己療傷，獨自復原。

劇情波折，拚殺激烈，卻只是一個人的苦戰。

童逸總覺得他跟米樂已經兩情相悅了，可是沒有最終確定關係，心總是飄忽不定，沒有安全感。

還是會猜，還是會心裡琢磨，所以思念會變成加倍的思念，在意會變成成疾的在意。

童逸呼出一口氣，覺得自己好了一點，卻像一點也沒有好一樣。

從口袋裡摸出手機，卻沒看到米樂再跟他說什麼。

他早上的確有點埋怨，所以沒回覆。他的小心思是希望米樂能哄他兩句，結果米樂也不回覆了。

童逸在這邊小情緒氾濫，米樂在那邊不解風情。

「行，我知道了，我先回去了。」童逸站起身往外走，臨出門還回頭對左丘明煦解釋一句：「我跟米樂就是比較好的朋友關係。」

「嗯，我理解。」左丘明煦點了點頭。

童逸離開後，左丘明煦忍不住笑，接著傳訊息給米樂：**『你們家大個子來我這裡哀怨地述說了，你也別那麼冷淡了，談戀愛不是要面子的事。』**

童逸離開左丘明煦的寢室，就想到了左老師，也就是上次跟田徑隊打架時，處理事情的老爺子。

他拿出電話主動聯繫左老師，碰巧左老師剛到學校，倒是有時間，童逸可以直接過去。

進入左老師辦公室時，左老師正在泡茶水。

童逸笑呵呵地跟左老師打招呼，接著在左老師的辦公室裡坐下，問道：「老師，您不忙吧？」

「嗯，你是來問你朋友的事情吧？」

「對，你上次覺得他有點偏激嘛，我過來打聽打聽。」

左老師倒完水，坐在童逸的對面，說了起來：「我以前遇到過跟他差不多的一個學生，沒有他有名氣，不過也是一個很有才華，並且各方面都非常不錯的小夥子。他性格也是有點冷淡，思想論調有點極端，大致就是……」

說到這裡，左老師沉思了一下才繼續說：「他會覺得拐賣婦女、兒童這件事情，要讓所有偏遠山區的人口全部滅絕，那些人消失了，就能徹底解決這件事情了。還有，他還說過如果一個人犯了罪，他的父母也逃避不了責任，應該一起去蹲監獄。還有一次，一個女孩子碰壞了他的東西，他不依不饒地報復了這個女孩子一學期，一直耿耿於懷。」

童逸微微蹙眉，接著搖了搖頭：「米樂應該不會這樣，他是一個很講道理的人。」

米樂會報復人，也是因為那個人真的讓米樂非常討厭。

「米同學的確沒有這麼離譜，但是他也積壓了很多的負面情緒，還有外界的壓力。內心壓抑久了就會得病，這才是我擔心的問題。」

童逸想了想後說道：「什麼病？焦躁症？」

「抑鬱、偏執之類的病症。」

「呃……您之前那位學生，也得病了？」

「他自殺了。」

「啊？」童逸驚訝的睜大了一雙眼睛。

「我曾經也當過輔導員，帶一個班級，他就是我班上的學生。我雖然有注意到他的一些極端，卻沒有太在意，出事後才發現他一直有心理問題。從那以後，我就很注意這方面。他們大多很鑽牛角尖，很多事情都會往最壞的方面想，我查閱過資料，容易患抑鬱症的性格特點，米樂有兩點：責任心強和認真。」

「他會有抑鬱症嗎？」

左老師繼續詢問：「他的睡眠情況好嗎？」

童逸搖了搖頭：「據我所知，不好。」

「其實我們不能說他有抑鬱症，只是希望他能夠避免心理上出現問題。我最初的想法也只是跟他聊聊天，盡可能地避免這些事情的發生。不過我發現他好像對其他人很排斥，這就需要你們這些親近的人進行疏導了。」

「我該怎麼做才能讓他好一點？」

左老師跟童逸說了很多，一般這麼囉嗦的說教，童逸都會不想聽，今天卻格外認真地聽了許久。

接著，他又從左老師那裡借走了不少資料，打算帶回去看看。

回到寢室翻看這些書，不知不覺看到了凌晨兩點多。

手機一直放在他的床頭，收到米樂的訊息，他第一時間拿起了手機。

00：12　童逸：結束了跟我說。

02：02　米樂：剛剛結束，回到客房。

童逸直接打電話過去，對面很快接聽了。

米樂：『喂？還沒睡嗎？』

童逸：「我一直在等你。」

米樂：『這麼晚不休息，明天訓練沒問題嗎？』

童逸：「可以的，沒事，我就是怕錯過跟你聊天的機會。」

米樂那邊應該是在整理東西，接著說道：『唉，我這邊好忙。』

「嗯嗯，我理解你的。」

『早上不是有點生氣的樣子？』

「發現我生氣了，為什麼不哄我？」

『寵你，還哄你，自己學會懂事不行嗎？』

童逸拿著手機「嘿嘿」直笑，接著說：「米樂，我唱首歌給你聽吧。」

童逸看到書上寫，音樂可以補充能量，改善心情狀況。

『嗯，好，你唱吧。』

童逸唱歌其實也就是一般，完全就是仗著聲音好聽，歌詞都記不住多少，只能大致哼唱幾句。

米樂聽了一會兒，接著說道：『童逸。』

「嗯？」

『這首歌是我的新歌，還沒有出單曲，歌詞也沒有公開過。』他只在夢裡哼唱過。

童逸嚇得手機掉在床鋪上，手忙腳亂地拿起來，發現電話被他掛斷了。

他抹了一把臉，絕望地哀嚎了一聲，他真是每天都在努力掉馬，米樂不揭穿他真的非常給他面子。

沒一會兒，米樂居然打電話過來了。

童逸心情忐忑地接通，接著聽到米樂輕聲說道：『我也想你了。』

「我靠！」童逸突然驚呼了一聲。

『怎麼了？』米樂納悶地問。

「我硬了……」

『……』

「這絕對是我長這麼大，硬得最快的一次。」

『那你要不要在電話那邊解決一下？』米樂居然還能問出來。

「不太好吧？」

『快，讓我聽聽你自己解決時的呼吸聲。』米樂說到這裡居然笑了起來，笑聲傳來酥酥的。

「現在都玩這麼刺激嗎？電愛啊？」

『那要視訊嗎？』

「也……也不是不可以……」

米樂很快掛斷了電話，接著微信傳來了視訊邀請。

童逸看著螢幕裡米樂放大的臉，下意識地吞了一口唾沫。

『我要洗漱了，我把手機立在旁邊。』米樂說完，就把手機開著視訊，立在一旁，接著進入浴室洗漱。

童逸可以在螢幕裡看到米樂洗漱的全過程，他竟然覺得米樂洗臉都特別好看。

洗漱完畢是護膚環節，最後拿著電話趴在了床上。

「你房間還滿大的。」童逸盯著螢幕那邊看，連米樂居住的環境都十分好奇。

『嗯，我是男主角嘛，環境還是可以的，你是已經住到小別墅裡了？』

「對，這裡沒什麼裝修，不過滿暖和的，床也大，我沒什麼東西要搬進來，看起來有點空。」童逸切換了鏡頭，給米樂看自己的房間。

『轉過來，我要看你。』米樂低聲說道。

「好。」童逸立刻切換了鏡頭，同時還在說，「你要是覺得心情低落，或者焦躁，累了什麼的都跟我說，我可以陪你聊天，幫你想辦法，還能開導開導你。」

明明他們聊幾句之後，米樂就更生氣了。

米樂看著螢幕裡的傻子笑了起來：『不用，只要看到你，一下子什麼都好了。』

§

米樂進組拍攝初期，童逸還沒有調整過來。後來也漸漸好了起來，至少不會像一開始那麼有小情緒，畢竟他已經習慣了。

不習慣也沒辦法，忍著。

不過米樂的態度轉變還是很大。之前米樂總是冷冰冰的，特別討厭童逸的樣子，話都不肯好好說，現在時不時的一句話，能讓童逸傻笑好幾天。

兩個人的關係也一直處於模棱兩可的狀態，明明沒挑明關係，卻已經進入了戀愛的狀態裡。

兩個人都心知肚明，卻誰也不挑明。

一個在等，一個在怕。

這種狀態又持續了一陣子。

米樂劇組裡已經沒有一開始那麼忙了，讓他開始有時間繼續研究劇本，還能順便看看童家的產業，想辦法管理起來。

童爸爸也十分配合，給了米樂一些聯繫方式，只要米樂交代，這些人就會去照辦，隨時聽從米樂的派遣。才沒幾天，就已經開始設計連鎖酒店的裝修方案了，其他產業也在米樂的改動計畫內。

米樂回到房間，打開電腦跟童爸爸視訊。

童爸爸正在車上，打開視訊時還在跟司機聊天，扭頭看了看米樂問：『小老弟怎麼瘦了？』

「拍戲比較辛苦。」

『別累壞了。』

「叔叔您能戴耳機嗎？我想跟您商量一件事情。」

童爸爸很快同意了，到處找耳機，找到時也到了。

童爸爸拿著手機下了車，走進家門後說道：『現在說吧，家裡沒別人。』

「我想求您一件事情。」

『行，你說吧。』

「我希望你能投資我爸爸的電影。」米樂說起了這件事情。

『可以啊。』童爸爸完全沒有猶豫就同意了。

「不過是先投資，再撤資，這期間還需要您配合我演一齣戲，有可能會有損您的名譽，所以需要跟您提前詢問一下。」

『影響我的名譽，什麼名譽？』童爸爸還滿感興趣的。

「就是突然投資，之後又撤資，會影響到別人對您的印象。」

『這有什麼，無所謂。你說的演戲是怎麼回事？你覺得我是演戲的料嗎？』

「我可以教您。」

童爸爸也知道，米樂這是要收拾他爸了。

他本來就看米唐不太順眼，要不是覺得米樂不錯，他都不願意跟米唐還有陶曼玲來往。

米樂在視訊那頭說著自己的計畫，童爸爸聽到還覺得滿有意思的。

米樂這一舉，帶著一點最後的試探，還有徹底跟米唐決裂的架勢。

『你這是要徹底跟家裡鬧翻了？』童爸爸問。

「嗯，我受夠了，該掙扎一下了。」

『我是可以配合，但是你有沒有想過，他們到底是你的父母，之後要是真的鬧大了，你也會受到牽連。』童爸爸這麼說，完全是站在米樂的角度考慮的。

他作為一個旁觀者，當然是希望鬧得越大越好，這樣他有瓜吃。但是他心裡向著米樂，不希望米樂受到牽連。

「註定會被牽連，血肉親情是撇不開的，然而受害者不應該被攻擊，我說不定還能引來一波同情。而且，演戲、做藝人本來就不是我想要的，大不了不再混演藝圈，又或者降低工作強度，不要什麼名氣

了，只接自己喜歡的作品，也滿好的。」

『你跟童逸說過了嗎？』

「還沒，我覺得應該先問過您的意見。」

『我這裡完全沒問題，你們兩個在一起也不容易，輿論壓力什麼的估計不好受。』

米樂托著下巴，笑呵呵地看著螢幕裡的童爸爸，問：「叔叔，他都跟您說了？」

『對，說了，這小子長這麼大，第一次跟我說有喜歡的人，我看你也不錯，我也喜歡。你們不用有什麼壓力，我是同意的，以後真的發生什麼事了，我幫你們撐著。』

「他什麼時候跟您說的？」

『上次去參加婚禮時就說了。』

「叔叔，謝謝你。」米樂再次感謝。

『謝什麼啊，都是一家人。』

「謝謝你告訴我，他喜歡我。」

『……』童爸爸突然察覺到了一絲絲不對勁。

米樂沒有再說這件事，扭頭就說起了酒店的事情，童爸爸很快被轉移了注意力。

掛斷視訊還是因為童逸那邊打來電話，非要跟他聊天，這邊才掛斷了視訊。

童逸特別不願意掛斷視訊，每次都哈欠連天了，也非要繼續看著米樂。而米樂跟童逸視訊時，大多是米樂在這邊忙自己的，看看劇本，看看資料，童逸則是一直直勾勾地盯著手機看，彷彿一個痴漢。

「先不跟你聊了，我要去對戲。」米樂對童逸說道。

『大半夜的去對戲？』

「對。」

『行吧，去吧，不用管我。』童逸說完就開始噘嘴。

米樂笑了笑，對螢幕飛了個吻，童逸立刻老實了。

掛斷視訊，米樂開始收拾行李。

他跟學校申請期末考試的事情，輔導員有幫他爭取，不過有幾科還是需要米樂回去參加考試。

他跟劇組申請了之後，得到了三天的閒暇時間，可以回H市參加期末考試，其中有一天的時間都是在路上度過的。

明天米樂就要回H市了，他告訴了左丘明煦，但沒告訴童逸，打算回去給這個傻子一個驚喜。

收拾好行李箱，他還特意去照了照鏡子。確定自己的狀態還行，終於放下心來。

回到H市當天，米樂剛回到學校就參加了一場考試。

他拿出筆，回憶這些題目就覺得腦袋直發疼，明明都複習過了，但是連續坐飛機再坐汽車，讓他耳膜有種發脹的感覺。還沒緩過來，就要開始考試了。

這一科考完，看著輔導員傳來的訊息，他又風風火火地跑到下一個考場了。

考完這兩科後，米樂還去輔導員那裡參加了兩場補考。

就跟小型的監獄一樣，整個教室裡只有米樂一個人，放了一張桌子，考完這一科接著下一科。

米樂看著考卷想題目時，冷得把手放進口袋裡才能緩過來，不然都沒辦法寫字。

連續的作戰讓米樂彷彿在渡劫一樣，走出教室都沒傳訊息給童逸，沒地方去乾脆回去寢室。

進去後就覺得寢室太過冷清。

李昕跟童逸都搬走了，孔嘉安的床鋪也是空的，他的床鋪就跟沒住過人一樣，也就是幾個保險櫃在占位置。

他坐在寢室裡傳訊息給童逸：『**在哪裡？**』

童逸隊上大四的學生，有的下學期就要去實習了。

他們並不是被選進隊裡就一定會走體育道路，到大四依舊沒混出頭的，後來有改行的，也有做體育老師的，還有一些開了健身館。這幾位期末考試後就要回去了，下學期估計見面的時間也很少。以至於，他們考完今天的科目就出來一起喝酒了。

出來時，他們都嚷嚷著不醉不歸，明天的考試愛怎樣就怎樣，畢竟明天考完試，當天晚上就有一位買了票要離開。

童逸作為新任隊長是肯定要去的，然而酒量嘛……真的不怎麼樣。

童逸喝了兩瓶啤酒後，臉就紅得跟猴屁股一樣，看誰都開心。

司黎跟童逸完全相反，喝醉了之後就抱著酒瓶哭，還罵罵咧咧的：「老子瞧不起你們，要……要是誰喝得少……誰就是我孫子……他媽的……」

「我跟你們講，我們家米樂特別會喝。」童逸突然提起了米樂。

「他能喝，你叫他過來幫你喝！」

童逸搖了搖頭：「不，我不讓他喝，他胃不好。」

結果一搖頭，就覺得更難受了。

「我不喝了……我想回去睡覺，我還得……聊天呢。」童逸晃晃悠悠地站起來，立刻有人拉住他。

「別走啊！沒喝完呢！」

「我不喝了，我請客行嗎？」童逸問。

「行。」

童逸一邊笑一邊罵，走到櫃檯的位置，詢問：「現在多少錢？」

「一千兩百多。」阿姨隨口回答。

「妳從我這裡刷一千五，再幫他們上兩箱酒。」童逸拿出自己的卡給了阿姨。

阿姨拿著童逸的卡看了半天，沒看到是哪個銀行的卡，懷疑童逸把其他店的會員卡拿出來了，問：「你是不是拿錯卡了？」

「沒有，就是這張卡。」

阿姨刷了一下，發現真的能刷，童逸結完帳拿走了自己的黑卡，晃晃悠悠地往回走。

喝醉酒，腦袋容易短路，童逸下意識地往學校走，回到了寢室。

上樓梯時，童逸突然反應過來了，他怎麼回寢室來了？

不過想了想，他還是走了上去。他今天要睡米樂的床！這樣就能聞到米樂的味道了！

走進寢室，推開門就看到燈是亮著的，他探頭看了看，發現米樂坐在書桌前發呆呢。

他有一瞬間的恍惚，不過還是快步走了進去，到米樂的身邊。

「米老婆。」他笑呵呵地叫了一聲，模樣像地主家的傻兒子。

米樂看著童逸，看到童逸晃晃悠悠地到他面前，接著低下頭在他嘴唇上親了一口。

他抬手扶著童逸問：「怎麼喝酒了？」

「送隊友。」

「喝了多少？」

童逸比了一個二。

米樂蹙眉：「二十瓶？」

「兩瓶。」

「……」

童逸被米樂扶著時，自顧自地跪在米樂的身前，米樂拉他他都不站起來。

「我要跟你承認……承認一個錯誤。」童逸跪得老老實實的。

米樂還以為童逸要坦白了，點了點頭說：「行，你說吧。」

「我昨天……想著你……擼了。」

「……」

夢境成真！

米樂看著童逸那副傻樣，都不知道該生氣還是該笑。咬著下唇，瞇著眼睛看了童逸半天，就看到童逸開始抱著他的腿，將臉埋在他的腿上嘟囔：「我好想你啊。」

「我問你，你回答好不好？」米樂將手揣進口袋裡，讓自己的手能暖過來。

「好。」

「你是不是會跟我做一樣的夢？」

「是。」童逸老老實實地回答了。

米樂握緊了拳頭又鬆開，接著繼續問：「你是不是早就知道我們做著一樣的夢？」

「當然知道……我特意……進去的。」

「你是怎麼進去的？」

「我一個朋友懂這些神神叨叨的……東西，我就……我就讓她幫我，很快就進去你的夢裡……」

米樂做了一個深呼吸，努力讓自己不爆發。雖然早就猜到是這樣，但是真的知道真相了，米樂還是有點氣。

這傢伙是怎麼做到這麼理直氣壯的？怎麼好意思？

「你為什麼要到我夢裡？」米樂問。

「就是……你陰我，我還不能揍你，我就去夢裡收拾你。」

「從什麼時候開始的？」

「從……你陰我。」

「我是說夢。」

童逸想了想後回答：「就從我跳廣場舞，我們吃霸王餐的那個夢開始的。」

米樂點了點頭。

其實前幾個夢米樂都沒在意，只是覺得這個夢記憶好清楚啊，他也是到了後面才漸漸發覺不對勁。

「我還以為我天天夢到你，是喜歡上你了，結果是你安排的？那我對你到底是不是喜歡啊？」米樂氣得不輕，特別在意這個問題。

童逸立刻搖搖頭：「不是的，我不能主動進入你的夢……得你自己夢到我，我才能進去，所以……真的是你夢到我了，我控制不了這個。」

這樣的話，還是米樂的腦袋裡有暗示，才能夢到童逸。

這個暫且不談。

「你本來是直男吧？」米樂繼續問。

童逸承認這一點：「我本來沒想過跟男的交往。」

「你是怎麼想的，突然想跟我談戀愛？」

「不知道……就是看到你就想親你……親著親著就上癮了，我覺得……這就是想戀愛了，因為我不想親別人。」

米樂聽完童逸說這些話，氣就消了一半。這恐怕真的是大實話了。

米樂思量了一會兒才繼續問：「你從什麼時候開始喜歡我的？」

「親了嘴以後。」

「你一開始親我不是因為喜歡我？」

「不……一時衝動，想羞辱你。」

「然後把自己羞辱彎了？」米樂還輕輕地踹了童逸一腳。

「嘻嘻嘻嘻……」童逸開始傻笑。

「別笑了，問你正事呢。」

「你魅力大，惹人喜歡。」

「你明明是要收拾我的，我怎麼可能惹人喜歡？」

「就是惹人喜歡，我長這麼大，第一次……碰到你這麼惹人喜歡的……特別生氣，怎麼現在才遇到呢？早遇到，我不早就彎了？」童逸抱著米樂的腿，開始往下滑，最後乾脆抱著米樂的腳趴在地上笑得傻呼呼的，「米老婆……最惹人喜歡。」

氣歸氣，看到童逸乾脆躺在地面上了，瓷磚還滿涼的，米樂還是起身將童逸扶了起來。

抱著這個大傢伙，米樂就開始懷疑這傢伙真的有兩百斤，米樂扶著童逸都得咬著後槽牙。

「你多少斤？」米樂問他。

「一百多斤。」童逸含糊地回答。

「一百八有吧？」

「不到。」

米樂扶著童逸，讓童逸能夠重新站好，用手捏著童逸的下巴再次問：「跟我說實話，多少斤？」

「一百……六……」

「我不信。」

「一百七十六……」

「你比我重了整整五十斤！」

「你怎麼才這麼瘦？」童逸驚呼了一聲。

「我一直都是這個體重。」米樂平常就經常被人說瘦得離譜。

「瘦成……骨頭架了……」

「站好！」

童逸立刻歪歪扭扭地站好了。

米樂看著童逸，有點不知道該怎麼做。

他不擅長照顧人，可以說長這麼大都沒照顧過別人，更何況是一個醉鬼了。

這樣的情況下，他應不應該幫童逸洗漱？

「你先躺上去。」米樂指了指自己的床，他發現童逸的床鋪根本沒有被子。

「好。」童逸開始爬，米樂生怕他掉下來，一直小心翼翼地扶著。

等童逸躺好了，米樂才去浴室擰了一條毛巾，出來幫童逸擦臉。

童逸以為是要餵他東西吃，張嘴吃了一口毛巾，接著就吐了出來：「不好吃。」

米樂沒理會，擦完臉又換了一條毛巾幫童逸擦腳。

米樂自己洗漱完畢後，童逸在上鋪透過欄杆看著他，叫了一聲：「米老婆……」

「幹什麼？」

「我訂了飯店，燭光晚餐，打算跟你坦白加表白，然後我們在那裡定情……」

喲，還搞浪漫呢。

「我還……訂了一艘船，我們去坐船，然後放煙火，我還訂了……心形的煙火……超級漂亮的那種。」童逸繼續說，「我打算……給你一個驚喜，你會喜歡的。」

還驚喜呢，已經全說了。

「這些多少錢？」米樂在乎的是這些問題。

燭光晚餐還可以，但是船跟煙火就讓米樂漸漸覺得不妙了。如果是兩人坐船，應該還好，但是包了一艘船就不是小數目了。

「不貴，才……二十多萬……」

「你給我退了！」米樂氣得直接用頸霜拍在童逸的臉上。

「不退！」童逸繼續堅持。

「敗家玩意兒，二十多萬表個白，你神經病啊！」

「為了你就值得。」

「現在已經不驚喜了，你給我退了！」

童逸乾脆翻了個身，不理米樂了。

米樂冷靜下來後也在想，童逸精心準備好的，他這樣是不是會讓童逸不高興？

但是二十萬的確讓米樂肉疼，幹點什麼不好啊？

整理好了之後米樂爬上床，看到童逸躺得特別霸氣，他都沒有地方睡覺了。

「你不想跟我一起睡了？」米樂撐著身體問童逸。

「我心裡委屈。」

「好了好了，不退了。」

「還是委屈。」

米樂伸手揉了揉童逸的頭，哄道：「好了，是我錯了，你別委屈了行不行？」

「我是想讓你高興的……可是你不高興，去了也沒意思。」

「臭傻子。」米樂推了推童逸，接著鑽進童逸的懷裡，「我最開心的事情是跟你在一起，所以你不用拿這些東西來哄我，我又不是女孩子。」

「這是我爸幫我出的主意。」

「你不應該問我我喜歡什麼嗎？」米樂湊近了童逸，兩個人臉對著臉，躲在被窩裡低聲聊天。

「你喜歡什麼？」

「我喜歡的啊，就是能一起做早飯，然後一起做家務，下午在沙發上靠在一起休息，一起看電視，吐槽電視劇有多難看。晚上一起做晚餐，再一起洗澡、睡覺。」

「沒什麼特別的啊。」童逸疑惑地問。

「你跟我一起做了那麼多夢，還沒感覺到嗎？我就是喜歡平平淡淡，沒有什麼特別的東西。」

「嗯……感覺到了。」

「我十八歲生日時，開了一個超級大型的成人典禮，就好像演唱會一樣，粉絲們要買票來幫我過生日。那天不算開心，因為過生日也跟工作一樣，下臺後回到家裡，看到左丘明煦跟宮陌南都在家裡，捧著一個巴掌大的蛋糕為我唱生日歌，我差點感動哭了，我覺得那才是我想要的。」

米樂說完，盯著童逸看，問：「明白我的意思了嗎？」

「嗯……」

「說說你理解的。」

「我去退了。」

米樂也不指望平時就傻呼呼，喝完酒後更傻的人會懂他的意思，只是摟著童逸的腰休息。

沒一會兒，兩個人就都睡著了。

上來得匆忙，電熱毯都沒插，只是靠著彼此的體溫取暖，也特別舒服。

在夢裡，童逸清醒多了。前面一刻鐘，童逸都在清醒的狀態下躺著休息。

在看到米樂後，童逸高興得不得了：「你這個小沒良心的，總算夢到我了！」

「老公！」米樂突然叫了童逸一聲。

童逸整個人都頓住了，錯愕地看著米樂，並不覺得多高興，反而心裡「咯噔」一下。

果不其然，米樂突然拿出了紋身的工具來，對童逸晃了晃：「老公，為了證明你愛我，不如在身上紋個身吧，永久見證我們的愛情。」

「呃……行……」童逸因為這一聲老公，連拒絕都做不到了。

如果是現實裡，童逸不會去紋身，他也看過很多NBA球員身上有不少紋身，但是他不願意紋。首先是不喜歡花裡胡哨的東西，其次是怕痛。

米樂拿著工具準備時，童逸怕得直吞唾沫。

「把褲子脫了吧。」米樂說道。

「脫褲子？」

「嗯，我要紋在小雕上面。」

「啊？」那地方能紋？

「不行嗎？老公？」

「行行行……」你說什麼都行。

童逸真的脫了，看到米樂拿了一把刀過來，立刻又穿上了：「你這是打算切下去紋啊？再裝上還可以嗎？」

「得刮毛啊。」

「你別一激動就把我切了！」

「別怕，真的切下來我也會泡在福馬林裡好好珍藏，畢竟這是我初戀男友的小雕。」

「你不知道自己錯在哪裡嗎？」

童逸終於意識到不對勁了，按住米樂的手說：「怎麼了？你是不是生氣了？我錯了行嗎？」

「這番話讓你說得真讓人生氣，無論哪裡我都錯了，我需要知道嗎？反正錯了就是錯了！」

「你求生欲越來越強了。」

「我們有話好好說行嗎？」童逸顫顫巍巍地問。

「你進我的夢裡，要收拾我時，跟我好好商量過了嗎？」

「呃……」

「你知道了我這麼多祕密，還跟我裝沒事，現實裡還要搞我，你有好好想過我知道真相後會怎麼樣嗎？」

童逸回答不出來，吞了一口唾沫，嚇得不輕。

「童逸，我現在只是想紋身而已，你要是再惹我，我就在夢裡把你割了再接上去，等一會兒再割下來餵狗！」米樂舉著小刀繼續說。

「我脫。」童逸立刻乖乖地脫了褲子。

刮乾淨後，童逸低頭看著自己垂頭喪氣的小雕，覺得真的像被扒光所有羽毛的雕，看起來特別彆扭。

「米老婆……」童逸試探性地叫了一句。

米樂已經拿起了紋身工具，看向他問：「怎麼了？」

「你要紋什麼？」

「八榮八恥。」

「別鬧了……地方不太合適。」

「那就紋一個好老公守則吧，比如不許騙老婆，有事情不會瞞著老婆，永遠都要愛老婆。」

聽到有這麼多字，童逸都有點傻住了，只覺得眼前一黑。

不過他知道，他估計是徹底露餡了，於是閉上眼睛努力堅持。紋身總比剁了好。

真的開始紋身，那種疼痛真的要命，時不時還會聞到一陣肉的焦味。

童逸痛得眼淚直流，顫顫巍巍地問米樂：「這算是……恥辱柱嗎？」

米樂一開始想得特別狠，他就要收拾童逸，狠狠地收拾。但是真的確定童逸跟自己會做同樣的夢，夢裡的感覺都特別真實後，米樂又開始心疼了。尤其是看到童逸痛得連續擦眼淚，肉都發炎腫脹了，一些部位還有血絲。

童逸是在咬牙硬撐，大腿都在發顫。

原本要紋一個好老公守則，後來改為想紋一個米樂專屬。到最後，也就是在旁邊紋了米樂兩字就結束了，都沒蔓延到小雕上。

結束後，童逸抱著米樂不肯放手，緩了好一會兒才開始道歉：「我錯了，我就是知道我錯了，才怕了這麼久，不敢跟你道歉。」

「其實我很早就開始懷疑了。」米樂抱著童逸，摸著童逸短短的頭髮回答，「也是這麼長的一個過渡期，讓我想了很多。恐怕沒有這個夢，我們也不會在一起，估計早就打得不可開交，然後老死不相往來了。」

童逸也沉默下來，他也知道會是這樣。如果不進入米樂的夢裡，了解到米樂的另一面，他估計還會非常討厭米樂。

米樂甚至開始自我檢討：「我承認我不算一個好人，好多次我都覺得我像小說裡的反派角色，家世背景好，心機深，性格差，還總是在做反派做的事情。」

「沒有，你特別好，特別特別好。」童逸抱著米樂的手臂又緊了一些。

「我原本覺得我會很生氣，然而我又很慶幸，覺得能跟你在一起真好，現實裡的你也喜歡我，真好……」

不是單戀，不是喜歡上一個直男這種大難題，而是兩情相悅，他們早就在一起了，他沒有直掰彎，童逸自己就彎了。童逸的家裡不會反對，反而成了他們的後盾。

真好啊。

「我就是覺得我們有緣！要是在KTV沒遇到，你也不會對我記憶深刻是不是？要不是同寢，我們也不會不打不相識是不是？」

「別提你的那些蠢事了，提起來我又要生氣了。」

「喔……」

米樂往後退了幾步：「你現在可以思考，總結你這段時間犯的所有錯誤，然後寫成一個悔過書交給我。如果字數少於三千字，內容不夠深刻，我就一天不理你。」

「別啊……我寫，不就是悔過書嗎？」

「不理你是不是有點太輕了？要是寫的不合格，我之後就把悔過書紋在你後背，在你後背紋一個千字文，把悔過書紋在身上是世間絕無僅有。」

「……」童逸又怕了。

接著，童逸就突然消失了。米樂還沒回過神來，也跟著醒了。

童逸在夢裡被嚇了一跳，在床上一伸，腿踩到了米樂床底的欄杆，痛得身體一顫，叫了一聲：「我靠！」

米樂就躺在他身邊，完全是被童逸嚇醒的。

「怎麼了？」米樂含糊地問。

「腳、腳踩到欄杆了，腳指頭掰了一下，痛死我了。」童逸抬起自己的腳揉了揉，痛得齜牙咧嘴。

童逸自己的床下面沒有欄杆，租的房子裡也是大床，今天沒意識到，撞得很狠。

個子高，腿太長就是這點不好，枕著枕頭後，學校的床都裝不下他們。

米樂伸手幫童逸揉腳，揉了一會兒發現童逸不動了。他抬頭就看到童逸直勾勾地看著他，不由得有點慌了。

他還是第一次嘗試剛一起作完夢，然後一起醒過來，還是躺在同一個被窩裡。

「腳還痛嗎？」米樂問他。

「別管它了。」

童逸說完，直接按住米樂就吻了上來。

醒過來時，童逸還有點愣，不過現在他確定是米樂回來了。

喜歡上米樂後第一次分開這麼久，心裡早就想得不行了。然後睜開眼睛，喜歡的人就在面前，童逸肯定不會錯過機會。

兩個人其實很多事情都沒說清楚。

在夢裡戀愛了，現實裡算是男朋友嗎？米樂是什麼時候回來的？還會什麼時候離開？這些都不管了，先親了再說。

米樂也不拒絕，反而伸手抱住了童逸，任由童逸撒野。

從未嘗試過這麼濃烈的吻，就算是在夢裡都沒這麼熱情過。

「熱戀」中的兩個人，第一次分別，重見自然難捨難分。

寢室的床是新的，兩張床鋪連在一起，下面還有書桌跟櫃子。其實還算結實，但是兩個高大的男生動得厲害，也會發出「吱嘎吱嘎」的聲音來。

一百七十六斤的體重，米樂在上次當伴郎時感受過一次，被砸得都要吐血了。這次雖然不是突然襲擊，卻也重得很，米樂推了推之後，童逸配合地撐起身體。

米樂的手也不老實，公狗腰啊、胸肌啊，一一檢查一遍。

「紋了紋身的地方有點痛，你幫我揉揉。」童逸終於捨得離開嘴了，小聲嘟囔了一句。

「滾蛋，你都沒洗澡，我不願意碰。」

「那我現在去洗。」

米樂直接推開童逸坐起身來，拿起手機看了一眼時間，同時說道：「痛是因為你穿著牛仔褲還一個勁地亂頂。」

童逸抱著米樂的腰繼續耍賴，米樂直接推開了童逸：「剛才我說過的三千字悔過書，既然你已經醒了就去寫吧。現在是早上五點，時間還可以。」

「什麼……什麼悔過書？」童逸還想裝傻。

米樂直接捏著童逸的下巴，惡狠狠地說道：「你之前喝醉了，已經全部跟我坦白了，別再裝了行嗎？」

「真的？」

「是的，包括你昨天晚上想著我做的事情，你自己也說了。」

「……」

米樂說著下了床，打開寢室的燈。

童逸剛坐起來就又倒下了，頭痛得厲害。

米樂站在旁邊，就像一個「沒感情的殺手」，催促道：「快點，下來，給我寫悔過書！」

童逸立刻灰溜溜地下了床，到處找本子跟筆，最後到了書桌前，開始發愁該怎麼寫。

「你坐得很舒服啊，給我跪著寫。」米樂立刻過來踹了一腳椅子。

童逸想了想，這麼大的事，跪就跪吧，跪完媳婦就到手了。於是推開椅子跪在書桌前，看著本子，一句話都寫不出來。

「寫不出來就把你的雕剁掉！」米樂扠著腰督促。

「寫！我寫！」童逸嚇得頭皮發麻。

米樂在旁邊拿出書來，複習今天要考的科目。

坐了一會兒，看到童逸的身高跪著寫字綽綽有餘，還很舒服，又去自己的箱子裡翻出了一件東西。

童逸看到鍵盤時，還笑呵呵地問：「帶回來給我的禮物啊？」

「不是，你跪在上面寫。」

「呃……」

童逸咬咬牙。

跪吧，不差這點小道具了，跪著寫完以後，就有帥氣的大媳婦了！

不過跪上去之後，那種痠爽的感覺讓童逸身子一歪，差點跌倒。一扭頭就看到米樂在瞪自己，立刻又乖乖地跪好，繼續憋自己的悔過書。

童逸就這樣跪了一個多小時，憋了不到五百個字。

童逸昨天很早離開酒席，早上李昕發現童逸不在家裡，就打電話給司黎，讓司黎去看看童逸是不是回寢室去了。

司黎也怕童逸昨天晚上沒回來，趕緊披上毯子過來找童逸，生怕童逸昨天晚上睡大街，要是凍死就完蛋了。

昨天一群人都醉得不行，早上回過神了才後怕起來。

因為米樂去了劇組，司黎也沒有什麼顧忌，到了童逸的寢室門口試了試，發現沒反鎖，就推門走了進來，然後就看到童逸跪在鍵盤上寫悔過書。

再抬頭，看到米樂坐在旁邊翹著二郎腿，在複習功課。

「這是什麼情況啊？」司黎走進來問，「米樂，昨天這傻子回來襲擊你了？」

米樂搖了搖頭，這種事情真不好解釋。

「沒惹你，你讓我們隊長跪著幹什麼？你是不是又用了什麼陰招威脅他？」司黎又問。

米樂還沒生氣呢，童逸先著急了：「你怎麼這樣跟他說話？」

「？？？」司黎一愣。

「我跪得好好的，你突然進來幹嘛？」童逸趁機站起來問司黎。

司黎都傻了，疑惑地問：「跪得好好的？你還沒醒酒嗎？」

「醒了，沒事了，你不用管了，走吧。」說著就要推司黎出去。

司黎還沒回過神來，掙扎著不出去：「不是，什麼情況？我要跟著跪嗎？這是一種考前儀式嗎？」

米樂被司黎逗笑了，伸手拿來童逸的悔過書，自己藏了起來。

「沒什麼，考前祈禱，心誠則靈。」米樂幫童逸挽回面子。

「還有這招？」司黎傻呼呼地問。

「對，你也回去跪跪吧。」

「行，我回去試試。」司黎又披著毯子往回走了。

等司黎離開，米樂說道：「你也開始洗漱準備期末考試吧，悔過書等我們有空了再繼續寫。」

「行是行，你什麼時候走？」

「明天一大早就走了。」

「你帶我走吧。」

米樂無情地搖了搖頭。

童逸去浴室洗漱，刷牙時米樂進來了，他從童逸的身後抱住他：「抱抱我的男朋友。」

童逸剛想笑，結果畫風一變，米樂使勁勒住了他，說了一句：「鎖喉！」

童逸深刻地了解到了自己男朋友的一大特點：記仇。

童逸嘴裡的牙膏泡沫就那麼含著，被米樂鎖喉還不能反抗，等到米樂放開後又繼續刷牙。

米樂一直沒放開他，依舊抱著他的腰，將臉埋在他的後背，繼續這麼賴著。

他洗漱完畢後，撐著洗手台問米樂：「怎麼，想我了？」

「洗了嗎？」米樂問。

「嗯，剛才洗過了。」童逸居然立刻就懂了米樂說的是哪裡。

「那我幫你。」

童逸有點回不過神來。

昨天他彷彿還是個單身，今天就被人幫助了。他一直撐著洗手台的邊緣，說真的，米樂的技術還不如他呢，他會讓米樂放肆純屬是覺得刺激，還有就是想被米樂碰。

緊接著，他就了解到他男朋友的另外一個特點：也滿色的。

米樂幫完童逸後，還非得站在浴室裡不走，想看童逸洗的樣子。童逸也難得老臉一紅，蹲在地上不肯起來。

完全沒有過渡期的嗎？

「嘖，尺寸倒是跟夢裡都一樣，是不是因為你進去了，所以所有都是按照現實裡來的？」米樂站在旁邊問。

童逸背對米樂，含糊地回答：「嗯。」

「你害羞了？」米樂壞笑著問。

「有點。」

「那好，我出去了。」

米樂終於肯出門了，童逸真的慌得不行，回頭看了看後趕緊洗乾淨。還沒擦乾淨呢，米樂又探頭往裡面看：「喔，洗完了啊。」

「米樂，你怎麼那麼騷呢？釋放本性了是不是？」

「我們可是一起找過鴨的情誼，誰不知道誰啊。」

童逸也無所謂了，自顧自地整理好衣服，走出去就把米樂逮住了，抱在懷裡不放手。

米樂特別怕癢，躲得特別靈活，然而身材瘦，被童逸抱得結結實實的。

「我要看看小兔兔。」童逸按著米樂說道。

「等等，我沒洗澡呢。」

「我就喜歡原汁原味的。」

「親一下嘴吧，好不好？」米樂躲在童逸的懷裡求饒。

「你剛才可沒這麼放不開啊。」

「你不懂。」

「我怎麼就不懂了？」

「我看到你就心癢，哪裡都想看看，哪裡都想碰碰，然後看你不同情況下不同的表情，就覺得特別可愛。」米樂還舔了舔嘴唇，「但是我不想被你碰，就好像你養了寵物，你願意遛狗，但是不一定願意被狗遛是不是？」

「什麼情況？你跟我在一起，天天你鼓搗我，我吃齋念佛嗎？」

「我的理想中是這樣的。」

「不可能！我現在就要跟小兔兔打招呼。」童逸倒是意外地執著。

「晚上吧，我一會兒要去考試了，乖。」米樂抬手揉了揉童逸的頭，童逸輕易地妥協了。

他放開米樂讓米樂去洗漱，也想跟進去，發現米樂把門反鎖了。

他發現真的是戀愛第一天，他就被米樂吃得死死的，還拿米樂沒轍。

米樂發現，童逸現在越來越離譜了。

考完一科出來後，米樂還準備看看書，他上午只有一科，下午還有一科，這兩科考完就算是大功告成了。

拿到手機後，就收到了童逸的一排紅包。

『親親米老婆。』

『你還沒交卷嗎？』

『我都出來了。』

『我下午都沒有考試了。』

『就明天下午還有一個。』

『然後就結束了。』

『不過我們隊集訓。』

『我們還沒放假。』

『還沒交卷啊？』

『我好想你啊。』

米樂：我出來了，下午還有一科。

童逸：怎麼還有啊？我去你那邊接你。

米樂：不用，我們去食堂集合吧，我還沒吃飯呢，都餓了。

童逸：行。

米樂放下手機，就覺得心情好多了。

談戀愛真是一件奇妙的事情，只看到對方傳來的運息，就覺得自己的心情美好了起來。

他揹著包包，快步朝食堂走，期間還幫碰到的學生簽名加合照。剛放下筆就看到前面站了一排大個子，嚇得粉絲都灰溜溜地跑走了。

「凶神惡煞」的大個子們看到米樂後，態度都還不錯。

李昕笑呵呵地問：「你也回來參加考試了？之前因為你不用考試，我們還羨慕了一陣子呢。」

司黎：「據說你其實成績很好，你是怎麼做到的？」

米樂想了想後回答：「考試是肯定要考的，補考還得單獨幫我出一套題目麻煩，我就盡可能地回來了。成績好可能是因為智商吧。」

司黎豎起大拇指：「行，你的回答滿分。」

童逸已經在不知不覺的狀態下到了米樂的身邊，問他：「你想吃什麼？」

「這都快中午了，還有粥嗎？」米樂問。

「沒有了，中午有麵條跟米飯，還有魷魚炒飯。」

「麵條不行啊，比米飯還容易發胖。」

「你都瘦成骨頭架了好嗎？」童逸說完還上手了，在米樂的腿上揪了一把。

司黎、李昕就跟在他們後面，就好像在他們身後行走了一面高海拔的牆。

看到這一幕，他們都覺得童逸要挨揍了，結果米樂完全沒當成一回事，還很淡定地回答：「不行，我拍戲拍到一半突然變胖，會穿幫的。」

「你就算胖了，古裝那麼厚也發現不了啊。」

「臉會胖的。」

「你臉小到跟身體比例不符了。」

兩個人說話時已經到了食堂門口，米樂回頭問司黎他們：「你們昨天晚上喝到幾點？」

司黎想了想後回答：「都半夜了，兩點多。」

「只有你們球隊的？」

司黎也不知道發什麼瘋，覺得他們一群單身狗吃飯沒面子，說道：「還有不少小女生呢！」

童逸走得好好的，突然回頭，震驚地看向司黎：「後來有女生去了？」

「你忘了，你明明坐在四個小女生中間喝酒！」司黎開始胡亂吹童逸有多厲害，還問李昕，「對不對？」

李昕也跟著點頭：「童逸特別受歡迎！」

司黎：「可不是，我們體育系的系草特別厲害，受歡迎，不比你這個校草差。」

「哦？」米樂挑眉看向童逸。

童逸一個勁地搖頭。

「對！還有一個小女生跑來跟童逸要電話號碼了！」司黎開始加碼。

「我拒絕了啊！」童逸立刻回答。

這件事情是真的有，他們喝到一半，有個女孩子跟他要聯繫方式，他說他對身高一百八十公分以下的人不感興趣，拒絕了。

「反正就是特別受歡迎！」司黎繼續跟米樂吹牛。

米樂笑著點了點頭：「那可真厲害啊。」

「沒有，別聽他瞎說。」童逸立刻對米樂解釋。

「我覺得很厲害啊，沒事的，都是男人嘛。」接著對童逸微笑。

看到米樂這麼笑，童逸頓時覺得膝蓋一軟，差點當場就對米樂跪下。

「童逸，你這是跪習慣了？」司黎注意到了，問童逸。

「心誠則靈。」童逸委屈地回答。

「以前也沒見你考試時這麼虔誠。」李昕也覺得納悶。

童逸站住了，對他們幾個人說：「昨天的合照拿出來。」

李昕乖乖地拿出了手機。

童逸拿著手機到米樂身邊，給米樂看手機裡的相片：「你看，合照裡一個雌性都沒有。」

「這個男生是誰？我怎麼沒見過？你還攬著他肩膀。」米樂指著一個人問。

「他是即將畢業的，很少去訓練館，所以你覺得很陌生吧。」

「你們關係很好？」

「不好。」童逸立刻否認了。

「怎麼能說不好呢？」司黎在旁邊問道，「他要畢業，你差點就哭了。」

「你畢業時我也哭。」

「對啊，我們關係也好啊。」

「滾蛋！看到你就煩，滿嘴跑火車！」童逸凶巴巴地對司黎吼了一句。

司黎嚇了一跳，小聲嘟囔：「我就是……覺得我們體育系不能輸。」

「嘖！以後別瞎說就行了。」童逸瞪了司黎一眼，拉著米樂的書包帶子，帶米樂快速進入食堂，不跟他們幾個一起走了。

跟著童逸走時，米樂一直在笑，他知道司黎是什麼樣的人，所以根本沒在意。但是童逸在意死了，估計是怕悔過書再多一千字。

米樂進入食堂裡到處看了看，想要吃什麼好。

童逸遞出自己的飯卡：「我請你。」

「你充值都充多少錢？」

「別提了。」提起這個童逸就氣，「大一報到時我爸不懂，就覺得我能吃，反正得待四年呢，就幫我充了十萬進去。這張卡用了一年半，還時不時請客，到現在都沒花到。」

「也是厲害。」米樂由衷地感嘆。

他一個星二代的飯卡裡一次性頂多充一千塊人民幣，都夠他用一年了，也是因為他在學校的時間不多。

「有一次我刷卡，一個打飯阿姨感嘆她第一次看到數字幾乎要蹦出螢幕的，我能怎麼辦？我也不能炫富啊。我就說我讀大學，一家五口來陪讀，用一張卡。」

米樂站在視窗前「咯咯咯」地笑了半天，像是食堂沒看住食材跑出來了，放出了一隻鴨子。

「我有點想吃紅燒肉了……」米樂委屈巴巴地開口，「但是我只能吃幾塊，還得是瘦肉。」

童逸去櫃檯探頭往裡面看了看，發現紅燒肉肥得彷彿全部都是油。

「那些紅燒肉我全要了。」童逸對裡面說。

「你買那麼多幹什麼啊？」米樂趕緊走了過來。

「在裡面挑瘦肉給你吃。」

說完，童逸就捧著一個盆子去桌子那裡，引來了整個排球隊。

「童逸，你這是要請客啊？」司黎過來問。

「行，我挑幾塊瘦的，剩下你們吃。」童逸拿著筷子認認真真地挑了半天，接著夾了五塊瘦肉出來，剩下的一盆都不要了。

米樂坐在椅子上看著童逸敗家，旁邊還有其他人，他想發作都發作不了。

米樂下午還有一科需要考試，童逸一直送米樂到考場前，偏偏身後還跟著大半個排球隊的人，那架勢彷彿米樂去考試，身後帶了一眾人高馬大的保鏢。

米樂平常都不帶保鏢，為的是不顯得自己跟其他的學生不一樣。

他進入考場回頭看了一眼，看到這群人忍不住苦笑，哪裡像一群學生啊，簡直是一股黑勢力。

米樂坐下後傳訊息給童逸，畢竟旁邊有人，說話不方便：**我要考試了，你下午還需要繼續訓練嗎？**

童逸：我們隊在考試期間放假一星期，考完才繼續練。

米樂：那你在寢室等我吧，我考完就回去。

童逸：好。

米樂考完試，就覺得肩膀都輕鬆了不少。

他怕被當，在飛機上都沒補眠休息，整整複習了一路，今天早上也在臨陣磨槍，現在總算是完成任務了。

他戴上口罩跟帽子，走出考場時還有其他考生過來跟他要簽名。稍微耽誤了一點時間，米樂才回到寢室。

米樂打開寢室的門，就看到童逸的書桌前坐著一個人，穿著連帽的黑色衛衣，此時帽子還戴在頭頂，長腿搭在桌面上，手裡拿著手機在看影片。

米樂先是隨便看了一眼，接著問：「你餓了嗎？」

那個人沒回答，回頭看了看米樂，上下打量。

米樂停下來扭頭看向他，問：「怎麼了？」

那個人搖了搖頭，也不知道是在回答什麼。

米樂覺得有點奇怪，盯著他那張跟童逸幾乎一模一樣的臉問：「你是誰？」

「柳楓。」他回答。

並不是童逸的聲音。

米樂看著柳楓有點詫異，沒想到童逸還有一個跟他長得這麼像的兄弟，不由得有點愣神：「你是童逸的……弟弟？」

「是兄弟。」柳楓回答。

「跟柳緒呢？」

「你還認識柳緒？」

「對。」

柳楓點了點頭，接著說道：「我們是三胞胎。」

「三胞胎？」米樂驚訝得聲音都有點不對勁了，這就有點厲害了。

「嗯。」

「你……也是H大的？」

「不，我是華大的，我們已經全部考完了。」

華大的學霸啊，真看不出來童逸那麼呆傻的模樣，居然有一個學霸兄弟。

「你居然能區分我們，我刷臉進來這棟宿舍，寢務老師根本沒懷疑。」柳楓放下手機問米樂。

「因為童逸看到我根本不是你這種狀態。」米樂還是能認出他喜歡的人是什麼樣子的。

「我在網路上看到了，你們似乎關係很好，他還要借你五個億。」

「喔，不過是個遊戲。」

「我能看出來，他是真的會借給你。」

「喔，是嗎？」

米樂回答得特別冷淡，他對陌生人的態度就是這樣，就算是童逸的弟弟，米樂也不會特殊關照，客客氣氣的。

柳楓似乎看出米樂對他的態度了，沒再自討沒趣，繼續捧著手機看影片。

米樂拿出手機，傳訊息給童逸：**你去哪裡了？**

童逸：我過來接你了。

米樂：我都回到寢室了。

童逸：啊？我去買瓶水時就考完了？

米樂：我在教室裡簽名就有五六分鐘，你這水買得很久啊。

童逸：別提了，碰到一個小女生非要跟我表白，我拒絕了之後就哭哭啼啼的，別人還以為我搶她錢包，當場就把我控制住了，我解釋了半天。

米樂：……

童逸很快就回寢室了，進來之後看到米樂笑得像開了花一樣，扭頭看到柳楓就愣住了：「你怎麼來了？」

「放假就過來了，需要你解釋一點事情。」

「什麼事情？」

「你紅了以後一群人跑來跟我要簽名，覺得我是你，讓我覺得很煩，你能不能對外說明一下我不是你？」

「喔，這件事啊，你怎麼不打電話？」童逸回答得有點尷尬，他完全忘記這件事了。

「我沒有你手機號碼。」

「那……你聯繫柳緒啊。」

「我也不願意跟她有聯繫。」

米樂一看，這家的三個孩子關係也是十分一般了，三胞胎能混成這樣也是十分罕見。也難怪柳緒要跟童逸套近乎，這個柳楓看來也滿不好交往的。

「要不然我發個微博，我們拍一個合照，我說我們是兄弟，讓他們別去糾纏你可以嗎？」童逸拿出手機問柳楓。

「可以。」柳楓倒是不挑。

「我們自拍？」

「無所謂。」

兩個兄弟湊在一起，柳楓拿下了帽子，跟童逸的髮型完全不同，標準的乖乖牌髮型。

兩個人站在一起，童逸比柳楓高出一截來。他們比了半天，拍出來的相片都不怎樣。

「米樂，幫我們拍個照吧。」童逸沒輒了，找米樂求助。

米樂拿來童逸的手機，看著這兩人隔著半公尺的距離，有點無奈：「能站近一點嗎？」

兩個人不情不願地靠了靠。

米樂對他們拍了幾張後，來回翻看哪張的表情好。

童逸湊了過來跟著看，問道：「我能直接發嗎？」

「我幫你修個圖吧。」

「不用修吧，我覺得滿好的。」

「用不了多久。」米樂已經開始下載APP了，他對這方面特別執著。

柳楓就在一旁看著他們，靜靜地等待。

米樂偶爾看柳楓一眼，接著問柳楓：「你多高？」

「一百九十公分。」柳楓無精打采地回答。

他要比童逸瘦一些，整個人都是無精打采的病態模樣，說話時語氣也特別喪氣，就彷彿喪屍一樣，白費了一張帥臉。

「腳多大？」米樂又問，他比較好奇的是這個。

「四十四號。」柳楓回答。

「為什麼他是正常的？」米樂問童逸，一百九十公分穿四十四號跟童逸比起來都算正常了。

「我怎麼知道，我跟柳緒的腳一樣大。」童逸也覺得特別冤。

等米樂修完圖，童逸發了微博。

『童逸：這位是我的胞胎兄弟，大家不要認錯我們了，我的兄弟不喜歡生活被打擾。（圖片）』

童逸發完，就把手機收了起來。

「你等等就走嗎？」童逸問柳楓。

「你這地方窮鄉僻壤的，想找飯店都找不到，你幫我安排一個地方住一晚吧。」

「我安排？」童逸一聽就不高興了。

他晚上要帶米樂回自己租的房子，柳楓來了，豈不是要帶柳楓回去。

他要是把柳楓留在寢室，帶米樂走了，肯定會引起懷疑。童逸對那個女人帶大的孩子都不太信任，所以這些事情都不想讓柳楓察覺到不對勁。

就在童逸猶豫時，寢室的門突然被敲響了。

米樂去開門，就看到司黎站在門口，問：「童逸兄弟來了？」

「你怎麼知道的？」米樂好奇地問。

「我在聊天時，突然看到消息推播了，我要進去一趟。」

司黎見到米樂讓開了位置，立刻走進來，看到柳楓後瞬間擺出自己的惡霸臉來，走過去凶巴巴地說道：「你來這裡幹什麼？一個柳緒就罷了，現在你也來了是不是？」

柳楓看著司黎，沒說話。

「我告訴你啊，別以為童逸傻，你就可以肆意騙他，既然當初選擇了跟著媽媽走，就別再糾纏童逸跟童叔叔了。別看到童逸現在過得好就眼紅，家產一分錢都輪不到你們。」

柳楓盯著司黎看了一會兒，指著司黎問童逸：「他是傻子嗎？」

「你什麼態度啊，學長在跟你說話呢，你態度要好一點。」

「學長？」柳楓冷笑了一聲問。

「對，我今年大三了，肯定比你們大一屆。」

「我已經開始讀研了。」

司黎回頭看向童逸，就看到童逸點了點頭：「他……他比較聰明，跳級了……現在在讀研。」

說完把司黎拉回來，到一旁說：「行了，你別警告了，他來不是為了那個。」

對司黎說完，又扭頭跟柳楓解釋：「抱歉，他就是這樣，米樂一開始也跟他不對盤過。」

結果司黎根本管不住，又跑過去跟柳楓示威：「我告訴你啊，你要是不老實，別怪我收拾你。」說完還晃了晃拳頭。

之前柳楓一直靠著桌子，被警告了之後直接站直了身，比司黎高出十公分來，這個示威一下子就沒氣勢了。

就算是瘦，一百九十公分還是一百九十公分啊。

「司黎！司黎，幫我們帶幾份飯吧，吃完飯我得帶柳楓去我租的房子住。」童逸立刻拉住司黎一副勸架的樣子，讓司黎不至於那麼沒面子。

司黎立刻同意了，從童逸的手裡拿走了卡，屁顛屁顛地去了。

每次幫童逸帶飯，都能順便連司黎的那份也請了，所以司黎也願意幫忙跑腿。

在這之後，寢室裡就陷入了安靜，三個人都不說話。

童逸陷入了絕望，明天早上米樂就走了，他還想在今天晚上跟米樂敘舊呢，結果柳楓就突然殺出來了。米樂同樣不爽，突然出現了一個兄弟，性格也不好交往，主要還是這個電燈泡來得太不是時候了。

只有柳楓一個人安安靜靜地做著病態美男子，繼續看影片。

壓抑的氣氛持續到司黎回來，他帶了四人份的飯，自然是要留下來吃的。

吃飯時，他沒注意到童逸跟米樂的沉默，看到柳楓挑食，立刻絮絮叨叨地說：「你看看你像病雞一樣的樣子，再看看我們童逸的體格，你簡直弱爆了，胡蘿蔔得吃，而且青椒多好吃。」

「我不愛吃。」柳楓冷淡地回答。

然後司黎就開始吃柳楓碗裡的青椒。

柳楓沉默地看著，等司黎挑完了，看著自己的飯遲疑了一會兒，還是繼續吃了。

吃完飯，童逸帶著柳楓去自己租的房子，留下米樂一個人在寢室裡。

他坐在寢室裡，看了一會兒童家的資料，突然覺得心情差到完全不想繼續看了，將平板電腦一扔，進浴室洗漱。

洗完澡出來就覺得冷得不行，沒有人給他毯子，電毯也忘記插上了，他躲進被子裡好久才緩過來。

躺在床上拿出手機，也沒看到童逸傳來的訊息，不由得有點不高興。

不高興＋不高興＝非常不高興。

正猶豫要打電話給童逸時，突然有人敲門，看到沒人開門，就自己用鑰匙開門走了進來。

米樂探頭看到童逸走進來，不由得驚訝：「你怎麼回來了？」

「我又不用陪睡，把他送過去我就說要回來複習，回來陪你了。」

米樂終於開心了，裹著被子，身體探出欄杆噘著嘴說：「過來親一個。」

童逸立刻走過來，捧著米樂的臉吻了過來。

個子高確實滿好的，這種尷尬的位置，這種姿勢接吻，童逸都不需要踮腳。

高興地親了一會兒，童逸把爪子伸了出來：「冷，米老婆給我呼呼。」

米樂笑得眼睛成了月牙的形狀，從看到童逸回來，心情就變得特別好，握住了童逸的手幫他「呼呼」。

童逸脫了鞋就要上床，結果被米樂推了一下：「去洗漱。」

「我不髒，早上洗過。」

「不行。」

童逸有點不情願，恨不得現在就爬上去抱抱米樂。

米樂躲在被子裡小聲說：「乖，我幫你暖被窩。」

這種話對童逸特別管用，立刻乖乖跑進浴室去洗漱了，然後不到十分鐘就出來了，再次往床上爬。

這速度，估計就是進浴室脫衣服↓沖一下↓擦乾淨↓穿衣服就出來了。

米樂這次沒話說了，看著賊眉鼠眼的大雕拱進了被子，然後抱著他不放手。

他也順從地抱著童逸的腰，在童逸的嘴唇上碰了一下，說道：「我剛才也洗乾淨了。」

童逸吞了一口唾沫，小聲問：「那我可以碰了嗎？」

「我說不行，你會不碰嗎？」米樂幾乎是說一句話就親童逸一下，撩得不行。

童逸不再問了，乾脆動手。米樂也不拒絕，一直抱著童逸跟他接吻，或者親親童逸的額頭、鼻尖或者耳朵。

跟男生談戀愛真好。剛確定關係就這樣了，對方也不會覺得進度太快了，簡直就是臭流氓。

兩個人都是流氓，誰也不怕誰，別說話，就是幹。

或許是知道童逸已經知道自己是什麼樣的人了，米樂在這之後的表現簡直讓童逸血脈噴張，不但撩人，且比童逸還騷。

童逸已經確定米樂對自己的腹肌很感興趣了，手就沒停過。

在童逸幫米樂時，米樂扶著童逸的胸口叮囑：「我明天要坐飛機，之後還要拍戲，別太過分了。」

「兩根手指。」

「其實我覺得不太舒服。」米樂對這點格外堅持。

「那我輕一點。」

米樂立刻否認：「我說的不是技術問題，而是我覺得這個位置不是我喜歡的，我還是希望你能慎重考慮一下，或許我們可以互相來。」

「我怕你累到，這種體力活交給我就行。」童逸跟條大尾巴狼一樣，說得特別義正言辭。

「大……大不了我們三七分，你七我……三行嗎？」米樂已經被童逸的搞得有點說話結巴了。

童逸的手指很長，和夢裡一樣長。

或許是因為夢裡有經驗，已經不像第一次那麼亂七八糟地亂弄了。

「我覺得你應該是喜歡的。」童逸回答時還在咬米樂的耳朵，好聽的聲音直接進入耳朵，聽起來格外性感。

米樂把頭埋在童逸的懷裡，扶著童逸的身體，嘴裡偶爾溢出細碎的嚶嚀。

其實米樂前面時還好，還會湊過來跟童逸接吻。然後換了位置後，米樂乾脆老實了，身體隨著動作發顫，到後來乾脆開始擦眼淚。

如果是第一次的話，童逸八成會以為米樂痛哭了。

然而米樂就是這樣，不想承認自己是零號，但還是會覺得舒服，這會讓米樂產生羞恥感。快感跟羞恥感碰在一起，就會讓米樂開始流眼淚，根本控制不住的那種。

等米樂結束了，童逸立刻拿來紙巾擦乾淨，又用濕巾把手擦乾淨，去幫米樂擦眼淚。

米樂哭時比平常更誘人，主要是盛氣凌人的狀態沒有了，剩下的全是可愛。童逸沒忍住，又親了米樂幾下。

米樂還在堅持：「我也能，你讓我試試！」

童逸笑著捏了捏米樂的臉：「乖。」

「少來這套，我也是可以的，保證你嗷嗷叫。」

「我特別喜歡你這個時候的樣子。」童逸恨不得將米樂現在的樣子用手機拍下來，這下子就不用想著米樂DIY了，可以看著相片來了。

「沒！有！用！」米樂還在堅持。

「我好喜歡你啊，米老婆。」

「哼。」

童逸顯然還不夠，按著米樂仰面躺下，自己撐著身子覆上。

說是別搞得太過分，然而兩個人真的在一起了，完全是搞到只差最後一步了。

床「嘎吱嘎吱」地晃了幾個小時，原本穿著的睡衣也被丟到一旁，米樂的睡褲乾脆掉在了地面上，明顯是被扔出去的。

結果睡前米樂覺得受不了，非得起來換被單才能睡覺。童逸無奈得不行，讓米樂去洗漱，自己套上衣服幫米樂換被單。

米樂出來之後，裹著被子坐在一旁的椅子上看著童逸，笑呵呵地鼓掌：「我們家雕雕真棒。」

童逸將髒了的被單團成一團，丟到一旁，走進浴室裡洗漱，出來時忍不住感嘆：「你這是給我紋了一條大鏈子是吧？」

童逸知道米樂是藝人，還算小心翼翼的，沒留下任何痕跡。但是米樂不管三七二十一，在童逸的鎖骨往下印了一串草莓印，看起來就像不規則的項鍊。

童逸紫外線過敏，不願意外出還堅持塗防曬，就算是運動系男生，皮膚也滿白的，所以顯得格外明顯。

「我就是做個標記，防止我走了以後你出去亂搞，這樣就能證明你是有主的。」米樂回答得真像那麼一回事，其實就是肉食性兔子，喜歡啃肉。

「你就這麼不相信我？」童逸不爽地問。

「別扯這些，男人的嘴，騙人的鬼，我們誰不知道誰啊。」

「你是不是因為米唐出軌，就對男人特別沒信心？」童逸擦乾淨後走了過來，隔著被子抱住了米樂，「我是不會亂搞的，不然那麼多人跟我表白，我說不定都搞了多少個。我就喜歡你，你要是入土了，老子也是鰥夫，為你守節。」

「你會不會說話，我怎麼就入土了？」

「你累啊，你自己還不要命，你得挑選你喜歡的棺材板啊。我有空就去要個棺材的花色圖，到時候送過去你自己挑一挑。現在你也不是單身了，大不了我們選個情侶款。」

米樂打開被子，打算踢童逸一腳，結果童逸順勢就進被子裡了。

米樂用被子包著童逸，低頭看他：「為了不讓你變成鰥夫，我是不是得努力多活幾年？」

「對，別那麼拚了，以後我養你。」童逸說著，扶著米樂的腿，搭在自己的肩膀上。

「你別沒完沒了的，我剛洗乾淨。」米樂推開童逸的頭。

「我吃個麻辣兔頭都不行了？大半夜的，還不許我吃個宵夜補補鈣啊？」說完繼續。

雖然最後童逸全部都吃掉了，沒弄髒其他地方，米樂還是猶豫了一瞬間，再次去洗漱了。

童逸躲在一旁拿著手機訂了一個鬧鐘，比米樂的鬧鐘還早一個小時。他準備比米樂早起一點，然後幹點壞事，不然米樂走了他會思念死。

§

米樂看著面前站了兩個童逸，瞬間迷茫了。

又作夢了，還是一個真假童逸的夢，估計是被柳楓刺激到了。現實裡的童逸跟柳楓至少身高不一樣，髮型不一樣，說話的聲音也不一樣。

夢裡的這兩個人真的是完全一樣，說話時都是統一的低音炮配上滿嘴東北口音。

米樂覺得這道題滿簡單的，他將其中一個拉到一旁問了兩個人單獨知道的問題，這個童逸A全部都回答出來了。他覺得他已經猜到了，不過為了公平起見，拉著童逸B到一旁問了同樣的問題，童逸B居然也全部回答出來了。

然後他就愣住了。

童逸A：「米老婆，你知道我是真的對不對？」

童逸B：「你別扯了行嗎？剛才的問題我全部都回答出來了。」

童逸A：「我也回答出來了。」

童逸B：「你是偷窺過我們的夢嗎？」

兩個童逸開始對視，接著互相打量，沒一會兒話題就變了。

童逸A：「這麼一看，其實我後腦勺也滿帥的啊。」

童逸B：「嗯，就是頭髮有點長了，後面的雕花都看不清楚了。」

童逸A：「你轉過去，我看看我屁股翹不翹。」

童逸B真的轉過去了，還在回答：「肯定翹啊，不然是我的屁股嗎？」

童逸A小聲提醒童逸B：「別讓祖宗聽到了，不然又得惦記我們的屁股。」

「你說得對，你說他怎麼就老實不下來呢，那個小身板拱兩下，腰不就會斷了？我不同意也是心疼他。」童逸B嘆了一口氣。

「可不是，有夢想是好的，但是也得有理啊。」

這兩人聊著聊著，還覺得滿投緣的，竟然聊起來了。

米樂原本還以為自己有區分真假童逸的重任，結果就看到這兩位爺笑呵呵地勾肩搭背，哥倆好地商量怎麼對媳婦好，真假童逸還有種相見恨晚的遺憾感。

米樂坐在他們對面喝著奶茶，突然笑了：「我要是有兩個對象，你們還能輪流休班，是不是也滿刺激的？」

「你這個想法非常危險。」童逸A立刻搖頭。

「不行不行，今天這個夢只許聊天，不許動手動腳，不然我發起瘋來連自己的醋都吃。」童逸B跟著說。

米樂也不再說什麼了，他本來也是開玩笑的。

他盯著他們兩個人看，越看越覺得有意思。幸好只有一個童逸，不然兩個童逸在一起，每天說一段雙人相聲，那可真的要命。

「你們過來一下，我想嘗試一把左擁右抱的感覺。」米樂對他們招了招手。

兩個童逸都過來了，然後把米樂架了起來。

米樂：「？？？」

「看看你自己腳底下離地多高了，你覺得你還有信心做一號嗎？」童逸們問。

米樂：「……」

§

童逸特意訂了一個鬧鐘，想趁早上再幹點什麼，結果是米樂聽到鬧鐘的聲音醒過來，接著把童逸叫醒的。

「你訂這麼早幹什麼？要去幫我買早飯？食堂都沒開門吧？」米樂坐起身來隨手整理頭髮，還有點沒完全醒過來，就被童逸抱住了腰。

米樂抓住童逸不老實的手甩開，直接下床去浴室洗漱。

他有點起床氣，難得睡覺被吵醒沒發飆就不錯了，他都想把童逸踹下床去。

童逸跟到了浴室門口：「我就是想早點起來，然後再親你幾下。」

沒一會兒，米樂敷著面膜走出來：「既然難得起一個大早，我就陪你寫悔過書吧。」

「我不是這個意思……」童逸都快忘記這件事了。

「別做了壞事也像沒事的人一樣，既然你有這樣的覺悟，就繼續跪著寫吧，反正這三千字是必須寫完的。」米樂說完，還往童逸的屁股踹了一腳，因為男朋友個子高，腳也得抬得老高。

童逸都看傻了，看著米樂把悔過書拿出來，並且體貼地放好了鍵盤，只能硬著頭皮繼續跪著寫。

自作孽不可活。

童逸寫著悔過書，腸子都要悔青了，他怎麼就那麼賤呢，非得提前一個小時訂鬧鐘？

寫了一個小時後，童逸終於有了進步，悔過書字數直逼一千五百字。

米樂拿來悔過書看了看，童逸也換個姿勢緩一會兒，接著傳訊息給司黎：**幫我送個早飯給柳楓，然後把他送走。**

沒一會兒司黎就過來了，童逸一瘸一拐地拿飯卡去給司黎，還說了一句：「回來時順便幫我帶一份飯。」

「要帶米樂的嗎？」司黎問。

「不用，他等等就走了，你趕不回來。」

等司黎離開，童逸轉過身委屈巴巴地看著米樂，低聲叫了一句：「米老婆。」

米樂看著他有點無奈，放下悔過書抬起手臂，示意童逸可以過來抱他。結果就被童逸抱起來放在書桌上，像餓瘋了一樣啃了一通。

米樂離開寢室上車時，開車接他的助理立刻遞來了早餐：「都是以前的量。」

「嗯。」米樂隨便應了一聲，其實他的早餐都沒什麼食欲，只是充饑用的。

「老闆，你今天的狀態好像不太好。」

其實說狀態不太好都算含蓄的，明顯就是哭過。

米樂不知道該怎麼回答。難道要回答自己的男朋友手指太長，還是說自己的男朋友太黏人了？

他坐下後開始吃早飯，扭頭看了看劇本，突然看到手機有訊息提示。

他拿出手機，看到童逸發來的紅包。

『想你了！』

『啊啊啊啊啊！』

『我要受不了了！』

『你信不信我現在就能追上你的車？』

米樂：乖。

童逸：不！

米樂：聽話。

童逸：不！

米樂：剁掉。

童逸：路上小心。

收起手機，就覺得心情特別好。

戀愛真好。

童逸坐在寢室裡等早餐，等到最後居然看到司黎跟柳楓一起回到他的寢室。

「童逸，筆記型電腦借用一下。」司黎樂呵呵地捧著自己的電腦走了進來。

「什麼情況？不是讓你送走嗎？」童逸特別直白地表達了自己的不歡迎。

「柳楓說他能幫我做一個短片，總結出我的比賽影片，跟那個自由球員的資料片進行對比，之後交給教練。如果那邊的人看了，我說不定還有機會。」

之前司黎因為三公分的身高錯失了關鍵性的機會，對此司黎失望了好久。尤其是送走畢業的學長，讓司黎知道他只有這一次機會了。

今天早上去送飯給柳楓時，他跟柳楓說了這件事情。原本只是想炫耀自己是臨門一腳踏進國家隊的人，讓柳楓別小瞧自己，結果柳楓想了想後，就表示可以再爭取一下。

柳楓屬於一個宅男，平時不太愛跟人交際，也不愛運動，就喜歡擺弄一些奇奇怪怪的東西，一研究就是十天半個月才出門，短片自然也會做。

司黎自然是想再爭取一下，直接把柳楓請了回來，帶到童逸的寢室，還奉獻出了自己的筆記型電腦。

童逸的筆記型電腦不太常用，也放在了寢室，沒多想，也跟著拿出來給柳楓，同時問：「你確定可以？」

「只能說爭取一下，畢竟決定權不在我這裡。」柳楓打開兩個筆記型電腦，同時打開，還跟司黎要了比賽影片。

「那你不回家了？」童逸問柳楓。

「我回去也是在房間裡不出去，跟家裡的人沒什麼好說的。」

柳楓是一個特別公平的人，他不但跟童逸的關係不好，還跟柳緒，甚至是媽媽的關係也特別不好，就跟個陌生人一樣，放假回不回家對他來說沒有什麼區別。

「過年你也不回去？」司黎站在旁邊問柳楓。

「我又不去拜年。」柳楓打開電腦，下載自己需要的軟體。

「爸爸，你要是不嫌棄，過年跟我回成都，我帶你吃成都地地道道的火鍋！」

柳楓聽完扭頭看向司黎：「爸爸？」

「對，從今天起你就是我的爸爸了。」司黎說著，還繞著柳楓轉，同時問，「爸爸，我幫你放鬆肩吧？這方面我是專業的。」

「我不太喜歡別人碰我。」

「沒事，放心吧，我手法很厲害的。」司黎說完就湊上去了。

柳楓被司黎弄得呲牙咧嘴的。

童逸倒是不在意這些，反正米樂走了，其他隨意。

他用訊息問了米樂的意見，得到了同意才說：「我問過我室友了，你可以留在這裡住，睡我的床，這樣方便你時不時聯繫司黎，以後有事找司黎就行了。我還是住我租的房子那邊，我比較怕冷。」

「喔，行。」

「這張床是米樂的，他比較潔癖，所以你別碰他的東西。」

「喔。」

司黎立刻興奮地對柳楓說：「你要在這裡住的話，我就去幫你買點日用品。」
說完，興高采烈地走了。
等司黎離開，柳楓才看向童逸：「寢室裡有股石楠花的味道。」
「呃……是香水的味道嗎？」
柳楓笑了笑，沒回答，繼續悶頭看電腦。
童逸低頭傳訊息：**你的香水是石楠花味的？**
米樂：……
童逸：？？？
米樂：石楠花的香味是精液的味道。
童逸看著螢幕一陣尷尬。
米樂：為什麼這麼問？
童逸：柳楓說寢室裡有石楠花的味道，我要不要跟他解釋一下？
米樂：別了，你的腦子肯定會被繞進去，說不定就自己說出更多資訊了。
童逸不敢說什麼了，吞了一口唾沫對柳楓說：「我出去準備考試了。」
「喔，好。」
「窗戶可以打開通風。」
柳楓立刻笑了，接著對童逸說：「你走時別關門。」
司黎沒一會兒就拎著購物袋回來了，這次他算是下血本了。走進來探頭看，發現寢室沒關門，進來就看到柳楓戴著耳機，在看他電腦裡的影片。

他的電腦裡有各國的……小黃片。

司黎整個人都僵住了。

柳楓隨便看了司黎一眼，接著問：「男主角是你嗎？為什麼我要比賽影片，你給我解壓這個？」

「我弄錯了？」司黎立刻跑過去看，發現自己剛才激動，弄錯資料夾了，幫柳楓打開了一個壓縮包的小黃片。

「誤會……我弄錯了，這個我太常打開了，所以順手就打開這個了，其實是別的。」

「載了這麼多，你身體還好嗎？」柳楓忍不住問，表情裡還有一絲壞壞的感覺。

「好著呢，畢竟我守身如玉這麼多年，向來自給自足，並且保持內心的豐富多彩。」說完還有點內心淒涼，可以互幫互助的話，誰願意自己刻苦努力啊？

柳楓點了點頭：「厲害。」

之後柳楓就開始幫司黎剪輯排球比賽的影片了。其實柳楓對排球不太了解，很多規則都不懂，還是聽著司黎講解，再看看規則介紹才懂了一些。

司黎發現柳楓的腦子理解能力特別強，什麼東西一說就懂，一點就透，簡直就是那種你一句話說一半，他就知道你全部意思的人。

柳楓挽起袖子，司黎就注意到柳楓的手臂特別細，還非常白，這也使得他手臂上的兩個菸疤特別明顯。

「你也很中二啊。」司黎看著柳楓的手臂問。

「喔，我繼父燙的。」

「我靠！這混蛋不得好死。」

柳楓從袋子裡取出了一袋鮮奶，咬開一個喝了起來，並未回答。

§

「不可能！」米唐直截了當地拒絕了童爸爸的要求。

童爸爸也不著急，笑呵呵地幫米唐倒酒，結果被米唐推開了。

「我是確實很喜歡米樂那個孩子，我兒子也是不錯的小夥子，你也看到了……」

童爸爸的話還沒說完，就被米唐打斷了：「這是原則問題，我絕對不會讓我的兒子涉及這些事。他才剛成年不久，還不到二十歲，怎麼可能被包養？」

「要是我想包養，那就有點離譜了，不過包他的人是我的兒子，兩個人年紀相當，只不過是在一起當朋友。我兒子覺得你家米樂長得不錯，他也喜歡，所以就想讓我做個媒。」

「我不可能為了一部電影的投資，就同意這種事情！」米唐依舊在拒絕。

「誰說只有一部了？以後都好說。」童爸爸笑呵呵地補充。

米唐的眼珠轉了轉，但是沒有讓步。

「我知道，你的這部電影是要衝大獎的，所以製作的費用非常高，讓不少投資商都望而卻步。一部電影居然要拍七八年，我投資的電影少，你這部真是最久的一個了，投資進去了，七八年後才能得到回

饋，這種買賣可不划算。」童爸爸繼續念叨。

其實米唐自己也知道，這部電影後期龐大，拍攝時間沒有多久，但是後期製作的時間才是最久的。這種事情跟童爸爸解釋不清楚，所以童爸爸就以為是拍了七八年。

他現在有名氣了，就差一個國際大獎了，而這部電影，就是他衝國際大獎的作品。然而這種劇本，這種週期，都讓很多投資商猶豫。

童爸爸上來一句話，就讓米唐再也不用去找別人，童爸爸自己一個全出了。

要求只有一個，他兒子看上米樂了，想包養米樂。

§

米樂接到米唐的電話，讓他夜裡收工後回家一趟，他的心就寒了大半截。

他之前求助於童爸爸，希望童爸爸配合，跟他演一齣戲。童爸爸還真的在大導演面前飆了一場戲，大呼過癮。

或許是米唐的注意力沒在童爸爸那裡，或者童爸爸本身就適合惡霸的形象，以至於米唐沒有發現破綻，最終真的被說動了，決定跟米樂談一談，看看米樂的態度再做最後決定。

米樂接到童爸爸的電話後，心情就一直十分壓抑。

別去試探感情，甚至是親情，這些情感真的禁不住考驗。

在利益跟名望面前，兒子都不算什麼。

曾經，米樂以為米唐或許只是對婚姻不忠誠，現在看來，一切的親情對米唐來說都無所謂。沒有愛情，只是娶了當紅的影后而已。

名導演跟影后，才子佳人，天生一對，陶曼玲曾經也是絕對風華，只是相處久了成了親情。接著米唐開始尋找刺激，找了另外一個女人，滿足自己齷齪的欲望。

後宮起火，米唐想的只是能夠獨善其身。陶曼玲有多崩潰無所謂，小三萬念俱灰也無妨，只要他沒事就行。他最大的能耐就是穩住了雙方，沒有鬧得更加厲害。

現在，為了他渴望的國際大獎，一筆巨額投資，他的親生兒子都可以是他的墊腳石。

被人包養，還是被一個男人包養，他都能接受。

回到家裡，米唐僅僅跟米樂說了一部分的話，米樂就開始掉眼淚。

他本以為回來會需要一場演出，表演自己的歇斯底里、失望透頂，接著跟父親徹底決裂。可是真的聽到米唐說出那些話來，拒絕都成了「不懂事」後，米樂還是忍不住哭了起來。

真的哭了。

眼淚簌簌地往下掉，哽咽著，一句話也說不出來。

他就像生悶氣一樣，一直坐在椅子上，身體靠在抱枕裡，鬆軟的抱枕幾乎將米樂纖細的身體包裹起來。

米唐還在勸：「你看童逸相貌什麼的也都很好，你真的跟他在一起了，以後資源是一大把。畢竟他們家一定會為你以後的戲投資，你根本不用怕被欺負，或者被截胡。」

米樂擦了擦眼淚，抬頭看向米唐，只說出了一個字：「爸。」

這一個字，讓屋子裡安靜下來。

米唐的神色間出現了些許糾結，似乎也有些於心不忍了。

米樂看著米唐，努力平復情緒，說出來的話竟然十分平靜：「你之前出軌，我恨過你，但是我覺得你還是我爸，血濃於水。現在你把我推出去，你想過我的想法沒有？」

「其實，這也是有百利而無一害的事情。」

「首先，我不是GAY。」米樂開始演戲，「其次，如果傳出我跟同性的緋聞，我的前途也算是毀了。最後，您這是在賣兒子！」

「胡說！」米唐一巴掌拍在桌面上。

「難道不是嗎？」

「這是演藝圈，在這個圈子裡，這種事情十分常見，怎麼就你清高？」

米樂閉上眼睛，氣得心跳都比平時快了，他甚至能夠感受到太陽穴的位置在狂躁地跳動，讓他的腦袋也跟著有些發脹。

這種話是一個父親能說出來的嗎？

也對……之前為了應酬，都能讓他小小年紀練習喝酒。

「好，我答應。」米樂點了點頭，接著站起身來，「我幫您最後一次，不過以後您不再是我爸爸，我們也不要再有任何聯繫了。」

「你還要造反不成？」

「只是對您失望了，以後別再支配我的生活了。」

「你以前的一切都是我給你的，你享受了，就該料到之後！」

米樂走到門口，回頭看向米唐：「要不然我拒絕這件事情，以後我們還是父子？當然，已經不可能沒有縫隙了。或者我接受這件事情，幫您這次，以後一刀兩斷，您選擇哪一個？」

「你在威脅我？」

「自己考慮吧，我回劇組了。」

米樂打開門後走出去，意外地碰到了剛回家的陶曼玲。

「今天怎麼回來了？」陶曼玲放下自己的包包，脫掉外套看向米樂。

「他叫我回來的。」米樂指了指樓上。

陶曼玲看著米樂有點意外，問：「怎麼哭過？」

「沒事，我先走了。」

陶曼玲還想拉著米樂，遲疑了一下，最終沒去碰米樂。

她記得，米樂很討厭他們的觸碰，明明小時候會纏著她，要她抱著。

等米樂離開後，陶曼玲才上樓。

米樂躺在飯店的床上，身邊還用懶人支架撐著手機，手裡拿著飯店設計圖以及報價單看。

童逸在螢幕對面直勾勾地盯著米樂看，忍不住問：『怎麼樣，你爸沒再聯繫你嗎？』

「他已經不是我爸了。」

『那你現在算是被我包養的小白臉嗎？』

米樂突然坐起身來，盯著手機螢幕看：「你想做我的什麼？」

『都行。』

「都行是什麼意思？」

『我問一個問題，你能不能先別生氣？』

「行，你問。」米樂只是讓童逸問，至於會不會生氣要看他的心情。

童逸在另一邊吞了一口唾沫，問道：『我要是包養你的話，你是不是就得聽我的話？』

「對。」

『那我要包養你！』

「但是你包養的話，我就不需要喜歡你了。」

童逸立刻又搖頭了：『那不包了。』

米樂看著童逸的樣子，忍不住笑了：「怎麼突然想包養了？想要我乖乖聽話？你一開始就該知道我不是一個聽話的性格，我要是聽話就不是我了。」

『就是想要我養你，你別工作了，反正你也不喜歡。到時候你就設計衣服，經營一家服裝店品牌，我們家的錢都給你管，反正就算放在我們手裡也是賠，我保證你後半輩子會都過得好好的。』

「你還準備跟我過後半輩子？」米樂揚了揚眉問。

『當然了。』

米樂對著螢幕笑。

說真的，如果沒有童逸陪自己，這幾天真的不好受。他自己都承認，他其實並不是一個堅不可摧的人，碰到事情也會彷徨無助。如果沒有童逸在，讓他知道他不是沒人在意，他恐怕就要垮掉了。

這個時候，他的手機突然接到電話，童逸的臉消失了。

他看到是媽媽的朋友打過來的，立刻接通，問：「馮阿姨？」

『你媽真的跟那個畜生離婚了？』馮阿姨在電話接通後，就立刻問了這句話。

「什麼？」米樂完全不知情。

『我聽說他們離婚了，但不確定是不是真的。兩個人都互相折磨這麼多年了，她終於想通了嗎？』

米樂知道，馮阿姨肯定是試圖聯繫過陶曼玲，但是一直沒聯繫到，才會打到他這裡。然而米樂也是全部都不知情，詫異得不行。

「阿姨，我現在就問問是怎麼回事，等有消息後我打電話給您。」

掛斷電話，他立刻打電話給最親近的幾個人。

有人不知情，有人支支吾吾什麼也不說，陶曼玲的電話也完全打不通。

正當米樂著急時，米樂接到了陶曼玲前任經紀人的電話。

『我聽說你在打聽你媽媽的事情了，他們不敢說，來詢問我。我可以告訴你他們確實離婚了，就在昨天。』

「我完全不知情……」米樂的心中已經想到了什麼。

『這次兩個人吵得非常厲害，陶曼玲還砸了米唐的書房。她離開家裡後找不到信任的人，就找到了我。他們離婚的手續是我全程幫忙辦的，現在陶曼玲已經從家裡搬出來了。』

「您知道他們為什麼會突然離婚嗎？」

電話那邊的人居然笑了：『聽你問的，你不應該是最清楚的嗎？這幾年你媽媽過得怎麼樣，你比我更清楚才對。她已經受不了了，如今又被米唐氣到發瘋，終於下定決心了，也是一件好事。』

不知道為什麼，米樂居然眼眶一熱。

他的確恨陶曼玲，更恨米唐。他這些年過得不快樂，罪魁禍首就是夫妻兩人。他們互相撕咬，卻害得他被牽連，他恨透了，然而知道這個消息後，米樂居然也能被感動。

是啊，過慣了苦日子，稍微得到一點甜頭，就被感動得一塌糊塗。

可憐、可悲。

還有就是釋然，終於可以結束了吧？

『米樂，你也別著急。』電話那邊的人繼續說，『陶曼玲現在還算冷靜，離婚後就立刻釋然了。她只是有點沒臉來見你，想要自己靜一靜。她的確不是一個好媽媽，但是，賣兒子這種事情她是不會允許的。』

「喔。」

『我會打電話給你，也是希望你能夠硬氣一點，拒絕米唐。別做會讓自己不開心的事情，自己愛護好自己，這個圈子已經很亂了，你能保持最初的自己才是好樣的。』

「好，我知道。」

『米樂，我能猜到你的心情，也能理解你對他們的疏遠，但是，讓我特別自私地求你一件事，可以嗎？』

米樂不知不覺間，嗓子就有點啞了，聲音沙啞地問：「好，您說。」

『如果有一天陶曼玲問你，你恨不恨她，請如實回答你恨她，這是你的權利。但是如果有一天陶曼玲狀態不對，想要跟你說說話，你也別掛斷電話，你是她最後的寄託了，我怕她……』

「我心裡有數。」

『好。』

掛斷電話後，米樂獨自冷靜了一下，接著回了電話給馮阿姨。

這之後，他再次打了視訊給童逸，看著童逸迷茫的樣子竟然瞬間被治癒了。

看到童逸後，就覺得什麼都好了。

「我爸媽離婚了，真好。」米樂說完，眼睛又紅了。

『嗯，真好。』童逸跟著感嘆。

米樂低著頭擦眼淚，絮絮叨叨地說著自己的心情：「我明明恨死他們了，但是知道我媽也不是徹底不在意我，我居然……他媽的，我就是聖母！當年沒狠下心才會回來受罪，都是自找的……」

『你只要做到別讓自己後悔就行了。』童逸嘴笨地安慰。

「我現在不知道是高興還是感動。」

『行了行了，你別哭了，我現在被你搞得看到你哭就想上你。』

米樂突兀地抬起頭，眼淚戛然而止。

「滾！」米樂罵。

童逸捧著手機在床上滾了一圈。

§

米樂夢到這個場景很多次，是他一次次想要洗腦忘記，卻總是忘不掉的記憶。

他再一次回到了教室裡，站在自己的書桌前，桌面上都是垃圾。便當扣在他的桌面上，湯汁流淌了半個桌邊，還在滴答滴答地往下滴，周圍還有其他垃圾。

過分真實的夢境，讓他聞到了混合的酸臭味。

他進入教室時，還聽到同學們的議論聲：「就是他吧，星二代，厲害死了……」

「寫個情書給他都要交給老師，逼得人家小女生轉學。」

「垃圾！！！」

「垃圾人坐垃圾座位。」

米樂在自己的書桌前站住，教室裡突然安靜下來。

他以為是別人看到他的表情很臭才停下來，結果順著他們的目光看過去，居然看到童逸穿著他們學校的校服走了進來。能把校服穿得這麼帥，也是童逸特殊的能耐。

童逸走進來，看到米樂的書桌後，低聲問了一句：「誰幹的？」

教室裡沒有人回答。

米樂看著童逸，這樣的身高，這樣的長相配上學渣的本性，在學校裡也應該是校霸一樣的存在吧。

扛把子，符合童逸的形象。

童逸生氣的時候並不多，然而此時明顯生氣了，用腳踹倒了一張椅子，再次問：「都啞巴了嗎？誰幹的？」

終於有個人顫顫巍巍地指了一個人。

童逸立刻走過去，拎著那個人後衣領，將人拎了過來，按著後腦勺將這個人的臉埋進了垃圾堆裡。

「自己的飯，自己吃完，不吃完我整死你。」童逸死命地按著，嚇得那個人的雙腿都在打顫。

童逸眉頭微蹙，看著那個人哭著吃桌面上的垃圾，才算是滿意了。

童逸轉身看著所有人，再次問：「你們誰看到他親手把情書遞給老師了嗎？」

無人回答。

「你們怎麼知道他是自願的？你們這麼欺負人，就是校園暴力，支持這種事情、默認這種事情都是人渣。」

明明他剛剛讓一個人吃了垃圾，這番話依舊說得義正言辭。

「你們就是嫉妒，因為米樂長得好看，家世好，腦子好，你們這輩子不睡覺努力都趕不上他。所以你們就見不得他好，看到有其他人也想要欺負他一下，眼神對視後就自我高潮了是不是？」

童逸冷笑著環顧著四周，冷冷地說道。

「讓他心裡不舒服後，你們心裡就舒服了是不是？我告訴你們，你們就算得逞，他依舊厲害，因為他是米樂。」

米樂盯著童逸看，竟然覺得童逸這個漸變雕塑頭在他們學校出現都不違和了。

然後他笑了起來。

第一次夢到這個場景他還能淡定，甚至有種有人撐腰了的自豪感覺。

童逸轉過身來，盯著稚嫩的米樂看了半晌，說道：「要不然我們換書桌，你坐我的位置。」

「你是哪個位置？」米樂看著教室問。

「你沒幫我安排嗎？」

米樂也有點糾結了，最後乾脆拉著童逸往外走：「我們一起蹺課，我整個學生時代都不敢嘗試。」

「我常幹這種事情，來，我帶你走。」童逸拉著米樂的手往外走。

走在學校的走廊裡，童逸還在到處看，問：「你們學校真大啊，跟拍偶像劇的學校一樣。」

「嗯。」

「你這個時候也滿好看的……」童逸羞得不好意思跟米樂對視。

米樂本來就是一個有著初戀臉的少年，國中時更是眉眼精緻，還帶著一點稚嫩，穿著校服的樣子讓童逸心癢癢。

童逸彷彿也回到國中了一樣，變成了喜歡一個人卻害羞得不行的狀態。

「你這個時候就這麼高了嗎？」米樂看著童逸問。

「對啊，我國中就一百八了。」

「不會很違和嗎？」

「體校遍地都是我這麼高的。」

「不過一百八才是正常身高，看習慣了就覺得，還行。」

下樓梯時，米樂突然衝到童逸的後背上：「揹我。」

「好啊。」童逸還揹得樂呵呵的，快速地下樓。

結果兩個人剛到學校欄杆旁，就被老師發現了。他們慌得不行，童逸手忙腳亂地將米樂推上欄杆，米樂伸手拉著童逸上來，兩個人越過欄杆就開始狂奔。

跑遠了，確定沒有老師追上來，兩個人才拉著手繼續亂逛。

「去吃東西吧。」米樂對童逸說。

「你帶錢了嗎？」童逸問米樂。

米樂掏了掏口袋，沒帶。

童逸也跟著掏口袋，沒帶。

「去吃霸王餐？」童逸問，他也是有經驗的人了。

「不太好吧？」米樂居然問得出口。

「都已經是蹺課的少年了，還怕這個？」

米樂拉著童逸到一旁，突然靠在童逸的懷裡：「我們早戀吧。」

「嗯，確實，我們都沒早戀過，現在這個年紀確實滿早的。」

「你這個時候有腹肌嗎？」

「有是有，不過精瘦。」

「我想碰碰。」

「不不不，我們要做符合這個年齡的事情，上次你小時候的夢滿正常的，為什麼你這次這麼……成熟呢？」

米樂靠在童逸的懷裡笑得特別開心：「我本來就早熟。」

童逸快速低下頭，在米樂的嘴唇上親了一下：「我喜歡你。」

「突然表白？」

「突然嗎？」

米樂瞬間滿足了，往後退了兩步，然後舉起雙手手臂在頭頂比了一個大大的心：「我也喜歡你。」

童逸立刻跑過去將米樂扛在肩頭，拔腿就跑。

「你幹什麼？」米樂驚呼出聲。

「不行，太可愛了，我要偷孩子。」童逸扛著米樂繼續狂奔。

然而跑著跑著，米樂就不見了，然後他看到自己似乎又長高了一些。

他到處走，接著停在一棟別墅前，他左右看了看，確定這裡是夢的中心點，其他地方都很模糊，確定米樂一定在這裡。

他走進院子，繞著走了一圈，探頭就看到了高中生的米樂跟左丘明煦。

兩個人並肩坐著，根本沒有印象裡的默契，完全是陌生的兩個人，彼此都不說話。

童逸撐著下巴，靠在窗臺看著他們，還能看到談笑的兩家人。

「你們說說話啊，畢竟是一起長大的，應該有很多共同話題。」陶曼玲走過來問米樂他們。

「對，還都是藝術生，以後都是要做藝人的。」

家長說完，就離開了。

童逸立刻趁機跳進窗戶，走進來坐在兩人的對面，問他們：「你們怎麼回事？弄得跟相親一樣。」

左丘明煦抬頭看了看童逸，微微蹙眉，站起身就離開了，坐在客廳的沙發上看手機。

「小明怎麼這麼中二？」童逸全程盯著左丘明煦看。

「我們並不是很早就關係很好，只是層層選拔後，兩家人覺得我們最適合做朋友，硬是逼著我們培養友誼。這段時期，他剛被家裡逼著跟宮陌南分手。」米樂回答。

「他……對象是宮陌南？」童逸似乎才知道。

米樂意識到自己說漏嘴了，不由得有點尷尬。

不過米樂笑了笑後，繼續說道：「其實我跟他也是後來關係才好起來的，有種同病相憐的感覺。我跟他都是被家裡安排好了未來，他喜歡宮陌南，兩個人在同一個班上，但是宮陌南家庭條件特別不好，家裡不許他們在一起，硬生生讓他們分開了。後來也因為這個，他們鬧過幾次分手，到現在都跟宮陌南在地下戀，就怕家裡出來攪和。」

「這麼說起來，小明同學也很可憐啊。」

「看到他們，我就會想到我們以後，真不知道我們以後會怎麼樣。」米樂撐著下巴說道。

「能怎麼樣，恩恩愛愛一百年啊，我家裡同意你跟我在一起，你家裡也知道我們的事情了，以後都沒問題。」

「而我是藝人，你是運動員，輿論壓力很大。」

童逸伸出手來，跟米樂十指緊扣：「沒事，只要你在，只要我們不分開，我們會擋住千難萬險。」

「謝謝你願意陪我，謝謝你願意喜歡我。」米樂看著童逸，特別感恩地說道。

童逸則是盯著米樂看：「你怎麼什麼時期都這麼帥？我看到你每個時期都會一瞬間墜入愛河。」

「為什麼我們ＫＴＶ遇到時，你沒墜入愛河？」

「你要知道，在遇到你之前我從來沒承認過誰比我帥。」

「那可真是謝謝你了。」

兩個人扭過頭，就看到左丘明煦在看他們。

他們一起看過去，就聽到左丘明煦說道：「我就知道你是一個ＧＡＹ。」

童逸放開米樂的手，說道：「滅口吧，他知道的太多了。」

米樂笑了笑沒說話，心情瞬間明朗了：「你也知道他的祕密了，是不是該滅口？」

童逸：「……」

三天後，媒體就曝光了米唐跟陶曼玲離婚的消息，然而消息很快被壓住了，到最後都沒有什麼大消息傳出。

演藝圈內，三天兩頭就傳說某某情侶分手了、結婚了，剛結婚的情侶就爆出懷孕了、出軌了、離婚了。像陶曼玲跟米唐這種老夫老妻，也時不時會傳出一些消息來，然而這些消息半真半假，很多人都不信。大部分人都覺得，這又是媒體在搞那些噁心人的事情，幾乎沒多少人在意。

只有米樂清楚，因為消息是他放出去的。

這只是預熱而已，好玩的還在後面呢。

§

童逸跟左丘明煦來劇組探班時，正好趕上春節。劇組並沒有停工，演員也沒有幾個休息的。其實對於當紅的藝人來說，一年只休息個幾天都是正常的。米樂今年休息的時間非常多了，春節還在上班也算是正常。

米樂剛收工，進入化妝間還沒卸妝，左丘明煦就殺過來了，抓住米樂的衣襟問：「你個狗東西，戀愛不告訴我就算了，你怎麼還告訴他我戀愛的事情？」

他扭頭看向童逸，就看到童逸垂頭喪氣地說：「我說溜嘴了。」

他也學童逸的樣子，垂頭喪氣地回答左丘明煦：「我說溜嘴了。」

左丘明煦氣得不行，又開始了平常的念叨：「我要賣你的黑料博上位！你知道我為什麼要改這個名字的，拚音縮寫就是zqmx，後面兩字本來要叫明星的，結果改成了明煦，知道我的嚮往了吧？」

「好的好的。」米樂脫掉古裝的外衫。

「我要曝光你們的戀情！順便發我們三個人的合照。」

「你說我們三個是三角戀，你紅得更快。」米樂回頭對左丘明煦說。

「你無恥！」

左丘明煦氣得跳腳，最後扠著腰自己消氣。童逸則是跟在米樂的屁股後轉，引得米樂看他，最終還是妥協了：「左丘，幫我跟助理說一聲……呃……說……」

說點什麼呢？

左丘明煦點了點頭：「我會看著辦的，還會守在門口，可以嗎？」

「非常可以。」

等左丘明煦離開，童逸立刻抱了過來。

米樂怕衣服皺掉，推開了童逸，一個人進更衣室裡換衣服，然而自己的衣服還沒穿上，就已經被童逸按在沙發上了。

「這裡還是不太安全，劇組的人隨時有可能過來通知我明天拍攝的事情，你別太過分。」米樂推開童逸伸向小兔兔的罪惡大手。

童逸只能抱著米樂親了一會兒，接著盯著米樂換衣服。

「晚上……」童逸開口說道，心裡想著更加激烈的事情。

「今天晚上絕對不行，那麼多雙眼睛盯著呢，而且要去吃飯，帶左丘認識認識劇組的導演還有其他演員，對他以後有幫助，你也跟著過去。」

童逸有點不爽了，坐在沙發上噘著嘴生悶氣。米樂在穿衣服的過程中俯下身，親了童逸一下都沒親好。

「這部戲還有半個多月就要殺青了，之後我沒有工作安排。」米樂這回說得很直白。

「可是我要去集訓了，而且還是國外集訓。」

「國外？H大這麼有實力了？」

童逸說完就閉上了嘴。

他原本是打算給米樂一個驚喜的，告訴米樂，自己要進國家隊了，結果一不留神，就把集訓的事情說了出來。

米樂看了看童逸，不用童逸說就已經猜到了，立刻喜出望外。

他過去坐在童逸的腿上，雙手抱著童逸的脖子，看著童逸說：「我們家雕雕怎麼這麼厲害呢？以後我們家雕雕也會是奧運冠軍是不是？」

「肯定的！畢竟我有實力。」童逸終於開始臭美，抱住了米樂。

「什麼時候出發？」

「初九那天的飛機，之後需要訓練很久，封閉式訓練，我還不太確定在裡面可不可以用通訊設備，我教練也不知道近幾年的規矩。」

「就你一個人被選中了嗎？」米樂繼續問。

「還有李昕跟司黎，不過他們都是叫過去參加集訓的，最終能不能進入名單還得看他們自己，只有我一個算是板上釘釘的人選。說起來也是神奇，柳楓幫司黎剪輯了一個影片，真的可以說是改變司黎的命運，硬是把司黎安排進去了。」

柳楓的影片做得特別認真，剪輯出兩支隊伍如果遇到同樣類型的問題，司黎跟另外一名自由球員做出的應對。因為是幫助司黎的，所以都是剪輯了司黎表現好的部分，還總結了司黎的個人成績、各種資料。

呂教練將影片送給朋友，還請了一頓飯，後來那個人幫忙嘗試了一下，還真的讓司黎進入了備選名單。

「現在柳楓是像司黎親爹一樣的待遇，被司黎帶回成都過年了。」童逸說時還在笑，明顯是在替司黎覺得高興。

「如果是我，我也會特別感謝柳楓，畢竟是已經錯過的機會，愣是有了扭轉的餘地，最後還成功了。成功了，就是國家運動員，失敗了，以後說不定只是一個健身教練、體育老師，或者做其他的行業。」

「對，我原本對柳楓的印象不太好，現在也覺得他不錯了。」

「至少比柳緒強。」

兩個人又聊了一會兒，米樂卸妝完畢，一起走出化妝間，乘車去預定的飯店吃飯。

回來後，米樂回到房間洗漱，收到了童逸的訊息。

童逸：我想去你那邊。

米樂：不行。

童逸：我跟朋友要了一個符篆，可以瞬間移動到你那裡。

米樂看著手機忍不住笑，逗小孩呢？

米樂：你移動一個給我看看？

童逸：有一個要求，你這個時候得想著我。

米樂：嗯，我想著你呢。

剛回答完，童逸就通過牆壁走了進來。

米樂坐在浴缸裡愣愣地看著童逸，詫異地問：「還真的能過來？」

童逸看到米樂的狀態，立刻身體一僵，隨後眼神都不知道該往哪裡放，生怕米樂再說他猥瑣。

他左右看了看，發現沒有其他可以坐的地方，於是走到浴缸旁，蹲在旁邊回答：「我的青梅竹馬很厲害的，上天入地無所不能。」

米樂一扭頭，就能看到童逸的耳朵都紅了。

「要一起洗嗎？」米樂問他，笑得有點邪。

「也不是不行……」童逸吞了一口唾沫，鼓起勇氣看向米樂，接著就被米樂攬著肩膀帶過去，吻住了他的嘴唇。

血氣方剛的年紀，第一次談戀愛就立刻分開。雖然有夢可以時不時見面，但是還是現實裡的人最讓人覺得有安全感。

只有真實的觸碰，才能讓人覺得滿足。

米樂自然也會想念童逸，只是在劇組裡時時刻刻都要注意，尤其是童逸剛進入國家隊，自然要謹慎一些。

可是童逸已經出現在這裡了，這個人就在他的身邊，日思夜想的人出現了，自然要去擁抱、親吻。

童逸原本還有點放不開，被吻住的瞬間就化被動為主動，反過來吻米樂。

飯店的浴缸夠大，但是高大的兩個人坐在一個浴缸裡還是有點擁擠，米樂靠在童逸的懷裡，任由童逸玩小兔兔。

他沒有那麼矜持，甚至喜歡童逸碰他。

「你們集訓那麼久，如果我想你了怎麼辦？」米樂問。

「不知道，我也不敢想像。」

「幸好還能一起作夢。」

「嗯，這輩子都不想這個能力消失了。」

「要不然……我們那個吧，互相來。」米樂抬起手來，雙手搭在童逸的脖子上，這樣的姿勢讓他只能挺起胸來。

「我估計不會滿足……」

「我讓你進，然後你也讓我進。」

童逸搖了搖頭：「你彷彿忘了，我現在還是金主。」

米樂立刻放開了童逸，回頭看向他，問：「怎麼，你還想我伺候你是不是？」

「對，這幾天你必須伺候好我，不然我就要扣你工資。」

米樂被氣到了，直接站起身來沖水，接著指向對面架子：「把浴巾給我拿來。」

童逸立刻起身去拿，身上全是濕的也不在意，很快就幫米樂遞了過來。

「給我擦乾淨。」米樂繼續命令。

他繼續幫米樂擦乾身上的水珠，之後又去幫米樂拿來浴袍。

等米樂整理完了，抬手揉了揉他的頭頂：「乖，我的金主。」

他終於發現不對勁了，他是金主啊，他怎麼還伺候起米樂了？於是立刻特別囂張地對米樂說：「把另外一塊浴巾給我遞過來！」

「你用什麼態度跟我說話？」

「我錯了……」童逸秒怕，接著自己沖洗乾淨，自己擦乾淨，套上浴袍跟著米樂走了出去。

米樂還在擦頭髮，回頭就看到童逸的短頭髮已經乾得差不多了。

「把我的身體乳拿來，化妝臺上最大的那瓶。」米樂繼續吩咐。

童逸立刻過去拿了，接著就看到米樂躺在床上，抬起一條腿吩咐：「幫我塗。」

頭的痣。

童逸覺得這樣伺候米樂，就跟給他福利一樣，幹得特別開心。

身體乳塗完全身，居然用了二十分鐘，細緻到了一種境界，也讓童逸了解了米樂的全身，甚至是肩

塗完童逸就受不了了，讓米樂仰面躺在床上，自己撐著身子，再次吻住了米樂的嘴唇。

濃烈的吻，猶如人生中最甜美醉人的酒。

米樂抬手抱住了童逸的肩膀，手撫摸童逸短短的頭髮。半晌後，童逸才問：「需要關燈嗎？」

「不要，我要看著你的樣子，一秒鐘的表情都不想錯過。」

當童逸第一次進入米樂的夢裡，米樂就已經好奇童逸那個時會是什麼樣的表情。現在他們兩個人做

這些事情，米樂甚至沒有多害羞，而是更想看童逸的表情了，甚至是進入後狂亂的樣子。

「好。」童逸答應了。

兩個人都很生澀，什麼都不會，房間裡甚至沒有潤滑液。米樂找來了其他的東西代替，依舊讓米樂

痛得聲音都在發顫。

童逸是個新手，一開始還好，但是看到米樂哭反而忍不住了。

他一直以為米樂哭是因為舒服，所以特別賣力，結果結束後看到床上居然有血跡，一下子慌了神。

「我需要去幫你買藥嗎？」童逸問時，自覺地跪下了。

米樂已經沒力氣說話了，最後只擠出來一個字：「滾。」

結果童逸倒是哭了，純屬是心疼哭的，內疚得不得了：「我看小說裡那些受都滿好的，就以為沒什

麼事，我也沒想到會這樣，我已經很小心了……」

後面完全是個不停歇的打樁機，哪裡小心了，說話時回憶一下不行嗎？

米樂看著童逸哭得像個小孩一樣，又有點不忍心責怪了，伸手抱著童逸的頭安慰：「行了，沒什麼大事。」

「我他媽的都要心疼死了。」

「那你以後讓我幹？」

「……」

「大豬蹄子。」

米樂真的有點不爽了，他被弄得渾身都痛，還得哄一個快兩公尺的大個子別再哭了。這算什麼啊？

童逸是個大豬蹄子，多大的腳都改變不了這一點。

剛開始童逸表現良好，還幫米樂塗藥，連米樂洗漱都是公主抱送進去的。結果兩個人在床上剛躺下童逸就睡著了，呼吸均勻，手還抱著米樂不放開。

米樂躺在被子裡盯著童逸看，俊朗的眉眼，睡覺時格外柔和，喜歡嘟著嘴，像一個金魚寶寶。

米樂伸手在童逸的臉頰上按了按，彈性十足。他忍不住抿著嘴唇微笑，眼眸也變得彎彎的，竟然心情漸漸好了起來。

身體雖然有點痛，但是也沒多嚴重，現在更多的是覺得幸福。

他的男朋友十分優秀，還不遠萬里過來探班，長途跋涉這麼久，童逸會累也不奇怪。

這麼累也非要啪啪，是男人的固執跟執著。就好像兩人習慣的洗澡溫度不一樣，童逸被燙得夠嗆，咬著牙也要跟他一起洗，真不知道該誇還是該罵。

米樂靠在童逸的懷裡，還沒睡著時接到了一通電話。陶曼玲失蹤這麼多天後，終於有了消息，願意主動聯繫米樂了。

米樂怕打擾到童逸，拿著手機強撐著到客廳裡，站著接聽電話。

陶曼玲的聲音聽起來十分疲憊，卻還算狀態不錯：『你也聽說了吧？我跟米唐離婚了。』

「嗯，我知道消息了。」

『抱歉，一直沒告訴你，我……』話到後面就說不下去了，真的非常難以啟齒。

「妳現在在哪裡？」米樂問陶曼玲。

「嗯，聽起來不錯。」

『我在老家，幫你外公外婆上了墳，還在老宅子裡住了幾天，自己做飯給自己吃，過得還行。』

『明天就是除夕了，我想去劇組看看你，可以嗎？』

米樂遲疑了一會兒，才回答：「我的朋友也在這裡。」

『左丘嗎？』

「還有童逸。」

『你真的跟他……』

這種話，身為父母真的很難說出口。

知道米唐勸米樂同意被童逸包養，陶曼玲的最後一根弦終於斷了，大吵大鬧，天一亮就去跟米唐辦理了離婚手續。現在聽到米樂跟童逸在一起，陶曼玲自然難受了一瞬間。

「媽，其實我一直都是一個GAY，我跟童逸很早就在一起了，他是我男朋友。」米樂還是決定將這件事情告訴陶曼玲。

『那童總為什麼跟米唐說包養的事情？』

「我是故意的，我不想再看到這個偽君子了，甯薰兒也受夠了，我們要反擊了。」

『那你反擊的計畫裡有我嗎？』

米樂並沒有隱瞞，如實回答：「我只是想要曝光真相，告訴大家米唐出軌多年，你們的婚姻早就名存實亡。我攻擊的重點對象的確是米唐，但是妳該知道，這件事情曝光之後，你們這些年裡秀的假恩愛也會被扒出來，妳也會被嘲諷。」

『嗯，還有嗎？』

「沒有了，就這些。」

陶曼玲那邊沉默了良久，才回答了一句：『也好。』

「妳不想阻攔嗎？」

『遲早要曝光的，與其別人中傷我，不如你來做，你要是覺得痛快你就反擊吧。』

米樂反而不知道該說什麼了。母子之間的關係搞成這樣，也真的是非常罕見了。

「那妳明天還要來嗎？」米樂問。

『嗯，我去看看你，順便正式見見童逸。』

「妳對我是GAY這件事就沒有什麼不能接受的嗎？」

『這幾天我也想清楚了，我這些年對你嚴格要求時，也沒經過你的允許，你喜歡誰就隨意吧，我也看開了，不管這些了。』

掛斷電話，米樂又偷偷哭了一場。

他不確定這是不是他想要的結果，只是覺得能夠這樣，他已經滿足了。

回到房間躺在床上，剛躺下就被童逸抱緊了。

「醒了？」米樂問。

「嗯……」童逸迷迷糊糊地應了一聲，不到三十秒就又睡著了。

只是感覺到他回來，下意識的舉動吧。

§

這次見陶曼玲，童逸真的是肉眼可見的緊張。

陶曼玲雖然不是一個好媽媽，但是米樂也是她兒子。尤其是童逸昨天晚上還把人家的兒子吃了，不心虛才怪。

陶曼玲對童逸的態度只能說是客氣，但是並不親熱，畢竟昨天才知道兒子是GAY，今天就看到了兒子的男朋友，陶曼玲還是沒反應過來。

除夕這天晚上，劇組一起包餃子。陶曼玲來探班，劇組也熱鬧了不少，畢竟也是老前輩。按照陶曼玲的輩分，就連劇組裡的導演都需要敬她三分。

陶曼玲跟米樂坐在一起包餃子，童逸就坐在旁邊看著，什麼也不會做。

「童逸在家裡不包餃子嗎？」陶曼玲主動跟童逸搭話。

「不，我是跟著我爸長大的，我爸的廚藝就會煮個麵條、下個麵疙瘩，其他什麼都不會。沒有人教我，我也到現在都不會。」童逸如實回答。

「過來我教你，以後家裡可不能讓樂樂一個人做飯。」陶曼玲招呼童逸過去。

童逸立刻懂了陶曼玲的意思，特別殷勤地過去了，跟著陶曼玲學包餃子：「肯定不會讓他做飯的，我們家會雇一群人伺候他，以後他腳趾甲都由我來剪。」

陶曼玲沒再回答，陷入了沉思，估計也是在想他們以後的事情。

結果童逸包了兩個，就開始玩花樣了，包了一個特別大的放在米樂面前：「小兔兔餃子。」

米樂沒好氣地白了童逸一眼，不甘示弱地包了一個鳥的餃子：「這個是雕。」

左丘明煦坐在旁邊看著他們，只覺得自己在吃狗糧，低頭跟自己女朋友傳訊息。

「左丘，你家裡還會阻撓你跟你女朋友嗎？」陶曼玲有空閒，看向了左丘明煦。

「呃……分手了。」左丘明煦嘴巴特別嚴。

「我這邊有幾個戲，需要漂亮的女演員，保證不會有彎彎繞繞的，酒局也不會有，就在劇裡演個女三、女四的小角色，片酬不高，需要嗎？」

左丘明煦的眼睛都亮了：「需要！」

「看來就是沒分手。」

「阿姨，米樂真是您帶大的，整天就知道騙別人，這樣你們會覺得開心嗎？」

陶曼玲被左丘明煦逗笑了：「開心。」

陶曼玲說要給的資源倒不是假的，真的幫宮陌南聯繫了起來。

左丘明煦坐在陶曼玲身邊，問：「我的能順便安排了嗎？」

「你家裡看不上這種小角色，非要一開始就是男二號或者乾脆男一的角色。」

左丘明煦嘆了一口氣。

這個時候，童逸突然接到了視訊邀請，看到是司黎，童逸立刻接通了。

螢幕另一邊的司黎指著手機螢幕，跟他媽媽說：『妳看，是不是特別像！』

司黎媽媽湊過來看了看，說道：『像，真像，都是漂亮的男孩子。』

『漂亮什麼，這叫帥！』司黎說道。

之後兩個人用方言說了一句話，童逸愣是沒聽懂。

柳楓坐在那邊，正在跟司黎家的親戚打麻將，他們打的不是贏錢的，而是拿撲克牌代替，柳楓面前放了厚厚一疊，顯然是一面倒的贏。

司黎拿著手機到柳楓身邊，對柳楓說：『跟你的兄弟打個招呼。』

柳楓慵懶地抬頭看了一眼螢幕：『嗨。』

童逸回了一句：「喔。」

兄弟之間的招呼就這樣輕鬆愉快地結束了。

米樂到童逸的身邊，鑽進鏡頭裡跟司黎打招呼：「新年快樂。」

『什麼情況，你們怎麼在一起？』司黎還滿驚訝的。

「他來探班。」米樂回答。

『我叫他來四川吃火鍋他都不來，結果跑去你那裡了，什麼人啊，白做兄弟了。』

「之後你們去集訓要在一起那麼久呢，來看看我怎麼了？」米樂反問。

提起這個司黎就興奮了，說了起來：『童逸跟你說了沒？國家隊！我進去了！』

「聽說了，候選選手。」

『候選也是進去了，只要我表現得可以，以後保證沒問題。那句話怎麼說來著，未來可期。』

「嗯嗯，你可真棒棒。」

這個時候，左丘明煦拿來了自拍杆，非要拍一個合照。

合照裡，米樂跟童逸、陶曼玲、左丘明煦站在一起，童逸的手機裡還在視訊，司黎非得攬著柳楓的脖子一起合照。米樂捧著小兔兔跟小雕的餃子，笑得格外甜。

米樂拿到合照之後發了微博。

『米樂：新年快樂。@童逸@左丘明煦（圖片）』

評論：

Sunny：男神新年快樂！

包包子姊姊：這絕對是米兔兔所有相片裡笑得最開心，最自然的一張，你是天使嗎？

皇．愛：還在劇組還辛苦，照顧好自己。

左佐佐佑：我樂逸！

夕顏：啊啊啊啊！米樂！童逸！請你們原地結婚！我的二踢腳跟六四響的鞭炮已經準備好了，你們結婚我就放了！

陶曼玲在正月初一那天就走了，說是要繼續去工作了，以後就算離婚了，也會是一位女強人。

當初的醜聞曝光多年後終於沉澱下來，現在陶曼玲的事業也重新有了起色，她這樣的性格自然不會再錯過機會。

童逸則是在劇組留到臨行前，每天用傳送符跑到米樂的房間跟米樂在一起。米樂覺得自己的小兔兔都快被童逸擼、啃掉一層皮了，再射幾次就痛了。

不過在童逸走的那天晚上，兩個人還是折騰了一夜。

封閉集訓意味著什麼，他們兩個人都知道，這麼長時間不能見面，相處的時間自然十分珍貴。原本童逸是不想再弄痛米樂的，甚至都下定決心後半輩子都用手了，結果還是米樂忍不住，自己坐上去，全程自己控制，愣是強撐著進行了兩次。

第二天童逸離開，米樂沒去送，還第一次跟劇組請假了。

下不了床了，小兔兔痛，屁屁也痛。

§

——半年後。

米樂答應過甯薰兒，不會打擾到她高三最後的生活。知道甯薰兒已經出國去學校報到了，米樂才一舉曝光了米唐出軌的事情。

這次的爆料十分詳細，有米唐跟小三在一起親密的相片，顯然是在家裡拍的，還有甯薰兒跟米唐的親子鑑定書，這也是最近才偷偷去做的。緊接著，之前爆料陶曼玲跟米唐離婚的消息再次被扒了出來，還有當年小三對陶曼玲的攻擊也被放了出來。

就在新聞被炒得最熱時，陶曼玲自己發聲了。

微博是用紙條發的，看語氣能夠看出來，的確是陶曼玲本人所寫，而非公關文。

『陶曼玲：

我承認我跟米唐離婚了，時間是在半年前。

現在回憶起以前，真的覺得自己很荒唐，愚蠢至極。

我是被甯女士爆出醜聞後，才知道米唐出軌了，還有一個女兒。當時我十分憤怒卻無法做什麼，因為醜聞有一部分是事實，我的確應該為自己的罪行買單。

然而我做了最錯的決定就是忍耐，沒有曝光米唐的事情，還跟米唐互相折磨多年，維持著表面的和平，還傷害到了米樂。經過這些年的冷靜，我終於決定離婚。

希望其他的女性在遇到這種事情時，能夠理性對待，而不是像我這樣痛苦了這麼多年。

抱歉，做了讓你們失望的事情。

還有一句抱歉，單獨說給米樂。』

評論：

簡曦：我覺得妳還算是聰明，比那些明知道老公出軌還堅持不離婚的女藝人強多了。之所以用「算」這個字，是氣憤妳居然用了這麼多年才下定決心。

一點也不溫暖：第一沒有否認自己的錯誤。第二沒有試圖洗白自己。第三沒有胡亂煽情。第四明確指出了米唐出軌、小三加害，雖然沒有文采但是簡練，這份聲明可以的。

夕洋：難怪米樂除夕的合照裡沒有米唐，只有陶曼玲一個人。

莫郗溟：知道妳跟米唐離婚了，突然就看妳順眼了起來。

素心心心：沒事的婆婆，以後我跟老公會孝敬您的。

南暮：各位乘客，下一站罵渣男：@米唐，噴賤三@甯穗，安慰@米樂，督促米樂好友安慰米樂@童逸@左丘明煦。

像蝴蝶效應一樣，米唐跟陶曼玲這些年的料都被挖了出來。

陶曼玲這個聲明還算是聰明，讓之前秀假恩愛的影片被曝光後不至於那麼難堪。

作為當事人，米唐跟甯穗都沒有發聲，就連米樂也在沉默。

其實一個月前，米唐就已經焦頭爛額了。

電影已經開拍了，各種工作已經準備到位，然而開機才半個月，童總突然要撤資，甚至拿出了合約說是米唐違約，亂七八糟說了一堆問題出來，有些更是無中生有。

米唐氣到不行，急著拍攝卻沒空跟童總糾纏，最後結果是電影方退還前期投資的百分之七十，其中百分之三十算是違約金。

一開始童總這邊匯款就非常慢，開機後催了幾次，也只匯來當初講好的百分之二十。這回退款，成了百分之二十的百分之三十被留在劇組。

劇組還錢時特別不情不願，米唐只能拆東牆補西牆，臨時談投資。可是款項不到位，讓劇組的工作被延誤了很多。勉強拍了幾天就停工了，所有劇組成員乾耗著。

一個劇組在拍攝場地一天的資金已經非常高了，按照米唐這部劇拍攝的規模，一日的經費超過五十萬。尤其是藝人的檔期問題，一直這樣擱淺，只會是一直在賠錢的狀態。

就這樣過去了半個月，劇組賠的錢，比強行留下的違約金還多好幾倍，米唐只能賠上自己的家產。才算是平穩了，他出軌的消息就被曝光了。

這是故意安排好的，時機都拿捏得很准。

接二連三的重錘砸下，米唐接近崩潰，原本還好好的投資商也跟著接二連三地撤資。

主要是拍攝時間長，開銷大，本來是看好米唐導演的名聲，結果米唐成了萬人唾罵的目標，自然會撤資。

商人看重的不是情面，而是利益。

米唐一下子就垮了。家底全部賠進去補上劇組的欠款，後面投資商的撤資讓電影徹底停拍。演員以後的檔期對不上，之後還會不會有時間拍這部戲就不一定了，前面拍攝過的部分是不是要重新拍攝也是未知數，一下子就讓米唐陷入了深淵。

他也是在幾天後才敢去看看新聞，發現他持續被罵，他連公關的費用都拿不出來了。

陶曼玲雖然有人安慰，但是她之前壓榨米樂，甚至自殺威脅米樂的消息也被媒體挖了出來，同樣有人罵陶曼玲這個女人太可怕。

甯穗自然也是被罵得最慘的一個，很快清空了自己的微博，關閉了留言，許久沒有登入帳號。最被人心疼的就是米樂了，這幾天裡都沒有發聲。

米唐看到消息就覺得心臟都要受不了了，氣得吐出一口血來，倒在了地面上。是米唐的助理發現了米唐，叫了家庭醫生急救。

在米唐躺在床上悠悠轉醒後，他讓助理打電話給米樂。

「米樂，米導他病倒了，您能不能來看看他？」助理問得十分客氣。

電話那邊傳來米樂冷冰冰的聲音：『他不是我爸。』接著電話被掛斷。

米唐翻了一個身，心情難以平復。

名和利，親情、愛情都沒有了。

他一無所有了。

§

童逸進入國家隊後一年半，便有一屆奧運會。

童逸依舊是主攻手的位置，成為了國家隊的首發隊員。讓人意外的是司黎竟然也是首發隊員，可見這段時間有多努力。

只有李昕是替補隊員，不過不是二傳手，而是副攻手位置，會這麼安排也不奇怪。

當屆奧運會開幕式時，米樂就跟左丘明煦、宮陌南一起過去了。當時左丘明煦已經有了一點名氣，拍了一部戲的男二號，緊接著又接了一部戲的男一號。雖然都是偶像劇，但是週期短，從開始到上映只用了一年的時間，難度低，還受年輕人喜歡。

宮陌南則是在陶曼玲的幫助下演了幾個小角色，積少成多，因為漂亮被人熟知。

左丘明煦也是個大少爺，自然也有經濟實力。他花重金幫宮陌南買熱搜，瘋狂吹噓自己女朋友的美貌，讓宮陌南的人氣也高了不少。

當然，兩個人依舊是地下戀的狀態，畢竟有對象在演藝圈裡不是太好混。

至於米樂跟童逸，雖然一直在被人高舉CP大旗，但是依舊對外聲稱他們是好朋友。

他們三個來到這邊，也是來為「好朋友」助威的。

前幾年，國家男排並沒有女排出名，但是並不代表不出色。這一屆的奧運會排球比賽，竟然也意外地受關注。

就算是奧運會，也是幾個項目比較受關注，比如跳水、游泳、跑步類、體操。國內最喜歡的還是乒乓球項目，有種碾壓一切的爽感。這一次，不少人開始關注男排，是因為有一小部分人比較關注童逸，想看看這位因為長得帥出名的年輕人是不是真的非常厲害。

結果兩場比賽後，微博就沸騰了，連帶著一些人也跟著關注起來。

帥！真的又帥又有實力，認真時超級迷人，最重要的是具有爆發力跟實力。

就連播報賽事時，解說員都會激動地喊童逸的名字。

「童逸到前排了！這一球漂亮！得分！童逸！沒錯，是童逸！」

米樂三人組一直看到了決賽，總決賽時看到最後的比分，米樂居然坐在觀眾席上淚目了。

他平常不是一個愛哭的人，然而看到自己的戀人如此優秀，他會忍不住自豪。

他就在現場，看著他們的努力，帶著國家的驕傲，還看到戀人的成績而激動。

——看，比賽場地上那麼優秀的男人是我的。

童逸在接受採訪時已經語無倫次了，不知道自己在說什麼，亂七八點地說了一堆：「得冠軍的感覺滿好的，他們都很優秀，嗯……還有……就是高興，我看到米樂都哭了。」

「米樂坐得那麼遠都看得到？」

「對啊，我眼力好。」童逸回答完笑得特別大聲，接著繼續跟隊友慶祝。

可能是因為這次的採訪太倉促，沒讓記者過癮，在童逸結束比賽，私底下吃飯時，記者再次找到了童逸。

當時童逸跟米樂三人組以及李昕、司黎他們正一起吃老鴨粉，這是比完賽才能吃的人間美味。

記者過來採訪童逸：「據說你家裡有礦，你為什麼還這麼努力做運動員？」

童逸跟個傻子一樣，竟然如實回答了：「因為打排球能上大學，我功課不好考不上。」

米樂聽完，立刻撞了撞童逸的手臂：「別這麼回答。」

「啊？那要怎麼回答？」童逸小聲問。

「換個好聽點的說法。」

童逸想了想後才再次回答：「因為智商不夠，體力來湊。」

米樂忍不住翻了一個白眼，問記者：「這些能刪掉嗎？」

「可以的。」記者的嘴，騙人的鬼。

米樂湊到童逸的身邊說：「就說你對排球充滿了熱愛，想要將排球發揚光大，為國家爭光。」

「其實我一開始是打籃球，我投不中三分還搶不到籃板，才一氣之下打排球的。」

「你……你能不能別這麼誠實？」

童逸點了點頭，接著特別正經地對記者說：「你重新問這個問題。」

「據說你家裡有礦，你為什麼還這麼努力做運動員？」

「我熱愛排球，排球能讓我賺更多的錢。」童逸回答。

米樂恨不得把鴨血粉絲湯扣到童逸腦袋上。

當天夜裡，這段完整的影片就被放了出來。

努力學開車：我覺得童逸的回答沒毛病啊。

小楓醬：承包我今日份全部笑點。

一紙白書：米樂不愧是做藝人的，果然偶像包袱很重，還要督促朋友，結果被氣到翻白眼，哈哈哈哈哈！他們怎麼這麼可愛？

童逸是跟米樂一起回國的，同行的還有排球隊其他的隊員。

凱旋歸來，機場自然有很多粉絲接機。童逸完全不知道他現在的熱度已經完爆一線小鮮肉，成了最近最熱門的「老公」人選。長得帥、個子高、身材好、脾氣好、家裡有礦、世界冠軍外加傻白甜。

走過人群時，童逸看著人山人海的場面有點被震撼到了。

米樂一直跟在童逸身邊，儼然已經完美融入隊伍了，居然也不違和，這是一般人都沒有的待遇。

走到一半，童逸突然聽到有人喊米樂：「老公！米樂老公我愛你！」

童逸原本已經走過去了，結果又後退兩步，問那個女孩子：「你剛才叫他什麼？」

女孩子被問到，立刻尖叫起來，接著回答：「老公。」

「別亂叫，不然收拾妳。」童逸居然當場威脅起來。

米樂回頭看到童逸居然在嚇唬自己的粉絲，立刻問道：「你幹什麼呢？」

「沒什麼。」童逸秒怕，扭頭再次對女粉絲低聲威脅：「不許告狀。」

女孩子愣愣地點頭，童逸立刻跟著米樂繼續離開了。

當天，這個片段又被傳到了網路上，CP黨們開心得彷彿過年一樣。

比賽結束後，童逸除了被安排的工作外，其他的綜藝邀請一律不接，留在家裡沉迷於看米樂的電視劇。

米樂在那部古裝劇結束後，沒有了父母的控制，完全自己掌控，工作也少了很多。

他很挑劇本，爛劇不接，團隊不專業不接，只接自己喜歡的，真人秀跟綜藝也很少去了。

他不需要熱度了，只想安安靜靜地做個演員而已。

演員，而非偶像。

他現在已經完全接手了童家的全部產業，所有都管理得井井有條，讓童家的資產在兩年翻了又翻。不過還必須由米樂拿著資料去告訴童家父子，他們才知道自己的錢又多了，這對父子才開始感嘆米樂的厲害，畢竟他們都不知道自己之前有多少錢。

米樂本來就喜歡服裝設計，童家的服裝品牌也被米樂經營得不錯，成了如今的潮牌。又因為米樂也跟著有錢了，各種活動促銷，各種打響品牌的手段都被他用去了。

店裡的首席模特兒是宮陌南，長得好看、身材好的模特兒穿麻袋都好看，自然能吸引人去買。

最近柳緒也當了店裡的模特兒，一開始還惦記著要銷售分成，當半個老闆。不過柳緒最後被米樂收拾得服服貼貼的，她的段數在米樂面前完全是小孩子扮家家酒，最終只拿績效工資而已，米樂還懷疑柳緒堅持不了多久就會不幹了。

童逸捧著平板電腦，看得眼淚一把鼻涕一把的。

米樂正在畫設計圖，看到童逸哭成這樣，忍不住問：「你要死啊？」

「太慘了……我說你為什麼要把柔柔讓出去啊？你就不能畫個眼影，塗塗深色的小嘴唇，黑化一下嗎？你為什麼就不能直接告訴柔柔那些事情都是你做的，你在背後默默守護她很多年了？」

「……」米樂看著這個入戲太深的大傻個子有點無語。

童逸看的劇是米樂跟童逸相遇之前拍的那個，他演的是其中的溫柔男二。

劇本就是這樣安排的，他本來就是男二號，就是一個惹人心疼的角色，他也沒辦法左右啊。

結果童逸還說起勁了：「你說你收拾我時很厲害，你怎麼就不能好好收拾收拾秋慕呢？這傢伙居然還誤會柔柔，那麼傷害柔柔！在柔柔最傷心難過的時候都是你在陪她啊！」

「我只是按照劇本演。」米樂回答。

童逸放下手裡的平板電腦，走到了米樂的身邊，抱著米樂，順便揉了揉米樂的頭：「抱抱我們家嘉嘉，沒事，以後我疼你。」

嘉嘉是男二號的昵稱。

「我是米樂。」米樂耐著性子提醒。

童逸還是走不出來：「對，如果劇裡也是米樂，肯定會把柔柔搶過來。」

「然後我跟柔柔在一起，你自己打光棍？」

童逸這個時候才想到這個問題，回過神來道：「對啊，你跟柔柔在一起了，我怎麼辦？」

「我怎麼知道？」

兩人對視了一眼後，童逸又揉了揉米樂的頭：「幸好你沒跟柔柔在一起，不然我就撿不到漏了。」

居然還沉浸在劇情裡呢，這種騙小女生的偶像劇，居然也能讓童逸沉迷成這樣。

米樂嘆了一口氣，站起身來抱著童逸的肩膀問：「嘉嘉好累啊，能幫嘉嘉按摩嗎？」

「當然可以。」童逸立刻同意了。

米樂去床上躺好，童逸特別賣力地幫他按摩。

結束後，他躺在床上問童逸：「嘉嘉空虛寂寞冷，能親親嘉嘉安慰一下嗎？」

「不能，我只親我們家米老婆。」

「你們家米老婆吃嘉嘉的醋了怎麼辦？」

「我錯了，我以後再也不惦記嘉嘉了。」說完，吻住了米樂。

米樂早就習慣雙腿發抖才能下床的狀態了。他總覺得童逸可能是吃得多，運動得多才會有無限的精力。米樂就不行了，小身板禁不起摧殘，一般最多堅持四次就下床了。

要爽還是要命？

爽完了保命。

「我抱你去浴室。」童逸探出頭來說。

米樂立刻搖了搖頭：「不用。」

自從在浴室裡被童逸拎著大腿，童逸站著，他將腿盤在童逸腰上被狂頂了一通後，米樂再也不肯跟童逸一起洗澡了。

童逸是真的什麼稀奇古怪的姿勢都敢用，還臂力驚人。最主要的是每次都頂到最深處，讓米樂腸胃不舒服了好幾天。

米樂也不知道自己是從什麼時候開始放棄掙扎，不再爭取做一號的，估計是漸漸覺得還滿舒服的之後？到現在他們兩個人都已經習慣這種狀態了。

米樂洗漱出來之後，童逸立刻送來了浴巾。

在米樂塗保養品時，童逸看著米樂的化妝台，已經能夠知道米樂的護膚步驟了，按照順序幫米樂遞東西。

等米樂好了之後，童逸還忍不住感嘆：「我們家米老婆怎麼看怎麼帥。」

「我帥還是嘉嘉帥？」

「你帥。」

「我帥還是你帥？」

「你帥。」

米樂抬手揉了揉童逸的頭頂：「乖。」

童逸突然舉起身體乳液：「需要我幫你塗嗎？」

米樂遲疑了一瞬間，還是同意了。

一個小時後，米樂再次扶著牆壁，顫顫巍巍地去重新洗漱。

番外一

事發時間：春節。

地點：劇組

前情提要：童逸跟左丘明煦去劇組探班。

「甜食對身體的危害有多大，你們知道嗎？」

米樂坐在桌子前，雙手環胸，看著童逸跟左丘明煦，表情十分嚴肅，彷彿包大人鐵面無私地上堂。

童逸翹著二郎腿看著米樂，點了點頭回答：「牙痛。」

左丘明煦拄著下巴，喝著奶茶看著米樂，沒回答這個弱智的問題。

「吃甜食太多的話，會增加體內的糖分！糖分在血液裡遊走，會產生出一種非常討厭的物質，破壞皮膚內的膠原蛋白，還會影響皮膚的彈力。如果你甜食吃多了，會比同齡人看起來老一些，皮膚鬆弛、出現斑點，抗氧物質會讓皮膚對抗紫外線的能力變弱，也會造成膚色變黑。」米樂繼續介紹。

「喔……」童逸都聽傻了。

為什麼要說這些？

左丘明煦繼續吸奶茶。

「與此同時，還會記憶力下降、頭痛、變胖。」米樂說到這裡，語氣已經變得非常淩厲了。

「所以這杯奶茶你喝嗎？」童逸指著米樂面前的奶茶問。

前幾天，米樂剛知道陶曼玲跟米唐離婚的消息，他也跟米唐也算是正式決裂了。這讓米樂覺得自己終於解放了，可以放開來做自己了，所以今天米樂選擇的放縱方式就是——喝奶茶。

但是奶茶到了米樂的面前，米樂反而開始為他們兩人上起課來，表情裡充滿了猶豫、掙扎。

童逸拿起自己的熊貓果茶跟著喝。

米樂看著他們兩個人，忍不住嘆氣，繼續說道：「演戲時雖然會化妝遮蓋，但是皮膚的狀態在近鏡頭時是躲不掉的。看電視劇時，彈幕經常會出現他的皮膚真好，或者他有一個閉口之類的話，證明粉絲是關注這一點的。」

「我不紅是因為我吃甜食嗎？」左丘明煦終於放下了杯子問。

「你是因為還沒正式出道。」

「喔。」左丘明煦放心大膽地喝了起來。

米樂還是將吸管插進去，喝了一口，咀嚼著「珍珠」。接著一口接一口，沒一會兒就喝了半杯。

童逸跟左丘明煦對視了一眼，都有點忍不住想笑。

說了這麼半天，結果還是想喝。

米樂喝完了一整杯奶茶後，似乎是開心了，一拍桌子說道：「我們去吃烤肉，我請你們。」

左丘明煦立刻站起身來對童逸說：「快起來準備好，米樂請吃飯不容易，他以前特別小氣。」

「要不然我請？」童逸低聲問。

左丘明煦搖了搖頭：「別，他今天開心，讓他放縱一次吧，他不用再存錢了。以前存錢，是為了有朝一日遠走高飛，留下一筆錢給他父母，他也不會太有心理負擔，現在不用了。」

童逸又忍不住心疼了，點了點頭跟著他們一起去了。

米樂拿著菜單看時，又犯病了。

「牛肉都這麼貴嗎？這麼一盤就要九十八塊人民幣？能有幾片？」米樂拿著手機嘟囔。

這家店是手機掃碼，自助點餐，線上付款，過一會兒服務生就會送菜進來了。

童逸拿著菜單看得戰戰兢兢，生怕自己點多了，米樂會不高興，他之後還得哄米樂。左丘明煦倒是不客氣，拿著手機各種加入購物車，米樂看著下面的總金額變動，都不說話了。

等左丘明煦放下手機，立刻大剌剌地對童逸說：「你點吧，這是我一個人的份。」

「我……來盤菠菜花生米。」童逸終於點了一個菜。

米樂立刻看向童逸：「別搞得像我虧待你一樣行不行？」

「那我點了？」童逸問。

「點吧。」

童逸終於開始點自己的了，最後的金額比左丘明煦的還多一倍。

這也不奇怪，童逸是運動員，個子高能吃，之前米樂也見識過童逸的食量。

「要不然……我跟著你們吃一點，是不是就飽了？」米樂問。

「你夠了沒？痛快點行不行？」左丘明煦都看不下去了。

米樂終於下定決心，點了幾個菜，點完丟掉手機直捂臉：「一頓飯吃了一千多……」

「我聽說你這幾年賺的錢阿姨都沒動，全幫你存進一張卡裡了，也有幾千萬吧？你怎麼這就這小氣啊？」

童逸嘆了一口氣：「他現在管我們家的錢，看到我爸出去應酬一天花了八萬多，就打給我爸，硬是訓斥了我爸一頓。最後把我爸應酬的款項壓到平常的五分之一，現在我爸出去都不太敢點菜了。」

「連你爸他都管？」左丘明煦震驚了。

「對，我們一家姓童的都被他管得服服貼貼的，當初交給他時真的不知道他這麼摳。」

「當著我的面說我的壞話，真的好嗎？你們就是這樣來探班的？」米樂用手指敲擊桌面問。

「這是壞話嗎？這是事實。」也只有左丘明煦敢這樣跟他說話了。

「我要告訴你女朋友，你新戲有吻戲。」

「她不在意。」

他們都是要進入演藝圈的人，這點事情他們肯定都想得開，不會在意的。

然而米樂身邊的童逸坐不住了，問米樂：「怎麼，拍戲還有吻戲？」

米樂看向童逸，有點不知道該說什麼。

童逸讓米樂面向自己，對米樂說：「我賺的錢都給你，你別拍戲了行嗎？不然我容易開槍掃射。」

「我以前都沒接過這種戲，我女友粉多，這樣容易鬧起來。」米樂努力跟童逸講道理。

「以後呢？」

「我以後可以自己挑劇本了，不演那些有感情戲的就可以了。」

「這種劇本多嗎？」

「不多。」

童逸又不開心了，整個人都瞬間頹了。

米樂趕緊補救：「這樣吧，以後我們自己投資電影，自己演行嗎？」

「行。」

左丘明煦覺得自己坐在這裡真不合適。他不應該在這裡，應該在桌底，不應該看到他們有多噁心。

米樂自己又點了一杯奶茶，「咕嚕咕嚕」地喝得可開心了。

的確，甜食會帶來很多不好的事情，變醜變胖，但是可以帶來快樂啊！

米樂開心了之後，立刻對童逸說：「別客氣，還想吃什麼繼續點！」

童逸看著米樂豪爽的樣子，忍不住問左丘明煦：「我聽說過喝醉酒，這傢伙怎麼喝奶茶就醉了？」

「哈哈哈哈！」左丘明煦笑得不行。

米樂則是拿出手機來：「我要跟我的奶茶合個照！」

「不和你的烤肉拍嗎？」童逸問。

「一起一起。」

§

米樂蹲在體重計上有五分鐘了。

一開始是不停挪動體重計，移動了幾個地方，重複上去下去幾次，發現體重沒有什麼變化後，米樂開始這樣蹲在體重計上失神。數字已經消失不見了，米樂依舊冷靜不下來。

一百三十斤了，這是他長這麼大，體重的巔峰狀態。

童逸坐在一旁的床上，大氣都不敢喘。

本以為躲過去了，結果米樂突然抬頭看向他，他立刻吞了一口唾沫。

「我一百三十斤了。」米樂對童逸說，想讓童逸安慰一句。

「才四斤而已。」

「兩天！」

「拉泡屎就沒了。」

「你覺得我能拉四斤？」米樂氣得聲音都提高了。

童逸真是絞盡腦汁，真的不知道要怎麼說才能不惹米樂生氣。

這個時候米樂已經開始照鏡子了，非得說自己臉都肥了，明明還是之前那張瘦成猴的巴掌臉。

童逸的手機突然收到司黎的視訊邀請，童逸像得到了救星一樣，立刻接通了。

『你行李收拾好了嗎，都帶什麼了？海關禁藥嗎？我媽非得讓我帶點感冒藥什麼的。』司黎在另一邊有氣無力地問。

「我們之後似乎不能隨便吃藥，很多東西都不能隨便吃，怕裡面還有興奮劑的成分。」童逸盤腿坐在床上回答。

『我想帶火鍋湯底。』

「估計會被教練沒收。」

『啊啊啊啊啊，沒有火鍋怎麼活！』

「實在受不了就帶副麻將吧。」

『也行……』

童逸看到螢幕裡的司黎趴在床上，狀態看起來不太好。

「你這是怎麼了？」童逸問。

『別提了，我昨天晚上帶柳楓去吃火鍋、喝酒，醒了以後腦袋痛，屁股也痛。』

「屁股痛什麼？」

『連續吃了幾天的超級辣火鍋、串、各種小吃，拉岩漿了……』

照鏡子的米樂突然嘟囔了一句：「辣吃太多，對皮膚不好。」

司黎一下子有精神了，臉湊近螢幕看：『柳楓說你過年跑去看米樂不正常，我說你們是好兄弟，柳楓還鄙視我！你們這麼晚還在一起，不是好兄弟是什麼？你去幫我罵柳楓。』

童逸：「……」

米樂：「……」

掛斷了視訊，童逸還在想要怎麼安慰米樂，米樂自己就過來，抱住他嘟囔：「你的東西都收拾好了嗎？有沒有忘記帶的？」

之後就要出國訓練了，確實應該準備了。

「其實帶上證件和卡就行了，缺什麼在當地買就好了。」反正他有錢。

米樂點了點頭，將頭埋在童逸懷裡：「把我帶走吧。」

童逸因為這句話，心裡一下子化成了一灘甜水，立刻抱著米樂親了好一通。

「我胖了你還喜歡我嗎？」

「愛。」

米樂立刻捧著童逸的臉又親了一口。

第二天一早，童逸迷迷糊糊轉醒，就聽到米樂咆哮：「為什麼空腹一晚還是一百三十斤！」

依舊耿耿於懷。

番外二

排球隊的成員聚會，大多是跟童逸隊上的那些人。在群組裡發通知時，大家還特意強調了一點：可以帶家屬。

李昕跟他的女朋友打打鬧鬧這麼多年，最後也結婚了。他的女朋友沒加入國家隊，不過也是省隊的，畢業後也是一名職業運動員。

至於其他人嘛，幾乎沒有什麼很大的變動，在單身方面，他們都展現了自己堅韌不拔的精神。

然而今天有一個意外——童逸帶著米樂去了。

米樂剛解放，童逸就去了國家隊，這群人跟米樂就再也沒有什麼接觸了，所以米樂到場之後，這群人就跟班導師來了一樣，立刻沒了精神。

結果米樂倒是比他們還放得開，開了一瓶酒，陪他們對瓶嘴喝。

「喝啤酒、吃海鮮真的可以嗎？」童逸任勞任怨地幫米樂剝蝦殼，同時問米樂。

米樂的腸胃不好，還是小心點比較好。

「沒事，才多大的事？」米樂毫不在意。

童逸點了點頭：「那你多吃點。」

這個時候司黎來了，進來就開始摔摔打打的，明顯心情不太好，到了童逸身邊就說：「童逸，你兄弟就是傻子，純傻子。」

「喔。」童逸知道司黎說的是柳楓。

別看童逸跟柳楓是兄弟，其實兩人都沒有柳楓跟司黎熟悉。

「我就沒見過這麼不要臉的人。」司黎繼續罵。

「他怎麼了？」米樂抬頭問他。

「畢業之後不上班，天天在家宅著也就算了，還他媽的各種需要伺候！幫了老子一次，老子就得伺候他一輩子是不是？」

隊裡的人都知道司黎是被柳楓幫助了，才能夠進入國家隊，有了現在的風光。當初司黎對柳楓也是真的好，帶回家過年，拿了獎金後還幫柳楓現金付清，買了一輛車。

聽司黎現在話裡的意思，估計是柳楓賴上他了，當起了寄生蟲，都不工作，完全靠司黎養了。

他們一聽就覺得生氣，跟著罵柳楓。

米樂招呼司黎：「坐下說。」

「我不坐了，站一會兒。」司黎回答。

米樂抬頭看向司黎，見到司黎的表情古怪忍不住笑，抬手往司黎屁股拍了一把：「我不想仰著頭看你。」

這一把把司黎拍得直叫喚。

司黎最後還是硬著頭皮坐下了，米樂幫他點了一盤水煮魚跟水煮肉片。司黎看了看，沒吃，只喝了一碗粥，喝了點蛋花湯。

「這幾天腸胃不好，不能吃……」司黎解釋。

真・腸胃不好的米樂喝著啤酒、吃著海鮮，撈著水煮肉片，吃得很開心。

「米樂，你不是需要注意身材嗎？」李昕忍不住問米樂。

「我發現，我瘋狂吃了一陣子後，身材也就這樣了，體重保持在一百三十五斤左右沒再動過，拍戲之前稍微運動加控制飲食，體重可以一個月掉個七八斤。」

童逸坐在身邊跟著點頭：「對，多吃點。」

「你們關係這麼好啊，不會真的跟網路上分析的一樣，已經在交往了吧？」李昕的女朋友自然知道米樂跟童逸的CP，在網路上大熱好幾年了。

我樂逸這對CP，動不動就餵粉絲們狗糧，偏偏就是不承認在一起，粉絲們都急哭了。

「開什麼玩笑！」司黎聽了之後先急了，「兩個男人怎麼可能！！怎麼可能！！」

他吼完，別人都不說話了，估計都當成司黎跟童逸關係好，比較護著。

米樂在後半段吃嗨了，拍著桌子跟排球隊的一眾叫囂：「喝不過你們，我是你們孫子！」

排球隊一眾：「0.0」

到最後，排球隊的人也沒喝贏米樂，因為誰真的跟米樂喝，童逸就當場表演小腳眼神殺。

散場時米樂有點醉了，走在童逸的身後，從後面抱住了童逸的腰，笑嘻嘻地說：「揹我走。」

童逸真的揹著米樂從逃生通道下樓了。

排球隊其他人：「……」

他們彷彿真的……有問題？

回去的路上，由沒喝酒的童逸開車，最近童逸的車技已經不像早期那麼差了。

「司黎八成被柳楓上了。」米樂這樣分析。

「不可能。」童逸了解司黎，天天研究妹子，直得不能再直，怎麼可能說彎就彎。

「絕對的，我打賭。」

童逸依舊搖頭：「這次你絕對錯了。」

不可能，怎麼可能都是GAY。

司黎打開門，就看到房子裡亂糟糟的，立刻氣得直拍額頭。

他在房子裡尋找了一圈，最後看到柳楓躺在床鋪上休息，大大的身體縮成一團。

雙人床只有一側能睡人，另外一邊放的都是柳楓的書跟衣服，甚至還有脆麵。

他掀開被子，想要確定柳楓是餓暈了還是睡著了。試探了一下還有脈搏，司黎就懶得管他是死是活了，扭頭開始收拾房間。

司黎一直以為自己夠懶了，房間夠亂了，後來才發現是自己沒遇上對手。

柳楓待過的地方是司黎都無法忍受的亂。柳楓的生活能力非常差，明明長得不錯，愣是不刮鬍子，幾天洗一次頭，模樣邋遢得跟拾荒的一樣。

司黎收拾完房間，柳楓也起來了，在門口找司黎有沒有帶吃的過來。

看到司黎帶了壽司，柳楓坐在沙發上悶聲吃了起來。

司黎見到他醒了就開始罵：「老子就是欠你的，你給我你家的房門鑰匙時，我就該意識到不對，真他媽的！我是你媽嗎？伺候吃伺候拉的！」

柳楓也不回答，任由司黎發洩。

司黎竟然也沒停，一邊收拾一邊罵，半個小時沒重複。

「你最近都吃泡麵嗎？」司黎指著冰箱問。

「你也不來，我沒東西吃。」

司黎嘲笑過柳楓瘦，後來發現柳楓是宅到不願意出門吃飯，硬生生把自己餓瘦的。能宅成這樣，也是世間罕見了。

司黎至今無法忘記他參加完奧運會回來，看到留著落腮鬍的柳楓時的心情。

司黎拉著柳楓去了浴室，把柳楓扒乾淨後扔進浴盆裡，然後坐在浴池旁幫柳楓洗澡，同時還在問：「你上次研究的那個什麼玩意兒，研究得怎樣了？我聽其他團隊的人說你還暈倒了兩次？」

「嗯，已經完成了。」

「能賺不少錢吧？」

「按照你的獎金來算，你再打六十年排球就能趕上我了。」

司黎動作一頓。他盯著柳楓那副懨懨的表情，真想像不出面前這位需要他幫忙搓澡的人居然是……

「十億。」柳楓看出來了，提醒。

司黎開始掰著手指頭算柳楓現在的身家是多少。

「喔。」

司黎幫柳楓洗完澡，又幫柳楓擦乾淨後才問：「你們那個錢，是幾個人分？」

「我個人到手是三億左右。」

「扣了不少稅吧？」

「到手是三億，以後還有流水分紅，屬於一勞永逸，我們團隊要負責後期維護。」

「……」

司黎把浴巾往地面上一摔：「你他媽的億萬富翁，找個保姆好不好？啊？你一直纏著我幹什麼？你這麼多錢，找個雞啊、鴨啊都行，你他媽的生理需求都得由我幫忙解決是不是？」

「只想上你。」

「滾！」

司黎以前伺候柳楓伺候得開開心心的，一聲一聲地叫爸爸，後來才發現，他莫名其妙地跟柳楓異地戀快兩年了？

他跟柳楓在他進入國家隊之前就睡過？柳楓還可憐兮兮地要他負責？

去他媽的！

柳楓的情話技能為零，外加司黎傻，兩人驢唇不對馬嘴地網路聯繫，期間因為訓練還斷斷續續的，司黎硬是沒發現柳楓把自己當成交往對象了。等司黎比賽回來找柳楓玩，被柳楓按著狂啃好幾口他才發現不對勁。

兩人盤著腿面對面聊了一會兒，才發現這中間有誤會。

司黎喝醉酒後口不擇言，好像不知不覺間撩了柳楓，兩人就那個了。

柳楓一直把司黎當成交往對象，保持了快兩年，結果發現司黎都不知情。原本沒什麼情緒的人居然也氣得不行，硬是當天就讓司黎下不了床。

司黎一個練體育的，居然沒贏過柳楓。

司黎被搞得腰痛屁股痛的，氣急敗壞了好一陣子。後來又擔心柳楓有問題，賤兮兮來柳楓家裡好幾次，打掃、送飯加幫忙洗澡，然後再被柳楓弄得腰痠屁股痛。

用柳楓的話說，在他眼前晃是要被上的，司黎都不知道自己圖的是什麼。

「我過兩天就去別的地方工作了，你自己找個保姆吧，以後我就不過來了，鑰匙給你。」司黎把鑰匙丟在茶几上，對柳楓說。

柳楓停下腳步看他。

「我是被你幫了很多，我也感激你，買了車給你，還照顧你這麼久，還他媽……讓你上了好幾次，夠意思了，以後就……算了吧。」

柳楓坐在桌子前看著鑰匙，沒出聲。

司黎等了一會兒沒等到答案，就看到柳楓坐在椅子上哭，立刻慌了。

「我真的沒想過要跟男生談戀愛。」司黎趕緊坐在柳楓對面勸說。

柳楓也不說話，就是哭。

「你也不是不好，長得帥，腦子聰明，雖然邋遢了一點，但是你有錢啊，是不是？」

柳楓還在哭，司黎真是受不了這種哭包。

他被男人上了他都沒哭！

「行了行了，別哭了，鑰匙我留著，省得你以後死在家裡，無法進來抬屍體。」司黎又拿回鑰匙。

柳楓冷哼了一聲。

司黎看著柳楓哭，心裡怪不是滋味的，起身到柳楓身邊：「我也不好，你肯定能找到更好的。」

柳楓把自己的手機拿出來，丟在桌面上：「私訊裡有好多跟我表白的，你覺得哪個好，幫我約出來，我就不再喜歡你了。」

司黎拿著手機看了看，忍不住感嘆，居然有這麼多妹子喜歡柳楓，還有好多用自己相片當大頭貼，或者是傳來相片的，還他媽的有穿性感睡衣的。

司黎盯著一個妹子看了半晌，怎麼看怎麼眼熟，柳楓以為司黎選中了，立刻拿起手機傳訊息給那個妹子。

「我靠！那個妹子是個網紅！很紅呢……」司黎以前在大學時，還私底下叫人家老婆呢。

柳楓跟那個妹子聊了幾句就要到了微信帳號，加了好友。

看到上了自己的人，加了自己曾經幻想過的老婆，司黎內心複雜到不行。

「她……她不行，你換一個。」

柳楓又打開了私訊，翻找，隨後點了一個問：「這個？」

「也不行。」

「那就剛才那個。」

「不行不行！」

柳楓被司黎氣到了，又開始哭，司黎都沒轍了。

「最後親一下行嗎？」柳楓扭頭，眼淚汪汪地看著司黎。

司黎看著柳楓的可憐模樣，吞了一口唾沫：「啊……行。」

弄得他也有一瞬間的傷感，就像真的分手了一樣。

柳楓立刻湊了過來，吻住他的嘴唇。司黎也不知道是怎麼搞的，親一下就能親到這麼猛烈。

司黎屬於精瘦的身材，身高一百八十公分，娃娃臉，有明顯的虎牙。柳楓只要一提，就能將司黎捧起來。

從客廳到臥室，最後又到浴室，不止一個吻，還做了全套。柳楓像樹懶一樣趴在司黎身上，抱著他不放開。

司黎屁股痛，主要是因為柳楓的技術爛。

司黎在那之後又跟柳楓談了幾次，最終都是司黎唉聲嘆氣地從床上爬到浴室的結果。

就這麼僵持了半年多，兩人乾脆開始同居了。

司黎的理由是：柳楓搞新專案時又暈倒了，害他得從外地坐飛機回來。他怕柳楓真的倒下後沒人發現，才會出此下策。

愛怎麼說就怎麼說吧，柳楓不在乎，他最近高興的是司黎開始覺得舒服了，偶爾還會主動親他。

——全文完

高寶書版集團
gobooks.com.tw

FH 013
每天都夢到死對頭在撩我（下）

作　　者　墨西柯
插　　畫　MN
責任編輯　陳凱筠
設　　計　莊捷寧
內頁排版　賴姵均
企　　劃　鍾惠鈞

發 行 人　朱凱蕾
出　　版　朧月書版股份有限公司
　　　　　Global Group Holdings, Ltd.
地　　址　台北市內湖區洲子街88號3樓
網　　址　gobooks.com.tw
電　　話　(02) 27992788
電　　郵　readers@gobooks.com.tw（讀者服務部）
傳　　真　出版部(02) 27990909　行銷部 (02) 27993088
郵政劃撥　19394552
戶　　名　朧月書版股份有限公司
發　　行　朧月書版股份有限公司
初　　版　2021年11月

本著作物《每天都夢到死對頭在撩我》，作者：墨西柯，由北京晉江原創網絡科技有限公司授權出版。

國家圖書館出版品預行編目(CIP)資料

每天都夢到死對頭在撩我/墨西柯著. -- 初版. --
臺北市：朧月書版股份有限公司, 2021.11
　面；　公分. --

ISBN 978-626-95289-4-3(上冊：平裝). --
ISBN 978-626-95289-5-0(下冊：平裝). --
ISBN 978-626-95289-6-7(全套：平裝)

857.7　　　110017665